DIE STARKBOGEN-SAGA
BUCH DREI:

Der Weg zur Rache

WESTFRANKENREICH
FRÜHJAHR UND SOMMER
845 n. Chr.

JUDSON ROBERTS
UND
RUTH NESTVOLD

DIE STARKBOGEN-SAGA, BUCH DREI:
DER WEG ZUR RACHE

COPYRIGHT FÜR DEN TEXT DES ENGLISCHEN
ORIGINALS 2008
JUDSON ROBERTS

COPYRIGHT DER DEUTSCHSPRACHIGEN AUSGABE 2018
JUDSON ROBERTS UND RUTH NESTVOLD

ALLE RECHTE VORBEHALTEN

Ins Deutsche übertragen von
Ruth Nestvold

DER WEG ZUR RACHE wurde ursprünglich 2008
von HarperTeen veröffentlicht, einer Marke von HarperCollins Publishers.
Northman Books Edition 2011.
Deutschsprachige Ausgabe 2018.

Umschlaggestaltung:
Judson Roberts, Luc Reid und Lou Harper

Foto: © Jeremy Rowland

Für Jeanette

Und unsere Reise

Und für Ruth und Chris

Danke, dass ihr uns begleitet

INHALTSVERZEICHNIS

Personenverzeichnis I
Kapitel 1: Was sind seine Pläne? 1
Kapitel 2: Ein Friedensangebot 21
Kapitel 3: Vorbereitungen 38
Kapitel 4: Alte Feinde und neue Freunde 63
Kapitel 5: Ein Fest und ein Tanz 86
Kapitel 6: Graf Robert 102
Kapitel 7: Einer Falle entkommen 118
Kapitel 8: Das Feld der Toten 149
Kapitel 9: Ein grauenvoller Anblick 182
Kapitel 10: Paris 205
Kapitel 11: Den Erfolg bewahren 225
Kapitel 12: Eine Zeit des Friedens 246
Kapitel 13: Das Geschenk 267
Kapitel 14: Der Weg 279
Karte 308
Glossar 309
Anmerkungen zur Geschichte 316
Danksagung 326

Personenverzeichnis

ADELAIDE Die Äbtissin des Klosters in der Abtei St. Genevieve in der fränkischen Stadt Paris. Genevieve, die Tochter von Graf Robert von Paris, lebt in diesem Kloster.

BERTRADA Die Ehefrau von Wulf, einem fränkischen Schiffskapitän und Kaufmann in der Stadt Ruda (Rouen).

BJÖRN EISENSEITE Ein Sohn von Ragnar Lodbrok; einer der Wikingerfürsten, die den dänischen Angriff auf das westliche Frankenreich führen.

CLOTHILDE Eine fränkische Frau, die persönliche Dienerin von Genevieve, der Tochter von Graf Robert von Paris..

CULLAIN Der persönliche Diener von Jarl Hastein. Er ist ein ehemaliger irischer Mönch, der während eines Wikingerüberfalls in Irland gefangen genommen und versklavt wurde.

DERDRIU	Eine irische Adlige, die bei einem Überfall in Irland von dem dänischen Stammesfürsten Hrorik gefangen genommen wurde. Sie wurde Hroriks Konkubine und Mutter seines unehelichen Sohnes Halfdan.
DROGO	Ein Offizier in der fränkischen Kavallerie. Er ist Sohn von Graf Robert und Bruder von Genevieve.
EINAR	Ein Krieger in der dänischen Armee. Er ist ein erfahrener Fährtenleser und ein Freund Halfdans.
GENEVIEVE	Eine junge fränkische Adlige, die Tochter von Graf Robert von Paris.
GUNHILD	Die zweite Ehefrau des Stammesfürsten Hrorik. Toke ist ihr Sohn aus einer früheren Ehe.
GUNTHARD	Ein Gefolgsmann von Graf Robert, der den Auftrag hat, Genevieve, die Tochter des Grafen, zu begleiten.
HALFDAN	Der Sohn von Hrorik, einem dänischen Stammesfürsten, und Derdriu, einer irischen Sklavin.

HARALD	Der Sohn von Hrorik und seiner ersten Frau; Halfdans Halbbruder.
HASTEIN	Ein dänischer Jarl, der sich Halfdans annimmt. Er gehört zu den Anführern des Wikingerangriffs auf das Westfrankenreich.
HORIK	Der König der Dänen.
HRORIK	Ein dänischer Stammesfürst, genannt Starkaxt; Vater von Halfdan, Harald und Haralds Zwillingsschwester Sigrid; Stiefvater von Toke durch Hroriks zweite Ehefrau, Gunhild.
IVAR DER KNOCHEN-LOSE	Ein Sohn von Ragnar Lodbrok; einer der Wikingerfürsten, die den dänischen Angriff auf das westliche Frankenreich führen.
KARL	König des westlichen Frankenreichs, das etwa dem heutigen Frankreich entspricht.
ODD	Ein Besatzungsmitglied auf Hasteins Langschiff, der Möwe, und ein erfahrener Bogenschütze.
RAGNAR	Der dänische Anführer des Angriffs auf das Westfrankenreich; auch Lodbrok, das heißt „Lodenhose", genannt.

ROBERT	Ein hochrangiger fränkischer Adliger; der Graf, der über eine Reihe von Städten und Landstrichen im Westen des Frankenreichs einschließlich Paris regiert; Vater von Genevieve.
SIGRID	Die Tochter des dänischen Stammesfürsten Hrorik und seiner ersten Frau Helge; Zwillingsschwester von Harald und Halbschwester von Halfdan.
SNORRE	Ein dänischer Krieger; Stellvertreter des Stammesfürsten Toke.
STENKIL	Ein dänischer Krieger; Kamerad eines Mannes, der von Halfdan getötet wird.
STIG	Ein Gefolgsmann von Jarl Hastein und Kapitän der Schlange, eines Langschiffs.
SVEIN	Ein Gefolgsmann von Jarl Hastein und Kapitän des Seewolfs, eines Langschiffs.
TOKE	Ein dänischer Stammesfürst; Gunhilds Sohn aus erster Ehe und Hroriks Stiefsohn; Mörder von Harald, Halfdans Halbbruder.
TORE	Ein Besatzungsmitglied auf der Möwe, Hasteins Langschiff, und Anführer von dessen Bogenschützen.

TORVALD	Der Steuermann auf der Möwe, Hasteins Langschiff.
WULF	Der Kapitän eines fränkischen Handelsschiffs, das von der dänischen Flotte gekapert wird.

1

Was sind seine Pläne?

Ein Pfeil zischte durch die Dunkelheit und schlug in etwas Hartem ein. Das Geräusch schreckte mich aus dem Schlaf, und ich griff verzweifelt nach meinen Waffen. Meine Hand traf auf etwas – ich wusste nicht was – das mit lautem Gescheppel umfiel.

„Sei still!" kam eine Stimme aus der Nähe. „Sie können uns nicht sehen, aber sie schießen auf Geräusche."

Die Stimme gehörte Tore. Ich war damit vollends wach und entsann mich, wo ich war.

Die Möwe, das Langschiff meines Kapitäns Hastein, und der Bär, das Schiff von Ivar dem Knochenlosen, waren in der Mitte der Seine verankert und miteinander vertäut. Wir befanden uns tief im Herzen des Frankenreichs. Die Dämmerung war bereits angebrochen, als die Schiffe mich am Flussufer aufgenommen hatten, wo ich von fränkischen Soldaten umzingelt gewesen war. Hastein und Ivar hatten entschieden, dass es zu gefährlich war, im Dunkeln durch den unbekannten Lauf der Seine zu manövrieren, und hatten beschlossen, die Nacht in der Mitte des Flusses auszuharren, so weit wie möglich entfernt von den fränkischen Bogenschützen, die am Ufer lauerten.

Mit gespannten Bögen und angelegten Pfeilen hockten Tore und Odd neben mir und spähten zwischen den Schilden, die entlang der Seite der Möwe festgebunden waren, hinaus.

„Siehst du etwas?" flüsterte Tore.

Odd schüttelte den Kopf. „Nein. Das Ufer ist zu weit, und die Schatten der Bäume verbergen zu viel. Er ist auf jeden Fall irgendwo dort drüben", fügte er hinzu und deutete mit seiner freien Hand stromaufwärts. „Der letzte Pfeil, der in die Seite einschlug, kam aus dieser Richtung."

Ich hatte Glück, noch am Leben zu sein und den gefährlichen Einsatz als Kundschafter, auf den mich die Anführer unseres Heers gesandt hatten, unversehrt überstanden zu haben. Ich konnte noch immer die Angst spüren, als ich mir gewiss gewesen war, dass der Zeitpunkt meines Todes gekommen sei. Aber ich hatte wieder einmal entgegen jeder Erwartung überlebt. Wieder einmal hatten die Nornen aus Gründen, die nur ihnen bekannt waren, beschlossen, die Fäden meiner Existenz nicht abzuschneiden, und hatten mich stattdessen am Leben gelassen. Ich war immer noch Teil des großen Schicksalsmusters, das sie webten – dem Schicksal aller Menschen und sogar der Welt selbst. Ich hatte überlebt, aber der Tod war mir so nah und so sicher gewesen, dass ich seine Umklammerung nicht aus meinem Herzen tilgen konnte.

Am folgenden Nachmittag erreichten wir Ruda, die fränkische Stadt am Fluss, die von unserem Heer eingenommen und zu ihrem Basislager gemacht worden war. Ich wollte nicht in das Haus des schroffen fränkischen Seekapitäns Wulf zurückkehren, in dem ich untergebracht war, bevor man mich als Kundschafter ausgesandt hatte. Wäre ich allein gewesen, hätte ich vielleicht im Palast unterkommen können, wo die anderen Männer der Möwe ihre Quartiere hatten. Aber ich war nicht allein. Ich hatte eine Gefangene.

Als ich die Tür zu Wulfs Haus aufstieß und ins Innere trat, saß der Hausherr am Tisch im Wohnzimmer. Er schnellte hoch und war zunächst sprachlos vor Überraschung. Vielleicht hatte er gedacht – oder sogar gehofft – dass ich tot war. Aber es dauerte nicht lange, bis er sowohl seine Sinne als auch seine Stimme wiedererlangte, und begann, laut zu protestieren.

„Ich habe nicht damit gerechnet, dass Ihr zurückkommt. Die Stadt ist jetzt ruhig und befriedet. Wir brauchen Euren Schutz nicht mehr."

Was er sagte, war wahr. Der Großteil unseres Heers hatte sein Lager auf einer Insel im Fluss stromaufwärts von Ruda aufgeschlagen und nicht in der Stadt selbst. Der Kriegskönig Ragnar hatte unseren Männern sogar verboten, die Bürger der Stadt zu belästigen. Wir konnten jederzeit mit der geballten Streitmacht der Franken konfrontiert werden, daher wollte Ragnar nicht, dass wir uns außer mit einer belagernden Armee auch noch mit einer feindlichen Bevölkerung im Rücken auseinanderzusetzen hatten, falls wir uns hinter den Mauern Rudas verteidigen mussten.

„Warum seid Ihr wieder hier?" fuhr Wulf fort. „Wieso bleibt Ihr nicht mit den anderen Männern Eures Kapitäns im Palast des Grafen?"

Wulfs Frau Bertrada stand mit einem ängstlichen Gesichtsausdruck hinter ihm und rang die Hände. Ich wusste, dass sie nicht verstehen konnte, was er sagte;

Wulf sprach mit mir in meiner Muttersprache und nicht in dem lateinischen Dialekt, den die Franken sprachen. Aber der Ton seiner Stimme machte es offensichtlich, dass er zornig war. Zweifellos befürchtete sie, dass er im Begriff war, mich zu verärgern. Sie hatte nicht ganz unrecht.

Ich zeigte hinter mich. „Ich bin wegen ihr zu Euch gekommen. Sie ist meine Gefangene. Ich brauche eine Unterkunft, in der sie sicher ist." Das konnte Wulf sicher verstehen. Eine Frau – besonders eine so junge und ansehnliche wie meine Gefangene – konnte nicht in einer mit raubeinigen Kriegern gefüllten Halle untergebracht werden.

„Ihr seid um ihre Sicherheit besorgt?" stieß er hervor und verdrehte die Augen – eine unverschämte Geste, die mich ärgerte. „Habt Ihr diese Frau nicht entführt? Wenn Ihr Euch Sorgen um ihr Wohlergehen macht, wieso habt Ihr sie verschleppt? Sie wäre bestimmt sicher gewesen, wenn Ihr sie bei ihrer Familie gelassen hättet.

Meine Essensvorräte gehen zur Neige", fuhr Wulf fort. „Solange Eure Flotte sich auf dem Fluss befindet und unser Land von Eurer Armee angegriffen wird, kann ich nicht mit meinem Schiff ausfahren und meinem Beruf nachgehen. Ich kann nichts verdienen, um Essen für meine eigene Familie zu kaufen. Ich kann es mir nicht leisten, noch zwei weitere Personen zu versorgen. Eure Gefangene ist Euer Problem. Das geht mich nichts an."

Genevieve, meine Gefangene, stand neben der Tür, wo sie sich müde an die Wand lehnte und uns teilnahmslos anstarrte. Sie war auf dem kurzen Weg vom Fluss zu Wulfs Haus mehrmals vor Müdigkeit gestolpert und sah aus, als könne sie jeden Augenblick stehend einschlafen.

Ich fühlte mich fast so müde wie Genevieve. Ich war der Erschöpfung nahe gewesen, bevor Hastein und Ivar mich gerettet hatten, und seitdem hatte ich nur wenig geschlafen. Die Franken waren wütend darüber, Genevieve doch noch verloren zu haben, nachdem sie fest an ihre Rettung geglaubt hatten. Die Bogenschützen, die sie zum Flussufer geschickt hatten, hatten uns die ganze Nacht ohne Unterlass beschossen, auch wenn sie wenig ausrichten konnten. Niemand an Bord des Schiffes wurde getroffen, aber nachdem mir die Franken mehrere Tage nachgestellt hatten, war das gelegentliche Zischen eines Pfeils in der Dunkelheit über uns oder der Aufschlag eines Treffers in der Seite des Schiffes genug, dass meine Nerven aufs Äußerste gespannt blieben, sodass ich kaum Schlaf fand.

„Das mit den Essensvorräten werden wir später besprechen", sagte ich Wulf. „Jetzt muss ich mich ausruhen, und meine Gefangene auch. Ihr werdet uns jetzt mit Essen und Trinken und einer Schlafstätte versorgen." Er öffnete den Mund, als wolle er widersprechen, aber ich unterbrach ihn. „Das ist keine Bitte, Wulf", fauchte ich. „Tut, was ich Euch sage."

Ich schlief den Rest des Nachmittags und die ganze Nacht hindurch. Als ich früh am nächsten Morgen erwachte, hatte ich Heißhunger. Sogar der dünne Gerstenbrei, den Bertrada zum Frühstück gekocht hatte, schmeckte köstlich. Ich leerte schnell eine Schüssel und reichte sie an Bertrada zurück, um sie noch einmal füllen zu lassen. Sie schaute zu Wulf, und als er nickte, trat sie an die Feuerstelle, schöpfte noch eine Kelle aus dem Topf, der über dem schwachen Feuer hing, und gab mir die Schüssel wieder.

Genevieve trat durch die Tür, die zum hinteren Zimmer führte. Sie stand einen Moment lang da, blinzelte und sah verwirrt aus. Am Abend zuvor hatte ich Wulf und Bertrada gebeten, eine Schlafstätte im Hinterzimmer für sie vorzubereiten, wo die beiden und ihre Kinder schliefen. Ich dachte, sie würde sich sicherer und möglicherweise getröstet fühlen, wieder unter ihren eigenen Leuten zu sein. Wulf und Bertrada waren offensichtlich überrascht. Vermutlich hatten sie gedacht, ich hätte Genevieve unter anderem deshalb gefangen genommen, um mich mit ihr im Bett zu vergnügen.

Wulf bemerkte die Richtung meines Blicks, drehte sich um und sah Genevieve.

„Sie ist eine Nonne", sagte er, als er sich wieder an mich wandte. Anscheinend war er immer noch missgelaunt, weil ich zurückgekehrt war, und war geneigt, mit mir zu streiten. „Wisst Ihr das? Wisst Ihr, was das bedeutet?"

„Sie hat mir davon erzählt", sagte ich.

„Sie ist eine heilige Frau. Warum habt Ihr sie geraubt? Was wollt Ihr mit Ihr machen?"

„Ich habe vor, sie zu verkaufen."

Wulf riss die Augen auf und drehte den Kopf, um Genevieve wieder anzuschauen. „Das könnt Ihr nicht tun", sagte er mit leiser Stimme. „Sie ist doch so jung. Und sie hat ihr Leben Gott gewidmet."

Ich fragte mich, was Wulf wichtiger war: ihre Jugend oder ihre Rolle als Priesterin des weißen Christus? Er hatte mir erzählt, dass seine erste Frau und ihre beiden Töchter von Nordmännern entführt worden waren, als Ruda vor Jahren geplündert wurde. Ließ Genevieves Anwesenheit schmerzhafte Erinnerungen an seinen Verlust wieder aufleben?

„Ich habe vor, sie an ihre Familie zurückzuverkaufen", erklärte ich. „Sie ist nicht nur eine Priesterin, sie gehört auch zum Adel. Sie sagt, ihr Vater sei ein Graf. Er wird viel bezahlen, um sie unversehrt zurückzubekommen." Das hoffte ich zumindest.

Das Licht im Zimmer wurde plötzlich schwächer. Ich drehte mich um und sah Torvald im Rahmen der geöffneten Tür stehen. Für einen Mann seiner Größe konnte er sich sehr leise bewegen.

„Ich soll dich abholen", sagte er mir. „Ragnar hält einen Kriegsrat mit Hastein, Ivar und Björn. Sie wollen mit allen Kundschaftern sprechen und sie dazu befragen, was sie gesehen haben."

Ich schob den Stuhl zurück und stand auf.

„Du sollst auch deine Gefangene mitbringen", fügte Torvald hinzu. Dann zeigte er auf Wulf. „Und Ihr sollt auch mitkommen. Jarl Hastein will auch Euch sehen."

Ragnar hielt seine Ratsversammlung im großen Saal des Grafenpalasts ab. Ich war froh, dass ich dort ausnahmsweise aus einem anderen Grund einbestellt worden war, als mich für irgendeine Missetat zu verantworten.

Als wir die Halle betraten, zeigte Torvald auf eine Bank an der Wand nicht weit weg von der Tür. „Ihr bleibt hier mit der Frau", wies er Wulf an.

Ragnar und seine Söhne Ivar der Knochenlose und Björn Eisenseite saßen hinter einem langen Tisch. Davor schritt Hastein auf und ab. Vier Krieger, die ich als Kundschafter von unserer Reise stromaufwärts erkannte, standen in der Nähe. Mein Kamerad Einar war unter ihnen. Hastein hatte mir gesagt, dass er sicher von unserer Mission zurückgekehrt war, aber wir hatten bisher noch keine Gelegenheit gehabt, miteinander zu sprechen, denn er war von Ivars Schiff und nicht von der Möwe aufgenommen worden. Einar nickte mir zu, als er mich sah, und starrte Genevieve neugierig an.

Hastein blickte auf Torvald und mich, als wir uns näherten. „Da kommt Halfdan. Er ist der letzte von ihnen."

„Drei Kundschafter sind nicht zurückgekehrt?" fragte Ragnar. Insgesamt acht Kundschafter waren losgeschickt worden, um die fränkische Armee zu suchen.

Hastein nickte. „Zwei vom südlichen Ufer und einer vom nördlichen."

„Und bei diesem hier war es knapp", fügte Ivar hinzu und deutete auf mich. „Als wir ihn fanden, war er von fränkischen Kriegern umzingelt. Er hatte vier von ihnen getötet und hielt den Rest in Schach, als wir ihn erreichten. Es waren fast dreißig feindliche Soldaten. Er hat Glück, am Leben zu sein, denn er war viel weiter stromaufwärts, als wir uns eigentlich vorwagen wollten.

Aber just als wir uns aufmachen wollten, nach Ruda zurückzukehren, sahen wir vor uns Rauch am Flussufer aufsteigen, und Hastein bestand darauf, das Geschehen zu untersuchen, falls er von einem Signalfeuer sein sollte."

„Ihr habt ein Signalfeuer angezündet?" fragte Ragnar mit einem verächtlichen Gesichtsausdruck. Es war eine Miene, die ich inzwischen von ihm erwartete, wann immer ich vor ihm erschien. „Ist Euch nicht in den Sinn gekommen, dass die Franken auf Euch aufmerksam werden könnten? Haben sie Euch so gefunden?"

Offensichtlich waren meine Fehler der Vergangenheit weder vergessen noch verziehen. Ich merkte, wie der Zorn in mir aufstieg. Es war nicht meine Schuld, dass ich gezwungen war, einen unserer Krieger zu töten und mit einem anderen zu kämpfen. Aber Ragnar hatte mir die Schuld gegeben und ging wohl davon aus, dass ich mir auch bei dem Einsatz als Kundschafter wieder dumme Missgriffe erlaubt hatte.

„Die Franken hatten mich bereits gefunden, und ich war am Flussufer eingeschlossen", antwortete ich durch zusammengepresste Zähne. „Zu diesem Zeitpunkt hätte ein Feuer meine Lage kaum verschlimmern können." Ich sah keinen Grund, ihm zu erzählen, dass das Feuer eigentlich nicht als Signal gedacht gewesen war. Meine Fylgja hatte mich womöglich dazu verleitet, nicht aber mein Verstand. Ivar hatte wirklich recht; ich hatte Glück, dass ich noch am Leben war.

Mein Einfallsreichtum – oder mein Glück – hatte Ivar anscheinend beeindruckt. Auch Björn schaute mich inzwischen anerkennend an. Ragnar dagegen sah immer noch wenig begeistert aus. Zumindest sprach er nicht mehr davon, mich zu hängen.

„Zeigt den Kundschaftern, woran Ihr arbeitet", forderte Ragnar Hastein auf.

Hastein winkte uns an den Tisch heran. Eine Pergamentrolle war teilweise ausgebreitet, und ein Stück von der Länge meines Unterarms war davon abgeschnitten worden. Vermutlich war sie aus einer Kirche oder einem Kloster gestohlen worden, denn eine Seite war mit lateinischer Schrift bedeckt. Auf die Rückseite des Pergaments hatte Hastein eine einfache Karte gezeichnet. Bisher war nicht viel mehr darauf zu sehen als eine einzelne wellenförmige Linie, die diagonal über das Blatt verlief. Daneben stand eine kleine Glasflasche, in der ein schmaler Pinsel steckte, sowie ein kurzes Brett mit einer in die Oberfläche geritzten flachen Rille, deren Form der Linie glich, die auf das Pergament gemalt war.

„Während Ivar und ich auf dem Fluss nach euch suchten, habe ich die Biegungen und Windungen des Flusses notiert und sie auf diesem Brett markiert", sagte er und richtete seine Worte an alle Kundschafter. „Ich habe sie auf diese Karte übertragen."

Er zeigte auf einen gemalten Kreis an einem Ende der Linie oben auf dem Stück Pergament. „Hier ist Ruda. Und hier ist der Flusslauf der Seine stromaufwärts von Ruda, wo ihr euren Aufklärungseinsatz hattet."

„Versteht ihr alle, was das darstellt?" fragte Ragnar.

Wir nickten, und einige von uns knurrten zustimmend.

„Ich möchte, dass jeder von euch uns von allen

fränkischen Truppen berichtet, die ihr gesehen habt, wie viele es waren und wie sie bewaffnet waren. Zeigt uns, wo ihr sie am Fluss gesehen habt", befahl er. „Und falls ihr Städte oder Straßen gefunden habt, zeichnet auch deren Positionen und Verläufe ein."

Die Idee war raffiniert. Obwohl Ragnar sie uns präsentiert hatte, vermutete ich, dass es sich eigentlich um Hasteins Einfall handelte. Leider hatten die meisten der Männer noch nie eine Landkarte gesehen. Schiffskapitäne und Heerführer wie Hastein und Ragnar waren es gewohnt, Karten zu benutzen, aber einfache Huscarls — freie Männer und Bauern — haben dafür keine Verwendung. Demzufolge fiel es ihnen schwer, die von ihnen ausgekundschafteten Landstriche der Franken mit dem zum größten Teil leeren Stück Pergament, das auf dem Tisch vor ihnen lag, in Verbindung zu bringen.

Einer nach dem anderen traten die Männer vor und berichteten, was sie gesehen hatten. Zu beiden Seiten des Flusses hatten alle unsere Kundschafter Spähtrupps der fränkischen Kavallerie gesehen. Aber genau anzugeben, wo das gewesen war, fiel ihnen schwer. Während die Männer nacheinander berichteten, wurde Hastein sichtbar immer missmutiger. In den meisten Fällen konnten sie nur grob schätzen, wo sie die fränkischen Truppen gesichtet hatten, und selbst das beruhte vor allem darauf, dass Hastein und Ivar wussten, an welcher Stelle im Verlauf des Flusses jeder Kundschafter abgesetzt worden war.

Schließlich waren nur Einar und ich übrig. Einar trat an den Tisch und legte den Finger auf die Karte. „Südlich von Ruda, ungefähr hier, ist eine große Stadt."

Er zeigte auf ein Gebiet, das unterhalb der Linie lag, die den Fluss darstellte. „Ich entdeckte eine Landstraße, die von Norden nach Süden verläuft. Ich glaube, es handelt sich um die gleiche Straße, die Ruda in Richtung Süden verlässt. Ich folgte ihr und kam zu der Stadt, die ich hier gesehen habe. Sie ist durch eine hohe Mauer und viele fränkische Krieger geschützt. Ich habe die Stadt über einen Tag lang ausgespäht. Gruppen berittener Kämpfer ritten oft ein und aus."

„Seid Ihr sicher, dass die Stadt sich hier befindet?" fragte Hastein und tippte mit dem Finger auf die von Einar angegebene Stelle. Nach seinen Erfahrung-en mit den anderen Kundschaftern klang er skeptisch.

Einar zuckte mit den Schultern. „Ich kann es nicht mit Sicherheit sagen. Es ist nicht einfach, die Entfernungen, die ich zurückgelegt habe, hiermit zu vergleichen." Er fuhr mit der Hand über das Pergament. Hastein seufzte. „Aber wenn meine Vermutung stimmt, dass die Straße die gleiche ist, die von hier in Richtung Süden führt, und die Stadt ebenfalls im Süden liegt, dann müsste sie ungefähr dort sein."

„Einar hat recht", schaltete ich mich ein. „Irgendwo in dieser Gegend liegt eine fränkische Stadt. Ich habe sie nicht selbst gesehen, aber meine Gefangene erzählte mir davon. Sie nannte die Stadt Evreux." Den fremden fränkischen Namen konnte ich nur mit Mühe aussprechen. „Und sie sagte, der Ort liege an der Straße, die südwärts aus Ruda führt. Ich war ebenfalls eine Zeitlang auf dieser Straße unterwegs, aber südlich der Stadt. Die gleiche Straße führt zu einer weiteren Stadt noch weiter südlich, die sie Dreux nannte. Ich denke,

Dreux müsste ungefähr hier sein." Ich deutete auf die Karte unterhalb der Stelle, die Einar angegeben hatte.

„Hier? Seid Ihr sicher? Und es gibt eine Straße, die von Norden nach Süden führt und diese beiden Orte mit Ruda verbindet?" fragte Hastein.

Ich nickte.

Er lehnte sich über den Tisch. Mit dem kleinen Pinsel und etwas dunkler Flüssigkeit aus der Flasche zog er eine Linie von dem Kreis um Ruda, die nach unten lief; dann zeichnete er zwei weitere Kreise an den Stellen, wo Einar und ich von Städten berichtet hatten. Mit einem zufriedenen Gesichtsausdruck richtete er sich wieder auf.

Ivar verschränkte die Hände hinter dem Kopf und rutschte tiefer in seinen Stuhl. „Was hilft uns das?" fragte er in die Runde. Ich fragte mich dasselbe.

Hastein ignorierte ihn und sprach mich wieder an. „Als wir noch auf der Möwe waren, habt Ihr gesagt, dass Ihr eine große Ansammlung fränkischer Truppen in einer Befestigungsanlage gesehen habt. Wo war die Anlage?"

„Hier. Es gibt eine weitere Straße, die von der Stadt Dreux in Richtung Osten verläuft." Ich zeichnete mit dem Finger eine Linie. „Meine Gefangene erzählte mir, dass die Straße schließlich zu einer großen Stadt führt, die die Franken Paris nennen. Sie ist sogar größer als Ruda. Ich bin hier in der Nähe der Straße von Dreux nach Paris auf die fränkische Armee gestoßen." Ich legte den Finger auf die Stelle, an der ich glaubte, das große fränkische Heereslager gesehen zu haben.

Hastein runzelte die Stirn. „Ihr sagt, Ihr habt die

Armee hier gesehen?" fragte er. Ich nickte. „Seid Ihr sicher, dass Ihr so weit nach Süden vorgedrungen seid? Das ist sehr weit vom Fluss. Ich habe Euch weit nördlich von diesem Gebiet abgesetzt."

„Ich bin sicher." Je mehr ich die Karte studierte und mir überlegte, wo ich gewesen war, umso überzeugter war ich. „Sie war dort. Und ich glaube, es war das Hauptheer der Franken, das ich gesehen habe."

„Ihr behauptet, dass Ihr das Hauptheer der Franken gefunden habt?" warf Ragnar ein. „Wie seid Ihr zu diesem Schluss gekommen? Sämtliche Kundschafter auf beiden Seiten des Flusses haben fränkische Truppen gesehen."

Er klang sehr skeptisch. Ich fragte mich, ob er die Worte eines anderen Kundschafters so schnell in Zweifel gezogen hätte. „Sie haben vor allem von berittenen Spähtrupps berichtet. Solche Einheiten habe ich auch gesehen. Aber diese Krieger bauten eine Befestigungsanlage." Ich zeigte wieder auf die Stelle auf der Karte. „Und zwar eine gewaltige Schanze um ihr Lager herum. Sehr viele Männer haben daran gearbeitet. Wenn die Wehranlagen fertig sind, werden sie so hoch und massiv sein wie die von Haithabu, und sie werden ein Areal umschließen, das fast genauso groß ist. Diese Befestigung ist für eine Armee – eine sehr große Armee."

Ivar und Björn schauten sich an. „Wie viele Krieger habt Ihr gesehen?" fragte Ivar.

„Ich habe nicht einmal versucht, sie zu zählen", sagte ich. „Es waren zu viele. Aber es waren auf jeden Fall weitaus mehr Soldaten als hier in Ruda. Berittene Einheiten waren im ganzen Gebiet dauernd unterwegs, und ich habe auch Fußsoldaten gesehen, die zu der Befestigung marschiert sind – eine Kolonne in Zweierreihen, die sich so weit die Straße entlang erstreckte, dass ich ihr Ende nicht erspähen konnte."

„Aus welcher Richtung kamen die Fußsoldaten?" fragte Ragnar. Während er sprach, markierte Hastein die Stelle, an der sich meiner Auskunft nach die Befestigung befand, auf der Karte mit einem Quadrat. Offensichtlich hatte ich zumindest ihn von der Existenz des Heereslagers überzeugt.

„Aus dem Osten, weiter landeinwärts", antwortete ich. „Aus der Richtung von Paris."

„Wenn Halfdan so viele fränkische Fußsoldaten gesehen hat, kann es gut sein, dass er tatsächlich den Hauptsammelplatz der fränkischen Armee gefunden hat", sagte Hastein. Mit einem finsteren Blick lehnte Ragnar sich in seinem Stuhl zurück. Es sah so aus, als hasste er es, sich eingestehen zu müssen, dass das Hauptheer der Franken wahrscheinlich von mir gefunden worden war.

Ragnar blieb eine Zeitlang still und strich sich durch den Bart, während er nachdachte. Endlich sprach er. „Der König der Franken wird inzwischen seine gesamte Streitmacht einberufen haben: die Adelsleute und ihre Gefolgsmänner, die vor allem beritten sein werden, sowie Truppen aus den Garnisonen, die nicht unmittelbar von uns bedroht sind. Das waren wahrscheinlich die Fußsoldaten, die er gesehen hat. Und jetzt versammeln sie sich auf Geheiß des Königs. Womöglich sollen sie sich in dem befestigten Lager treffen, das er gefunden hat." Er schüttelte den Kopf und seufzte.

„Dennoch haben andere Kundschafter auch ungewöhnlich viele berittene Krieger nördlich der Seine gesehen. Wie verhält sich der König der Franken, und was plant er?"

„Es klingt so, als hätte der fränkische König seine Armee aufgeteilt", meinte Hastein. „Wie es scheint, hat er große Heere auf beide Seiten der Seine abkommandiert."

Ivar nickte nachdenklich. „Wenn das stimmt, spielt der König ein langsames und vorsichtiges Spiel, aber auch ein kluges. Sein Ziel ist es wohl, uns von der Vorratsbeschaffung abzuschneiden. Er benutzt seine berittenen Truppen, die sich schnell über Land bewegen können, um die Schlinge um Ruda immer enger zu ziehen. Gehen unsere Männer weiterhin auf Beutezug, wird er sie nach und nach stellen und töten. Und wenn wir nicht mehr plündern können, werden uns irgendwann die Nahrungsmittel ausgehen. Wir werden schwächer, während seine Armee sich weiter versammelt und stärker wird. Sobald sie die größte Stärke erreicht hat, wird er zweifellos Ruda angreifen. Wenn wir uns nicht auf die Schiffe begeben und uns Richtung Meer zurückziehen, bevor er die Stadt belagert, werden wir hier eingeschlossen."

„Ich zumindest habe keine Lust, hinter diesen Mauern zu kämpfen", sagte Björn, der bisher geschwiegen hatte. „Das nutzt uns nichts. Dies ist eine fränkische Stadt. Wir werden sie ohnehin irgendwann verlassen. Wieso sollten wir für ihre Verteidigung Leben riskieren?"

„Björn hat recht", sagte Ivar. „Ich habe diese stinkende Stadt satt. Männer sollten nicht so zusammengepfercht leben. Bei jedem Atemzug habe ich das Gefühl, die Luft sei bereits von zehn anderen Männern eingeatmet worden."

„Ihr schlagt also vor, dass wir mit unseren Reichtümern die Heimreise antreten?" fragte Ragnar. Ivar und Björn nickten. Ragnar schüttelte den Kopf. „Meine Söhne haben zu lange in Irland gelebt. Sie hören sich an, wie gewöhnliche Viehdiebe."

Ivar schaute ihn zornig an, sagte aber nichts.

Das Gespräch erinnerte mich an etwas, das ich gestern vergessen hatte, Hastein zu erzählen, da ich zu müde und so erleichtert über meine Rettung gewesen war.

„Während ich das Gebiet ausgekundschaftet habe, fand ich die Überreste eines unserer Stoßtrupps", sagte ich. „Die Franken haben unsere Männer auf der Ebene überwältigt. Ich habe gesehen, wo sie gestorben sind."

„Siehst du, Vater? Das beweist, dass ich recht habe", fauchte Ivar. „Es hat bereits begonnen. Bisher sind drei unserer Trupps nicht zurückgekehrt. Sie sind sicher alle der fränkischen Kavallerie in die Hände gefallen und getötet worden. Es wird Zeit, dass wir für die Gefangenen, die von den Franken zurückgekauft werden, Lösegeld aushandeln, und uns dann auf die Abfahrt vorbereiten. Wir sind gekommen, um ihr Land zu plündern und nicht, um es zu besiedeln."

„Oder um darunter begraben zu werden", fügte Björn hinzu.

Mir gefiel Ivars Vorschlag. Ich hoffte, die Franken

würden schnell die Gefangenen freikaufen, sodass wir das Frankenland verlassen konnten. Ich wollte Genevieve loswerden. Ich war des Kriegs müde. Ich hatte genug vom Tod und davon, Männer zu töten, mit denen ich keinen Streit hatte.

„Ich sehe eine Gefahr im Plan des Königs", sagte Hastein.

„Das sage ich ja." Ivar nickte energisch und stieß Björn mit dem Ellbogen an. „Hastein stimmt uns zu, Vater. Wir sollten jetzt unsere Abreise aus dieser Stadt vorbereiten."

Hastein schüttelte den Kopf. „Nein! Ich sehe eine Gefahr für die Franken. Du hast recht, Ivar: indem die Franken sich aufteilen, können sie vorerst verhindern, dass wir auf unsere Raubzüge gehen. Aber wie schnell kann ihr König sie wieder zusammenführen, wenn es nötig sein sollte?"

„Diesen Gedanken hatte ich auch", sagte Ragnar.

„Ich habe den fränkischen Kapitän des von uns gekaperten Schiffes hierher bestellt", fuhr Hastein fort. „Er kann diese Frage vielleicht beantworten." Er wandte sich an Torvald. „Holt Wulf."

Wulf sah nervös aus, als Torvald ihn an den Tisch brachte. Er wusste anscheinend nicht, wohin mit seinen Händen, bis er sie endlich hinter dem Rücken in seinen Gürtel steckte. Dann holte er tief Luft und atmete langsam wieder aus.

„Wie weit seid Ihr schon von Ruda flussaufwärts gereist?" fragte Hastein ihn.

„Bis Paris", antwortete Wulf. „Ich war mit der Schwalbe in Paris, um Fracht zu verkaufen."

„Wie weit ist es bis Paris?" fragte Ragnar.

„In der Schwalbe? Sie ist kein schnelles Schiff, besonders wenn man rudern muss. Und auf der Strecke muss oft gerudert werden. Die Seine windet sich wie eine Schlange."

„Und wie lang braucht Ihr von Ruda nach Paris?" Ragnars Stimme klang ungeduldig.

„Mit der Schwalbe sind es etwa sieben Tage, manchmal mehr, manchmal weniger", antwortete Wulf. „Auf dem Landweg ist es schneller, falls die Geschwindigkeit entscheidend ist. Aber wenn man Fracht transportiert, ist das Schiff die bessere Wahl. Eure Schiffe sind allerdings viel schneller. Ich bin sicher, Ihr könnt die Strecke in der Hälfte der Zeit zurücklegen."

„Gibt es irgendwelche Flussüberquerungen?" fragte Hastein. „Irgendwelche Furten oder Brücken?"

„Keine Furten." Wulf schüttelte den Kopf. „Der Fluss ist zu breit und zu tief. Und die ersten Brücken sind in Paris. Es gibt keine Überquerungsmöglichkeiten, die sich stromabwärts von dort befinden, von einer oder zwei Fähren in Dörfern entlang des Flusses abgesehen."

Hastein und Ragnar schienen mit Wulfs Worten zufrieden zu sein, obwohl ich nicht begriff, wieso. Sie sahen sich an und lächelten.

„Das ist alles." Hastein entließ ihn mit einer Handbewegung. „Ihr dürft gehen."

„Was heckst du mit Hastein aus, Vater?" fragte Ivar. „Diesen Ausdruck in deinen Augen habe ich schon zuvor gesehen."

„Bisher nichts", antwortete Ragnar. „Und du hast recht, Ivar", fügte er widerwillig hinzu. „Wir sollten mit den Franken Gespräche in die Wege leiten und Lösegeld für unsere Gefangenen aushandeln. Es wird unsere Männer ermutigen, wenn sie ihre Gefangenen bald gegen Silber eintauschen können. Es stimmt auch, dass wir keine Raubtrupps mehr losschicken sollten. Wir würden sonst zu viele Männer an die Franken verlieren."

„Und nachdem unsere Gefangenen freigekauft sind, ziehen wir uns dann zurück?" fragte Björn.

„Vielleicht, vielleicht auch nicht", sagte Ragnar. „Aber alle Männer sollten die Zeit, während der sie im Lager warten und nicht auf Raubzug gehen können, dazu nutzen, ihre Waffen und Rüstungen zu pflegen und falls nötig zu reparieren." Er schaute mich an. „Und die Bogenschützen müssen dafür sorgen, dass sie über einen möglichst großen Vorrat an Pfeilen verfügen. Nach den Lösegeldzahlungen reisen wir möglicherweise ab. Aber wir müssen sicherstellen, dass unser Heer für einen Krieg gerüstet ist."

2

Ein Friedensangebot

Wulf hatte Hastein beim Wort genommen, als dieser ihn entlassen hatte, und hatte den Palast verlassen, um nach Hause zu gehen. Genevieve saß alleine auf der Bank.

„Wir sind hier fertig", sagte ich ihr in ihrer Sprache. „Wir werden jetzt zu Wulfs Haus zurück-kehren."

„Warum wurde ich hierher gebracht?" fragte sie. Das fragte ich mich auch. Sie war auf jeden Fall bei dem Kriegsrat nicht gebraucht worden.

„Ich weiß es nicht." Ich hörte, wie meine Stimme schroff klang. Aber ich konnte die Erinnerung nicht abschütteln, wie ich mich dort am Fluss gefühlt hatte, als ich auf den Angriff der Franken gewartet hatte und sicher war, dass ich sterben würde. Bei großer Gefahr ist es nicht unbedingt gut, zu viel Zeit zum Nachdenken zu haben.

Niemand kann seinem Schicksal entrinnen, und es ist womöglich die größte Prüfung eines Mannes, wie mutig er dem Tod gegenübertritt – zumindest hatte mein Bruder Harald mir das einmal gesagt. Harald hatte keine Angst gezeigt, als sein Ende unausweichlich war. Ich schämte mich für die Angst, die ich am Fluss gespürt hatte, und den Schauer, der mir noch in den Knochen steckte. Ich war nicht würdig, Haralds Bruder zu sein. Wie sollte ich jemals seinen Tod rächen?

Genevieve hatte die Franken auf unsere Anwesenheit am Fluss aufmerksam gemacht. Wäre sie nicht gewesen, müsste ich diese Scham jetzt nicht spüren. Ich machte sie ungerechtfertigterweise dafür verantwortlich. Offensichtlich hatte sie die Feindseligkeit in meiner Stimme gehört, da sie schnell ihre Augen abwandte und sich wegdrehte.

„Geht noch nicht", sagte eine Stimme hinter mir. Es war Hastein. „Gehen wir in meine Unterkunft. Ich würde gern mit Euch und Eurer Gefangenen sprechen. Ich habe Cullain angewiesen, eine besondere Mahlzeit zuzubereiten. Es ist das Mindeste, was ich für Euch tun kann, angesichts Eurer Verdienste um uns alle. Ich vermute, Ihr habt einige Tage lang nicht sonderlich gut gegessen."

Während wir Hastein und Torvald durch die Gänge des Palasts folgten, fragte mich Genevieve leise: „Wer sind diese beiden Männer?"

Ich zeigte auf Hastein. „Er ist mein Kapitän und heißt Hastein. Er ist ein sehr mächtiger Anführer der Dänen, ein … Jarl." Das letzte Wort sagte ich in meiner eigenen Sprache. Ich kannte kein lateinisches Wort dafür, geschweige denn eines in ihrem Dialekt.

Genevieve runzelte die Stirn. „Was ist er?"

Ich dachte an den Grafen von Ruda, der über diese Stadt geherrscht hatte, bevor wir sie eingenommen hatten. Und Genevieve hatte erzählt, dass ihr Vater Graf von einigen Städten und den Regionen um sie herum war.

„Wie Ihr gesagt habt, ist Euer Vater Graf von Paris?" fragte ich.

Sie nickte. „Paris gehört zu seinen Grafschaften.

Er herrscht auch über andere Städte."

„Regiert er sie für den König der Franken?"

„Ja, er verwaltet sie für den König."

„Dann ist ein Jarl etwas Ähnliches. Er herrscht im Namen unseres Königs über ein großes Gebiet in unserem Land."

„Und der andere Mann?"

„Er heißt Torvald. Er ist Hasteins Steuermann auf dem Schiff und sein Stellvertreter."

„Er ist ein Riese." In ihrer Stimme war Ehrfurcht. „Ich habe Erzählungen von Riesen gehört, aber ich dachte nicht, dass ich jemals einen mit eigenen Augen sehen würde."

Ich fragte mich, ob alle Franken so wenig über die Welt außerhalb ihrer Grenzen wussten. Torvald war tatsächlich sehr groß und kräftig, aber er war natürlich kein richtiger Riese. Unter meinem Volk wussten alle, dass wahre Riesen weitaus größer waren als Torvald. Sie wohnten weit entfernt von den Aufenthaltsorten der Menschen: in Niflheim, dem entlegenen, eisigen Gebiet, das immer mit Schnee bedeckt ist, oder im fernen Jötunheim, ihrem verborgenen Königreich in den Bergen.

Als wir in Hasteins Unterkunft eintraten, erwartete mich ein überwältigender Anblick. Mein Kapitän hatte tatsächlich vor, mich zu belohnen, und hatte ein wahrhaftiges Festmahl vorbereiten lassen. Cullain hatte in dem ausladenden Kamin an einer Seite des Raumes einen Spieß befestigt. Darauf briet eine riesige Gans, deren Haut braun und glänzend von triefendem Fett war. Ein eiserner Topf stand in einem Bett von Kohlen, die an eine Seite des Kamins geharkt worden waren, und der daraus aufsteigende, wohlriechende Dampf bereicherte das köstliche Aroma des röstenden Vogels um den Duft von Zwiebeln und anderem Gemüse. Zwei frische Brotlaibe lagen auf dem Tisch neben einem großen Stück Käse. Aber was mich am meisten begeisterte war ein großer Tonkrug, der bis zum Rand mit schwerem, braunem Bier gefüllt war.

Als die Gans durchgebraten war und Cullain sie aufgeschnitten und uns serviert hatte, waren wir schon beim zweiten Krug Bier, und ich fühlte mich wohltuend entspannt. Sogar Genevieve, die zu Anfang, als wir Hasteins Räume betreten hatten, schreckhaft wie eine Katze in einem Raum voller Hunde gewesen war, schien etwas gelöster zu sein, nachdem sie einen Becher Wein getrunken hatte. Hastein hatte ihn ihr angeboten, da er treffenderweise davon ausging, dass Bier nicht nach ihrem Geschmack war. Sie schien allerdings wegen des großen, reich verzierten, silbernen Kelchs beunruhigt zu sein.

„Das ist ein Abendmahlskelch!" hatte sie ausgerufen. „Er darf nur das geheiligte Blut Christi enthalten."

„Das sind Heiden, gnädige Frau", hatte Cullain geantwortet. „Sie verstehen das nicht. Mein Herr schätzt diesen Kelch nur wegen seiner handwerklichen Schönheit und der Tatsache, dass er aus massivem Silber gefertigt ist. Er wollte Euch ehren, indem er Euch den Wein in einem so feinen Kelch servieren ließ."

Cullains Worte beunruhigten mich. Wieso sollte Hastein Genevieve ehren wollen? Dieses Verhalten erschien mir merkwürdig. Was das betraf, warum hatte er sie überhaupt eingeladen, mit uns zu speisen? So behandelte er Gefangene normalerweise nicht.

„Deine Gefangene ist eine reiche Beute", sagte Torvald zu mir. „Ich habe gehört, ihr Vater ist ein Graf. Falls das stimmt, wirst du wohl viel Silber für sie erhalten. Und sie scheint auch ein hübsches Ding zu sein, auch wenn sie sich unter diesem tristen Umhang und der Kapuze versteckt. Wenn ihr Vater so reich ist, weshalb kleidet sie sich in solche schlichten Sachen?"

„Sie ist eine Priesterin", sagte ich. „Das ist ihre Tracht."

„Sie ist eine Nonne", korrigierte Hastein mich.

Ich nickte. „Ja, so hat sie sich bezeichnet."

„Sie sind wie die Mönche in den Klöstern, die wir hier und in Irland geplündert haben", erklärte Hastein Torvald. „Aber eben Frauen." Er wandte sich an mich. „Wie heißt Eure Gefangene?"

„Genevieve." Als sie ihren Namen hörte, schaute sie hoch; sie merkte nun, dass wir über sie sprachen.

„Und sie ist tatsächlich die Tochter eines Grafen? Seid Ihr sicher?"

„Ich habe kaum Zweifel.", antwortete ich. „Und nach dem zu urteilen, was sie erzählt hat, müsste er sogar sehr mächtig sein. Er herrscht in mehreren Städten."

Hastein schaute Genevieve prüfend an. Im Mittelpunkt zu stehen, schien ihr Angst zu machen, und sie senkte den Blick.

„Fragt sie, über welche Städte ihr Vater herrscht."

Ich übersetzte die Frage.

„Mein Vater ist Graf von Angers, Tours, Blois, Nevers, Autun, Auxerre und Paris", sagte sie. Ihre

Antwort überraschte mich. Ich hatte keine Ahnung gehabt, dass ihr Vater über so viele Städte herrschte.

Auch Hastein schien überrascht. „Fragt sie nach seinem Namen."

„Robert der Starke", antwortete sie, nachdem ich übersetzt hatte. „Er gehört zu den größten Kriegern König Karls. Er fürchtet sich vor niemandem. Er wird sich auch nicht vor Euch fürchten. Er wird versuchen, Euch und alle Eure Männer zu töten." Trotz schwang in ihrer Stimme mit.

Torvald grinste. Er wurde ebenfalls ‚der Starke' genannt, obwohl sein Beiname von seiner großen körperlichen Kraft herrührte.

„Sie ist wirklich eine reiche Beute", sagte Hastein. „Das wird für Euch höchst einträglich werden. Außergewöhnlich einträglich sogar. Sagt ihr, dass sie eine Nachricht für ihren Vater schreiben soll. Kann sie schreiben?"

Ich fragte sie. Genevieve nickte. „Natürlich."

„Ich werde Euch sagen, was sie schreiben soll, und Ihr werdet es ihr erklären", fuhr Hastein fort. „Sie soll ihrem Vater versichern, dass sie sicher ist, und ... unversehrt." Er sah mich an. „Ist sie unversehrt?"

Ich errötete und nickte. Eine solche Frage hatte ich nicht erwartet. Torvald lachte über meine Reaktion.

„Eine kluge Wahl, wenn es um Frauen von Adel geht. Es wird Euch ein höheres Lösegeld einbringen", sagte Hastein. „Sie soll ihrem Vater mitteilen, dass sie unversehrt ist, aber dass sie fürchtet, dass die Männer, die sie gefangen halten, ihr etwas antun könnten, wenn er sie nicht sofort freikauft. Das wird ihn veranlassen, einen hohen Preis zu zahlen, und ihn schnell zu zahlen."

Genevieve schaute von Hastein zu mir. „Was sagt er?"

„Er will, dass Ihr einen Brief an Euren Vater schreibt, damit wir eine Lösegeldzahlung vereinbaren können", erklärte ich ihr.

Ihr Gesichtsausdruck hellte sich auf. „Was soll ich ihm schreiben?"

Ich wollte Hasteins Worte nicht wiederholen. „Das besprechen wir später", sagte ich zu ihr.

Als Hastein uns nach Ragnars Ratsversammlung in seine Räume eingeladen hatte, hatte er auch die Karte mitgebracht, die er gezeichnet hatte, sowie die Schriftrolle, den kleinen Pinsel und die Flasche Tinte. Jetzt rollte Hastein die Schriftrolle auf und schnitt mit seinem Messer ein Stück des Pergaments ab. Genevieve keuchte. Er reichte mir das Stück Pergament mit dem Pinsel und der Flasche.

„Ihr seid auch der lateinischen Schrift mächtig, nicht wahr?" fragte er. Ich nickte. „Helft ihr dabei, die Nachricht zu verfassen, und bringt sie mir zurück, wenn Ihr fertig seid. Ich habe auch vor, den Bischof, den wir hier in Ruda gefangen genommen haben, einen Brief an die anderen Hohepriester der Christen in diesem Land schreiben zu lassen. Er soll sämtliche Priester und Mönche auflisten, die derzeit unsere Gefangenen sind, und eindrücklich darauf hinweisen, dass wir sie alle in die Sklaverei verkaufen werden, wenn sie nicht freigekauft werden. Und wir werden alle Klöster und Kirchen zwischen Ruda und dem Meer niederbrennen, es sei denn, die Franken bezahlen uns, damit wir sie verschonen."

Hastein grinste. „Diesen Teil genieße ich", sagte er. „Es macht Spaß, das Silber aus ihnen herauszuquetschen."

Bis Genevieve und ich uns auf dem Weg vom Palast zurück zu Wulfs Haus machten, ging die Sonne schon auf den Horizont zu. Ich trug einen großen Sack Wurzelgemüse, einen kleineren mit Gerste und einen in Tuch gewickelten frischen Schinken von einem kürzlich geschlachteten Schwein. Cullain hatte mir die Lebensmittel gegeben, nachdem ich Hastein von Wulfs Beteuerungen erzählt hatte, dass seine Vorräte zur Neige gingen.

„Mir ist noch nie ein Händler begegnet, der nicht irgendwo einen Vorrat an Silber versteckt hat", hatte Hastein geantwortet. „Und die meisten haben mehrere Horte an verschiedenen Orten. So schützen sie sich vor unerwarteten Schwierigkeiten. Ich vermute, dass Wulf mehr Essensvorräte kaufen könnte, wenn es wirklich hart auf hart käme. Er will nur nicht verraten, dass er versteckte Reichtümer hat, von denen wir nichts wissen. Aber wir können etwas von unseren Vorräten mit ihm teilen. Ihr und Eure Gefangene sollt wegen Wulfs Geiz keinen Hunger leiden."

Auf dem Weg dachte ich darüber nach, weshalb Hastein Genevieve eingeladen hatte, mit uns zu speisen. Einige Male während der Mahlzeit hatte er zum Ausdruck gebracht, wie angenehm er ihr Äußeres fand; einmal hatte er mich sogar darum gebeten, seine Worte für sie zu übersetzen. Es war mir etwas peinlich, aber

Genevieve errötete nur und schien nicht gekränkt.

„Ich sprach mit Wulf, während wir im Palast warteten", sagte Genevieve und unterbrach meinen Gedankengang. „Ich fragte ihn, weshalb wir bei ihm wohnten."

Die Frage war Wulf vermutlich unangenehm gewesen. Kein Franke, geschweige denn die Tochter eines Grafen, sollte je wissen, dass er unserer Armee geholfen hatte, Zugang zu Ruda zu bekommen.

„Er sagte, sein Schiff sei von Nordmännern gekapert worden, die es für eine List benutzt hatten, um ihre Krieger in die Nähe der Stadt zu führen und durch das Tor am Fluss einzudringen. Er sagte, dass Euer Kapitän der Piratenführer war, der ihn gefangen genommen hatte, und dass dieser Euch befahl, Wulf und seine Familie zu schützen, denn die Leute von Ruda könnten fälschlicherweise geglaubt haben, dass er den Nordmännern geholfen hatte, die Stadt einzunehmen."

Es war eine geschickte Lüge, schlauer als ich von Wulf erwartet hätte. Vielleicht hatte Hastein recht, und Wulf hatte einen versteckten Silberhort.

„Eine solche Güte hätte ich von Eurem Volk nicht erwartet", sagte sie. Das glaubte ich gern. Genevieve hatte mir mehr als einmal gesagt, dass sie uns als Mörder und Piraten betrachtete.

„Wulf hat mir erzählt, dass Ihr das Leben seiner Frau gerettet habt, in der Nacht, als Ruda fiel. Ihr habt einen Eurer eigenen Krieger getötet, um sie zu beschützen", sagte sie. Ich war überrascht, dass Wulf ihr von sich aus davon erzählt hatte.

Sie war lange still, dann fuhr sie schließlich fort.

„Ich möchte, dass Ihr wisst, wie dankbar ich dafür bin, wie Ihr mich behandelt habt. Für das ... für das, was Ihr nicht getan habt. Ich hatte große Angst, aber Ihr habt mich immer ehrenhaft behandelt."

Ich antwortete nicht. Ich wollte ihre Dankbarkeit nicht. Ich wollte nur das Silber, das sie bringen würde – und sie loswerden.

Am nächsten Morgen verließ ich Wulfs Haus, sobald ich erwacht war, noch bevor die Anderen sich rührten. Ich hatte genug von dem engen, stickigen Gebäude, aber noch schwerer wog, dass ich Genevieve nicht sehen wollte. Außerdem hatte Ragnar im Rat gesagt, dass alle Bogenschützen die Zeit nutzen sollten, um ihren Vorrat an Pfeilen wieder aufzustocken, und mein eigener Bestand war tatsächlich fast aufgebraucht.

Ich frühstückte mit der Besatzung der Möwe im Palast des Grafen von Ruda. Als Kapitän der Bogenschützen auf Hasteins Schiff hatte Tore bereits begonnen, Ragnars Befehl zu befolgen.

„Ich habe einen Raum hier im Palast gefunden, in dem die Krieger des Grafen zusätzliche Waffen und Ausrüstung gelagert haben", sagte er mir. „Dort liegen auch viele Bündel mit Pfeilen. Ich zeige dir den Weg. Odd, ich und die anderen Bogenschützen unserer Mannschaft haben ihre Köcher bereits damit gefüllt."

Der Raum, zu dem Tore mich führte, war viel mehr als die einfache Abstellkammer, die ich erwartet hatte. Hier wurden tatsächlich viele zusätzliche Waffen, darunter auch Pfeile, gelagert. Aber der große, offene Raum enthielt auch alles, was nötig war, um Waffen und

Rüstungen herzustellen oder zu reparieren. Es gab einen Schmiedeofen, einen Amboss und die zugehörigen Werkzeuge.

„Die Pfeile sind hier drüben", sagte Tore und ging zu einer Ecke des Raumes, wo Bündel aus zusammengebundenen Pfeilen gestapelt waren.

„Was hältst du von ihnen?" fragte ich.

Er zuckte die Achseln. „Ich habe bessere gesehen, aber auch schlechtere. Sie sind ausreichend."

Ich hob ein Bündel auf und prüfte die Pfeile. Sie waren nicht so lang wie diejenigen, die ich für mich selbst herstellte. Das hatte eine Auswirkung darauf, wie weit der Bogen ausgezogen werden konnte, und damit auf die Stärke des Schusses. Außerdem waren die Schäfte dünner, als mir lieb war. Sie würden beim Einschlag auf einen harten Untergrund viel eher zerbrechen, wenn sie mit einem schweren Bogen wie meinem abgeschossen wurden.

„Hast du schon Probeschüsse gemacht?" fragte ich. Tore benutzte wie ich einen schweren Langbogen, und unsere Bögen waren zu kräftig für die meisten anderen Bogenschützen unseres Schiffes, die sie nicht ohne Mühe ausziehen konnten.

„Ja", antwortete er. „Sie sind etwas zu leicht. Sie schwingen aus meinem Bogen. Bei dir werden sie zweifellos das Gleiche tun. Aber es ist auf jeden Fall besser, diese Pfeile zu haben, als wenn dir in einer Schlacht die Munition ausgeht."

„Glaubst du, es wird eine Schlacht geben? Noch eine?" Ich hatte gehofft, dass wir das Frankenland verlassen würden, wie Ivar vorgeschlagen hatte.

„Ragnar ist der Kriegsherr der Armee", erwiderte Tore, als ob das eine Antwort auf meine Frage wäre. Das war es nicht.

Ich löste die Kordeln an zwei Bündeln und begann, die Pfeile in einen meiner Köcher zu füllen. Dann bemerkte ich jenseits der gestapelten Pfeilbündel einige Stücke trockenes Holz, das noch nicht gespalten und in Schäfte geschnitten worden war. Ich ging hinüber und nahm ein Scheit auf.

„Es gibt auch einen großen Sack mit Gänsefedern für die Befiederung sowie viele Pfeilspitzen", sagte Tore.

Das hörte sich schon besser an. Mit den Pfeilen der Franken füllte ich einen Köcher – den Ersatzköcher, den ich einem toten Mann abgenommen hatte. Vorrangig wollte ich aber genügend neue Pfeile herstellen, die in Länge und Gewicht auf meinen Auszug und die Kraft meines Bogens abgestimmt waren, um meinen Hauptköcher zu füllen – denjenigen, der die verbleibenden Pfeile enthielt, die ich auf diese Reise mitgenommen hatte. Ich hatte mehr Vertrauen in Pfeile, die ich selbst gefertigt hatte, und mehr Gewissheit, dass sie in die gewünschte Richtung fliegen würden.

Die Arbeit dauerte fast vier Tage und war öde und langweilig. Ich verbrachte einen ganzen Tag und einen Teil des zweiten nur damit, die Holzstücke der Länge nach zu spalten und zu Schäften zu formen, die ich über der Hitze eines niedrigen Feuers gerade richtete. Dann schnitt ich Nocken in ein Ende jedes Schafts und schrägte das andere Ende ab, damit es in die Tülle der eisernen Pfeilspitze passte. Es dauerte einen weiteren vollen Tag, um Federn für die Befiederung zu spalten und sie an meinen neuen Schäften mit Pech und Zwirn zu befestigen. Zum Schluss montierte ich die Metallspitzen ebenfalls mit Pech und schärfte sie.

Am Abend des vierten Tages war ich fertig, und ich feierte mit Tore, Odd, und den anderen Mannschaftsmitgliedern der Möwe. Wir teilten ein Fass schweres, schaumiges Bier, das laut Tore aus einem Kloster entwendet worden war. Die Priester des Weißen Christus waren nicht knauserig, wenn es um das Brauen von Bier ging.

Während der Arbeit an meinen neuen Pfeilen hatte ich mit der Mannschaft im Palast übernachtet. Am Abend nach Ragnars Ratsversammlung hatte ich Wulf erklärt, dass ich nicht mehr jede Nacht in seinem Haus bleiben würde. Schließlich hatte er recht – die Stadt war jetzt sicher. Ich glaubte nicht, dass Genevieve es wagen würde, sein Haus zu verlassen, da Ruda von unserem Heer besetzt war. Aber ich sagte Wulf, dass ich ihn dafür verantwortlich machen würde, falls Genevieve weglaufen oder ihr etwas zustoßen sollte, während ich unterwegs war.

Nachdem ich vier volle Tage und Nächte abwesend gewesen war, hielt ich es für geboten, nach meiner Gefangenen zu sehen. Es war spät, und der Himmel war schon lange dunkel, als ich mich etwas schwankend und mit zwei Köchern voller Pfeile auf den Weg zu Wulfs Haus machte.

Als ich das Haus erreichte und so leise eintrat wie ich konnte, war das Feuer im Herd für die Nacht mit Asche belegt, und alle waren bereits im Bett. Von der anderen Seite der geschlossenen Tür zum Hinterzimmer hallte Wulfs Schnarchen wie ein Donnergrollen in der Ferne. Ich stocherte in den glimmenden Kohlen, bis sie hell genug flackerten, damit ich ein schwaches Licht zum Sehen hatte, und lehnte meine gut gefüllten Köcher gegen die Wand neben meiner Seekiste.

Meine Haut fühlte sich pappig und dreckig an. Sehnsüchtig dachte ich an das Badehaus im Langhaus meines Vaters. Ich erinnerte mich an einem Tag, als Harald und ich nach einer erfolgreichen Jagd bis zum Hals in heißem Wasser in einem großen Holzzuber saßen, während unsere Schwester uns heißen, gewürzten Met brachte. Das war eine glückliche Zeit. Sie schien unendlich lange her zu sein.

Spontan zog ich meine Tunika und Hose aus und trat hinaus zu dem Holzfass neben der Tür, in dem Wulf und Bertrada das Wasser aufbewahrten, das sie von dem gemeinschaftlichen Brunnen weiter unten in der Straße holten. Mit den Händen schöpfte ich kaltes Wasser und wusch mir Gesicht und Körper so gut es ging. Dann ging ich schnell wieder hinein, um der Kälte der Nachtluft zu entkommen. Als ich im schwachen Licht nach meinem Umhang suchte, um mich abzutrocknen, schüttelte es mich, und ich nieste.

„Was ist das? Wer ist da?" kam eine schläfrige Stimme von der anderen Seite des Zimmers.

Erschrocken drehte ich mich nach der Stimme um. Genevieve lag auf einer notdürftigen Pritsche in einer Ecke. Sie hatte sich auf einen Ellbogen gestützt und sah verschlafen in meine Richtung.

Sie schnappte nach Luft, auf einmal hellwach. „Wo sind Eure Kleider?"

Ich griff schnell nach meinem Umhang und wickelte ihn um mich. „Was macht Ihr hier draußen?" fragte ich.

„Ich kann im Hinterzimmer nicht mehr schlafen", sagte sie. „Dort ist es zu laut. Ich habe die letzten beiden Nächte hier geschlafen."

„Wulfs Schnarchen stört Euch?" Es war tatsächlich sehr laut.

„Das und ... auch andere Geräusche." Sie räusperte sich und strich sich verwirrt mit einer Hand durch das Haar.

Ich brauchte einen Augenblick, bis ich verstand, was sie meinte. Tagsüber gingen Wulf und Bertrada zurückhaltend miteinander um, aber die Zuneigung, die sie im Dunkeln füreinander empfanden, war laut und enthusiastisch. Ich war in einem Langhaus aufgewachsen, wo viele Menschen eng mit wenig Privatsphäre zusammenlebten, und ich war daran gewöhnt, solche Geräusche zu ignorieren. Anscheinend waren die Bedingungen in den Palästen des fränkischen Adels etwas anders.

„Ah", sagte ich. Dann fügte ich noch hinzu, „Also wollt Ihr jetzt hier draußen schlafen?"

„Wenn Ihr nichts dagegen habt."

„Mir ist es egal. Ihr könnt tun, was Ihr wollt", sagte ich ihr.

Sie seufzte. „Ihr seid mir noch immer böse. Das seid Ihr schon seit dem Tag am Fluss. Ich sehe es jedes Mal in Eurem Gesicht, wenn Ihr mich anschaut; ich höre es in Eurer Stimme, wenn Ihr sprecht."

Ich antwortete nicht. Sie hatte recht.

„Ich bereue, was ich getan habe", sagte sie. Ihre Stimme war kaum lauter als ein Flüstern.

„Ihr bereut, dass Ihr versucht habt, wegzulaufen?" Ich glaubte ihr nicht, und versuchte gar nicht, das zu verbergen.

Sie schüttelte den Kopf. „Den Versuch, zu entkommen, bereue ich nicht, sondern das, was durch meine Handlung verursacht wurde. Die Männer, die ihr Leben verloren haben, tun mir leid. Ihre Familien tun mir leid. Ich fühle mich für ihren Tod verantwortlich. Hätte ich nicht gerufen, wären sie heute noch am Leben. Ich habe ihren Tod genauso verursacht wie Ihr." Sie bedeckte ihr Gesicht mit den Händen und begann zu weinen.

Ihre Reaktion überraschte mich und gab mir zu denken. Bisher hatte ich den Eindruck gehabt, dass sie sich nur um sich selbst kümmerte.

Auch ich bereute den Tod der fränkischen Krieger. Es waren mutige Männer. Sie wollten nur Genevieve retten und ihrem verwundeten Kameraden helfen. Es gab nichts Persönliches zwischen uns. Wenn es den Krieg zwischen unseren Völkern nicht gegeben hätte, wären wir nicht Feinde gewesen, und sie wären nicht gestorben.

„Es hat keinen Sinn, wenn Ihr Euch die Schuld gebt", sagte ich Genevieve. „Was geschehen ist war Schicksal – das Schicksal der Krieger, von Euch, und von mir. Die Nornen haben sich entschieden, die Fäden unserer Leben zusammenzuweben. Ich weiß nicht, weshalb. Kein Sterblicher kann ergründen, wieso sie bestimmte Muster weben. Aber es war Schicksal, dass jene Krieger und ich uns als Feinde gegenüberstehen sollten, und mein Glück, dass ich gesiegt habe." Glück und mein Bogen.

Sie schüttelte den Kopf. „Ich verstehe nicht. Ihr glaubt, dass Eure Götter für alles verantwortlich sind, was geschieht?"

„Die Nornen sind keine Götter", klärte ich sie auf. „Sie sind die Weberinnen des Schicksals – von allem, was in der Welt passiert, von allen Pfaden, denen die Menschen folgen. Sogar die Götter werden von ihrem Schicksal bestimmt."

„Das ist ein merkwürdiger Glaube", sagte sie mit gerunzelter Stirn.

Ich fand es merkwürdiger, *nicht* an das Schicksal zu glauben. Wie kann ein Mensch dem Leben begegnen, wenn er nicht darauf vertrauen kann, dass alles aus einem Grund geschieht – dass sein Schicksal von den Nornen genau so gewebt und bestimmt wurde? Sonst müsste er wohl immer, wie Genevieve es jetzt tat, zurückblicken und sich fragen, ob alles, was um ihn herum geschehen ist und was in der Vergangenheit lag, anders hätte kommen können, wenn er sich anders verhalten hätte.

„Das ist kein Glaube. Es ist der Lauf der Dinge."

Ich legte mich auf meine Pritsche und wickelte mich fest in meinen Umhang. Bald war ich eingeschlafen.

Als ich am nächsten Morgen aufwachte, war mein Zorn auf Genevieve verflogen.

3

Vorbereitungen

Am nächsten Tag blieb ich in Wulfs Haus und nutzte die Zeit, um meine Brünne zu polieren und einzufetten und die Schneiden des Schwerts und des Speers zu schleifen, die ich beim Kundschaften erbeutet hatte. Überrascht stellte ich fest, dass Genevieve in den wenigen Tagen meiner Abwesenheit, während derer ich meinen Vorrat an Pfeilen aufgestockt hatte, zu einem Mitglied des Haushalts geworden war. Sie half sogar Bertrada, die Mahlzeiten zuzubereiten, obwohl sie offensichtlich wenig Erfahrung mit dem Kochen hatte. Bertrada musste ihr für die einfachsten Aufgaben Anleitungen geben. Zwischen den Mahlzeiten beschäft-igte sie sich mit dem Baby Alise und versuchte, den beiden älteren Kindern die Grundlagen des Lesens und Schreibens beizubringen.

„Ihr solltet Eure Zeit nicht verschwenden, gnädige Frau", sagte Wulf zu ihr. Obwohl sie den beiden gesagt hatte, dass sie sie als ‚Genevieve' ansprechen sollten, behandelten Bertrada und Wulf sie weiterhin mit Ehrerbietung. „So Gott will, wird Carloman eines Tages mein Schiff und meine Handelsrouten übernehmen, und Adela wird die Frau eines respektablen Mannes werden."

„Aber Ihr seid doch ein Händler, Wulf", sagte Genevieve. „Könnt Ihr nicht lesen und schreiben? Wird Carloman das nicht auch können müssen?"

Er schüttelte den Kopf. „Ich kenne mich mit Zahlen aus, und mit Maßen und Gewichten. Ohne sie ist kein Handel möglich. Aber ich habe keine Verwendung für das Schreiben. Das ist für Priester, nicht für Menschen, die ihren Lebensunterhalt verdienen müssen." Er errötete und blickte zu Boden. „Nichts für ungut, gnädige Frau! Da Ihr ja eine heilige Frau seid."

Bei der Arbeit an meinen Waffen und meiner Rüstung streifte mein Blick öfters durch den Raum und hinüber zur anderen Seite, wo Genevieve sich aufhielt. Ihre Hände waren meistens beschäftigt, aber in ihren Augen sah ich oft einen abwesenden und traurigen Ausdruck, als ob sie mit den Gedanken ganz woanders war. Im Laufe des Nachmittags, während sie Alise auf ihrem Knie wippte, fing sie auf einmal zu weinen an. Genevieve übergab das Kind an den erschrockenen Wulf und eilte durch die Tür hinaus auf die Straße. Ich folgte ihr.

„Warum weint Ihr?" fragte ich.

„Es ist nichts", sagte sie und wischte sich die Augen mit ihrem Ärmel ab. „Das geht Euch nichts an."

Ich erinnerte mich an das Gespräch der vergangenen Nacht. „Weint Ihr um die Toten?" spekulierte ich.

Sie nickte und bedeckte ihr Gesicht mit den Händen. Lautloses Schluchzen erschütterte ihre Schultern. Ich wusste nicht, was ich tun sollte, also tat ich nichts. Ich kam mir albern vor.

Sie hörte endlich auf zu weinen, wischte noch einmal ihre Augen mit dem Ärmel ab, atmete tief ein und sprach. Während sie sprach, schaute sie in die Ferne, obwohl nichts da war, außer der blanken Wand eines

Hauses auf der anderen Straßenseite.

„Um die Toten und die Lebenden", antwortete sie mit etwas Verspätung. „Kapitän Marcus – einer der Männer, die Ihr getötet habt – gehörte zu den Lieblingsoffizieren meines Vaters. Er war oft im Haus meines Onkels, und ich kenne seine Familie. Er hat eine junge Tochter, etwa so alt wie Alise. Sie wird ohne Vater aufwachsen. Und ich mache mir Sorgen um meinen Onkel und meine Tante Therese. Leonidas war ihr ältester Sohn. Sie müssen jetzt unbeschreiblichen Schmerz empfinden."

Ich hörte nicht gern von den Familien der Männer, die ich getötet hatte. Ich sah auch nicht gern den Schmerz in Genevieves Gesicht.

„Es tut mir leid, dass ich diesen Schmerz in Eurem Leben verursacht habe." Sobald ich das gesagt hatte, erschienen mir meine Worte als schwach und unangemessen und ich wünschte, ich hätte sie zurücknehmen können. Sie war eine Fränkin, ich ein Däne. Sie war eine Gefangene und ich hatte sie geraubt. Torvald oder Tore oder irgendein anderer Mann auf der Möwe hätte laut gelacht, wenn sie mich gehört hätten. Doch obwohl ich wünschte, ich hätte diese Worte nicht laut gesprochen, wusste ich in meinem Herzen doch, dass sie wahr waren. Ich bereute das Leid, das ich ihr zugefügt hatte.

„Das Schlimmste ist, dass sie für mich gestorben sind. Sie gaben ihr Leben, um mir zu helfen." Sie fing wieder an zu schluchzen. „Das könnt Ihr nicht verstehen."

Es hätte mich nicht scheren sollen, was sie von mir hielt, aber ihre Worte waren wie ein Stachel.

„Ich kann das nicht verstehen?" wiederholte ich und lachte verbittert. „Weil ich ein Mörder bin, zu rücksichtslos und grausam, um Gefühle zu haben? Nur ein mordender Pirat – was könnte ein solcher Mann denn verstehen? Oder haltet Ihr es vielleicht für unmöglich, dass jemand sein Leben für mich aufopfern könnte?"

„Weil Ihr ein Krieger seid, wie Ihr mir so stolz erzählt habt", erwiderte sie. „Und ja, auch weil Ihr ein Pirat und ein Mörder seid. Ich habe gesehen, wie Ihr kämpft. Ihr seid rücksichtslos. Ich habe gesehen, wie leicht Euch das Töten von der Hand geht. Ihr kämpft und tötet bestimmt schon Euer ganzes Leben. Ist das nicht so üblich in Eurem Land?"

Zunehmend verärgert begann ich, eine wütende Antwort zu formulieren. Aber dann schaute ich auf Genevieves tränenüberströmtes Gesicht. Sie starrte trotzig zu mir hoch, und im Geiste sah ich das Gesicht meiner Mutter, als sie jung war, als sie etwa so alt wie Genevieve war. Sie hatte gesehen, wie ihr Vater und ihr Verlobter vor ihren Augen getötet wurden, als sie versuchten, sie vor den plündernden Nordmännern zu retten, die sie gefangen hatten. Sie wurde ihrer Heimat entrissen und in ein fernes und unbekanntes Land verschleppt. Sie hatte damals bestimmt ähnliche Gefühle gehabt, wie Genevieve sie jetzt empfand. Hatte sie nicht eine Zeitlang große Angst vor meinem Vater gehabt? Hatte sie ihn nicht verachtet? Ich spürte, wie meine Wut verflog.

„Vielleicht habt Ihr recht, was mein Volk angeht", sagte ich mit leiser Stimme. „Zumindest bei einigen von uns. Einige Dänen sind Piraten. Einige sind grausam und einige sind Mörder. Und ich bin ein Däne. Aber vor einem Jahr war ich nicht einmal ein Krieger. Ich hatte nie gekämpft und nie getötet. Ich habe nicht beschlossen, der Mörder zu werden, für den Ihr mich haltet. Das Schicksal hat mich zu dem gemacht, was ich heute bin, und niemand kann seinem Schicksal entrinnen." Ich wandte mich ab und ging zurück zum Haus. An der Tür hielt ich inne und sagte über meine Schulter: „Und Ihr irrt Euch – ich verstehe den Schmerz, den Ihr fühlt. Meine Mutter und mein Bruder haben beide ihr Leben für mich gegeben."

Später am Tag stattete Hastein einen Überraschungsbesuch bei Wulf ab. Es war das erste Mal, dass er dort war. „Ich wollte mit eigenen Augen sehen, wo Ihr in Ruda untergekommen seid", erklärte er, während er sich im dem kleinen Haus umsah, und Wulf nervös daneben stand.

Es schien mir unwahrscheinlich, dass Hastein sich so sehr für meine Unterkunft interessierte, dass er sie besichtigen wollte. Ich fragte mich, ob er in Wahrheit das Versteck finden wollte, in dem er Wulfs geheimen Vorrat an Silber vermutete. Seine Begutachtung dauerte nicht lange. Es gab nicht viel Haus zu inspizieren.

Genevieve schnitt Gemüse für einen Eintopf, den Bertrada für das Abendessen vorbereitete. Den ganzen Tag hatte sie ihre Kapuze und ihren Mantel nicht getragen, und ihr glänzendes, dunkelbraunes Haar war zurückgekämmt und mit einem kurzen Stück Schnur locker hinter dem Nacken zusammengebunden.

Hastein bemerkte es. „Sie trägt ihre Ordenstracht heute nicht", sagte er und bat mich, seine Worte zu übersetzen.

„Mein Mantel ist verschmutzt", erklärte sie. Die Frage schien sie zu verwirren. „Und wenn ich in der Nähe der Feuerstelle arbeite, ist es zu warm, um ihn zu tragen."

„Sie sollte ihre Tracht nie tragen. Ihre Haare sind viel zu schön, um bedeckt zu sein", sagte Hastein. „Erzählt Ihr, was ich gesagt habe."

Wieso sollte er ihr so etwas sagen wollen? Sie war nur eine Gefangene. *Meine* Gefangene. Und warum musste *ich* ihr seine Worte weitergeben? Es war mir unangenehm.

Genevieve fand Hasteins Worte offensichtlich auch unangenehm. Ich war froh, dass sie diesmal anders als an dem Tag in seinem Quartier nicht über seine Aufmerksamkeit erfreut war. Sie errötete und senkte den Blick auf ihre Hände, nachdem ich übersetzt hatte. „Ich bin eine Frau Gottes", murmelte sie. „Versteht Euer Kapitän das nicht?"

Hastein lachte, als ich ihm ihre Antwort wiedergab. „Ja", sagte er. „Und es ist eine große Vergeudung einer schönen Frau. Wenn die Franken sie nicht freikaufen, neige ich sehr dazu, sie Euch abzukaufen. So könnten wir beide profitieren."

Ich hatte mir noch keine Gedanken darüber gemacht, was ich tun würde, wenn kein Lösegeld für Genevieve bezahlt würde. Ich hätte mir nicht die Mühe gemacht, sie gefangen zu nehmen – und die Gefahr einzugehen, sie bei meiner Flucht durchs Frankenland mitzunehmen – wenn ich nicht geglaubt hätte, dass mir das einen großen Gewinn einbringen würde. Jetzt, da Hastein in Aussicht stellte, dass sie vielleicht nicht freigekauft werden würde, fand ich das beunruhigend. Was sollte ich mit ihr machen, wenn ihr Vater sich weigerte, zu zahlen?

„Als Ihr beide vor einigen Tagen mit mir gegessen habt, trug ich Euch auf, von Eurer Gefangenen eine Nachricht schreiben zu lassen, die an ihre Familie geschickt werden soll. Hat sie das schon getan?"

Ich schüttelte den Kopf. „Nein", sagte ich. Hastein sah verärgert aus.

„Ich habe die letzten vier Tage damit verbracht, Pfeile herzustellen", erklärte ich. „Ragnar hat befohlen, dass alle Bogenschützen ihren Vorrat an Pfeilen auffüllen sollten."

Meine Antwort schien Hastein nicht zu besänftigen. „Und ich sagte, Ihr solltet dafür sorgen, dass sie eine Nachricht an ihren Vater schreibt. Das hätte nicht so lange dauern müssen. Tut es jetzt und bringt sie mir, sobald sie fertig ist", befahl er. „Morgen fahren wir mit der Möwe flussaufwärts, um mit den Franken zu verhandeln. Wir werden dann ihre Nachricht und die des Bischofs von Ruda übergeben und die Lösegeldforderungen für unsere Gefangenen besprechen. Ihr werdet mitkommen, um für mich mit den Franken zu sprechen."

Genevieve richtete ihren Brief an „meinen ehrwürdigen und verehrten Vater, Robert." Sie führte den kleinen Pinsel gekonnt und malte die Buchstaben mit sauberen, gleichmäßigen Schwüngen. Wörter auf einer Seite niederzuschreiben war offensichtlich eine Aufgabe, die ihr vertraut war.

Sie erklärte ihrem Vater, dass sie von den Nordmännern gefangen worden war, was ihm inzwischen wohl bereits bekannt war. Sie bestand auch darauf, ihm zu schreiben, dass ihr Cousin Leonidas, der älteste Sohn seines Bruders, bei dem Versuch, sie zu beschützen, getötet worden war – obwohl ich ihr sagte, dass es nicht nötig war, denn die Franken hätten die Leiche zweifellos bereits gefunden. „Bitte richtet meinem Onkel und meiner Tante Therese mein herzliches Beileid und meine Bestürzung wegen seines Todes aus, und versichert ihnen, dass er tapfer gekämpft hat", schrieb sie und seufzte lang und bebend.

„Standet Ihr und Euer Cousin Euch nah?" Ich fragte mich, wie sehr sein Tod sie schmerzte.

Sie schwieg eine Weile, bevor sie endlich antwortete. „Nein, wir standen uns nicht wirklich sehr nah. Aber er hat es nicht verdient, zu sterben. Er war noch ein junger Mann. Und seine Eltern sind gute Menschen und verdienen nicht das Leid, in das sein Tod sie zweifellos gestürzt hat."

Genevieve zögerte nicht, als ich ihr auftrug zu versichern, dass sie unversehrt war. Doch als sie schreiben sollte, dass sie befürchtete, ihre Entführer würden ihr Gewalt antun, wenn nicht schnell Lösegeld für sie gezahlt würde, lief ihr Gesicht zuerst rot an, bevor sie kalkweiß wurde. Sie ließ den Pinsel fallen, was einen schwarzen Tintenfleck auf dem Pergament hinterließ, und sah mich mit angsterfüllten Augen an.

„Ich habe bereits versprochen, dass Ihr nichts zu befürchten habt und dass Euch nichts geschehen wird", versicherte ich ihr. „Das sind Jarl Hasteins Worte, nicht meine. Er sagte mir, dass Ihr das schreiben solltet, damit Euer Vater einen Anreiz hat, schnell zu zahlen und er nicht versucht, den Preis zu drücken. Ihr müsst mir vertrauen. Ihr seid meine Gefangene, und ich werde mein Wort Euch gegenüber halten."

Das schien sie zu beruhigen. „Wie viel werdet Ihr von meinem Vater verlangen, um mich freizukaufen?"

Ich sagte ihr die Wahrheit. „Das weiß ich nicht. Das wird Hastein entscheiden. Ich habe noch nie Lösegeld für einen Gefangenen gefordert. Und Ihr seid nicht irgendeine Gefangene; Ihr seid die Tochter eines Grafen und zweifellos mehr wert als viele."

„Seid Ihr wirklich erst seit Kurzem ein Krieger?" fragte sie. Ich nickte.

„Was wart Ihr vorher?"

Ich wollte es ihr nicht erzählen, aber sie starrte mich an und wartete auf eine Antwort. Ich wollte auch nicht lügen.

„Ich war ein Sklave", sagte ich leise. Wulf und Bertrada sollten nicht mithören.

„Oh." Sie schien überrascht. Sie schaute nach unten auf das Pergament vor ihr. „Das tut mir leid."

Ich fand diese Bemerkung seltsam. Was könnte ihr denn daran leidtun?

Als ich mit Genevieves Brief an ihren Vater den Palast des Grafen von Ruda erreichte, war der Abend angebrochen. Die kalten Gänge aus Stein im Innern des

Palastes waren dunkel und beklemmend. Sie erinnerten mich an die niedrigen Tunnel und dunklen Hallen, die unter den Wurzeln der Berge gegraben waren, und wo die Zwerge wohnen sollten.

Hastein war beim Baden. In seiner Unterkunft war der Mitte des Zimmers eine große Kupferwanne aufgestellt worden, in der er saß. Als ich das Zimmer betrat, leerte Cullain gerade einen Topf mit dampfendem Wasser über seinem Kopf aus.

„Aahh!", rief Hastein, als das Wasser über ihn strömte. „Das fühlt sich wunderbar an." Er öffnete seine Augen, als ich näher kam. „Habt Ihr die Nachricht?"

Ich hielt das Stück Pergament hoch. „Ja."

„Gut", sagte er. „Wir werden morgen bei Tagesanbruch abreisen, sobald wir genug Licht haben, um den Fluss zu sehen. Ihr solltet heute Abend wohl bei der Mannschaft bleiben."

„Dann hole ich meine Waffen und Ausrüstung aus Wulfs Haus und komme zurück", sagte ich ihm.

„Es ist gut, dass Ihr inzwischen ein Kettenhemd und ein Schwert habt. Ihr habt Euch beim Kundschaften ausgezeichnet. Andere – Ivar und Björn – haben es bemerkt. Ihr habt die Armee der Franken gefunden, habt eine vorzügliche Waffe erbeutet und werdet für Eure Gefangene wohl eine anständige Menge Silber erhalten. Das ist übrigens für sie."

Hastein zeigte auf ein Bündel auf dem Tisch. „Das sind Frauenkleider", sagte er. „Sie waren in einer dieser großen Truhen, als ich diese Räume übernahm. Das Ordensgewand, das Eure Gefangene trägt, ist schmutzig. Als Tochter eines Grafen ist sie bestimmt nicht daran gewöhnt. Gebt ihr dies, damit sie saubere Kleidung tragen kann. Sagt ihr, dass sie ein Geschenk von mir sind", fügte er hinzu.

Jetzt gab Hastein Genevieve schon Geschenke. Er schien von ihr viel zu sehr angetan zu sein. Mehr als je zuvor machte ich mir Sorgen, was passieren würde, wenn ihr Vater sich weigerte, sie freizukaufen.

Hastein hörte kurz auf, zu reden, während er seine Haare mit einem Seifenblock einrieb. „Cullain, wo ist das Mädchen?" murrte er. Cullain antwortete nicht. Er war dabei, mehr Wasser in den Topf zu gießen, der über den Flammen hing; als er sich wieder aufrichtete, starrte er trotzig in Hasteins Richtung. Dann verschwand er durch eine schmale Tür gegenüber dem Haupteingang, den ich benutzt hatte. Einige Augenblicke später trat eine junge Frau durch die gleiche Tür in den Raum.

Hastein winkte mit der Seife über seinem Kopf. „Komm her. Wasch mir die Haare", sagte er zu ihr und veranschaulichte den Befehl, indem er kurz den Kopf mit der Seife rieb. Er wandte sich wieder an mich. „Es ist lästig, dass sie nicht versteht, was ich sage."

Die Frau trat an den Zuber heran, nahm die Seife aus seiner Hand und begann, seine Haare zu waschen. Sie war barfuß und trug nur ein dünnes, weißes Kleid, das wie ein Unterkleid aussah.

„Was haltet Ihr von ihr?" fragte Hastein.

Sie war durchaus hübsch, oder sie wäre es gewesen, wenn ihre Gesichtszüge nicht so abgehärmt und traurig wirkten. Ich fragte mich, was sie verloren hatte. Ihre Freiheit? Ihre Familie? Ihre Hoffnung?

„Sie sieht unglücklich aus", sagte ich.

Hastein nickte. „Sie scheint von melancholischem Gemüt zu sein. Übrigens, ich habe ernst gemeint, was ich in Wulfs Haus gesagt habe."

Ich glaubte zu wissen, auf was er sich bezog, aber ich bemühte mich, keine Regung zu zeigen – und mein wachsendes Gefühl der Beunruhigung zu verbergen.

„Wenn der Vater Eurer Gefangenen sich weigert, Lösegeld zu zahlen, werde ich sie Euch abkaufen", erklärte er.

Wenn Hastein Genevieve haben wollte, konnte ich es dann wagen, sie ihm zu verweigern? Er war mein Anführer und mein Stammesfürst, und ich wollte ihn nicht gegen mich aufbringen. Es war ein großes Glück, dass er mich in die Besatzung der Möwe aufgenommen hatte, und ich schuldete ihm meine Loyalität. Darüber hinaus benötigte ich seine Unterstützung und Hilfe, wenn ich jemals wirklich hoffen sollte, mein Ziel zu erreichen und Toke und alle seine Männer zur Strecke zu bringen. Aber ich hatte Genevieve versprochen, dass ihr nichts geschehen würde. Sie stand unter meinem Schutz, und ich hatte ihr mein Wort gegeben. Ich sah wieder auf das Gesicht der Frau, die Hastein beim Baden half, und wusste, dass ich nicht zulassen durfte, dass Genevieve so werden würde wie sie.

Ich schüttelte den Kopf. „Wenn sie nicht freigekauft wird, werde ich sie nicht verkaufen."

Hastein hob die Augenbrauen. „Ihr werdet sie für Euch behalten, anstatt sie zu mir zu verkaufen?" Irgendetwas klang in seiner Stimme mit, das ich nicht entziffern konnte. War es Wut oder nur Überraschung?

„Ich habe ihr mein Wort gegeben, dass ihr kein

Leid zugefügt wird. Ich werde mein Wort nicht brechen." Ich hoffte, er würde nicht weiter darauf drängen.

„Sie ist nur eine Fränkin und eine Gefangene", sagte er. Sein Gesichtsausdruck war undurchschaubar, aber er beobachtete mich nun genau.

„Wulf ist auch nur ein Franke und ein Gefangener", antwortete ich. „Aber Ihr fühltet Euch dennoch verpflichtet, ihm gegenüber Wort zu halten."

Ungemütlich lang herrschte zwischen uns Stille, bis Hastein wieder sprach. „Einige Stammesfürsten nehmen großen Anstoß daran, wenn ihnen ihre Wünsche verweigert werden – besonders von einem ihrer eigenen Männer." Er starrte mich an und versuchte, mich dazu zu zwingen, den Blick zu senken, aber ich tat ihm den Gefallen nicht. Cullain und die Frau waren jetzt beide still und beobachteten uns.

Endlich sprach er wieder. „Ich selbst denke, es ist gut, wenn ein Mann für das eintritt, woran er glaubt. Ich finde es leichter, einem Mann zu vertrauen, wenn ich weiß, dass er die Ehre über alles stellt – sogar sein Leben."

Ich wusste nicht, ob ich mich durch Hasteins letzte Bemerkung erleichtert oder bedroht fühlen sollte. Ich vermutete sogar, dass dies seine Absicht war – dass er mich verunsichern wollte. Er starrte mich einige Augenblicke länger an. Dann schaute er mit einem kleinen Lächeln weg und ließ sich tiefer in die Wanne sinken. Er zeigte auf die traurige Frau. „Erklärt ihr, dass sie die Seife jetzt ausspülen und meine Haare kämmen soll. Und sagt ihr, dass sie behutsam sein soll, wenn sie irgendwelche Haarknoten findet."

Ich leitete seine Anweisungen an die fränkische Frau weiter und wandte mich zum Gehen. Hastein rief mit hinterher. „Habt keine Sorge. Ich bin sicher, dass ihr Vater zahlen wird." Ich konnte nur hoffen, dass er recht hatte.

Wulf, seine Familie, und Genevieve hatten bereits zu Abend gegessen, als ich zurückkehrte.

„Habt Ihr im Palast gegessen?" fragte Genevieve. Ich schüttelte den Kopf. Sie schöpfte etwas von dem übrig gebliebenen Eintopf in eine Tonschüssel und stellte sie auf den Tisch. „Er ist noch warm."

Ich legte das Kleiderbündel auf dem Tisch und setzte mich zum Essen hin. „Ich werde einen oder zwei Tage weg sein, vielleicht auch mehr. Ich bin nur zurückgekommen, um Waffen und Rüstung zu holen." Ich deutete auf das Bündel und sagte zu Genevieve: „Das ist für Euch."

„Was ist es?" fragte sie.

„Kleidung. Frauenkleider. Jarl Hastein fand sie im Palast. Er hat bemerkt, dass Eure Kleider verschmutzt sind, und nahm an, dass Ihr gerne etwas Sauberes zum Anziehen hättet." Ich sprach sachlich, während ich weiter meinen Eintopf löffelte – in der Hoffnung, dass sie dies nur als Höflichkeit Hasteins ohne Hintergedanken betrachten würde, und nicht als Geschenk.

Sie seufzte und nickte. „Das ist wahr. Meine Ordenstracht ist so dreckig, dass sie vom Schmutz steif ist."

Genevieve öffnete das Bündel und schnappte vor Freude nach Luft. Das äußere Kleidungsstück, das um die anderen gewickelt war, war ein kurzer Mantel aus weicher, tiefschwarz gefärbter Wolle. Darin gefaltet lagen zwei Unterkleider aus feinem weißem Leinen und zwei Oberkleider in satten Farben – das eine in einem tiefen Rot, das andere in leuchtendem Blau.

Genevieve zog die Kleider heraus und hielt sie hoch, damit sie sie im schwachen Licht des Herds besser betrachten konnte.

„Schaut doch diese Farben an!" sagte sie. „Sie sind so herrlich. Seit ich in das Kloster von St. Genevieve eingetreten bin, habe ich Farben so sehr vermisst. Es ist sicher eine Sünde, dass sie mir noch so fehlen." Sie schaute mich an. „Euer Kapitän ist ein sehr gütiger Mensch. Ich bin berührt, dass er mir eine solche Gefälligkeit erweist."

Ich konnte mir nicht vorstellen, dass sie so erfreut wäre, wenn sie gewusst hätte, dass Hastein sie für sich kaufen wollte. Ich ertappte mich dabei, wie ich dachte, dass ihr Urteil unfair war. Wenn statt mir Hastein Genevieve gefangen genommen hätte, was wäre dann passiert? Ich hatte ihr in keiner Weise Schaden zugefügt. Ich hatte sie ehrenvoll behandelt. Aber da Hastein ihr diese Sachen gegeben hatte, war er jetzt in ihren Augen ein liebenswürdiger Mensch.

„Es freut mich, dass Ihr so über ihn empfindet", sagte ich. „Er hat mir erzählt, dass er Euch mir abkaufen will, wenn Euer Vater nicht bereit ist, das Lösegeld für Euch zu zahlen."

Die vorübergehende Freude, die meine Bemerkung mir bereitet hatte, verflog, als ich den angsterfüllten Ausdruck in ihrem Gesicht sah.

„Wenn mein Vater das Lösegeld nicht bezahlt?"

flüsterte sie. „Hat Euer Kapitän vor, so viel zu verlangen, dass mein Vater mich nicht freikaufen wird?"

Das war eine Möglichkeit, die mir noch nicht eingefallen war. „Ich bin sicher, Euer Vater wird zahlen, um Euch freizubekommen", versicherte ich ihr.

„Was wird aus mir, wenn er es nicht tut?" Sie schaute mich bange an. „Was dann? Was werdet Ihr tun? Was wird Euer Kapitän tun?"

Ich hätte den Mund halten sollen. „Ich habe Jarl Hastein gesagt, dass ich Euch nicht verkaufen werde."

„Aber er ist Euer Kapitän."

„Ihr seid meine Gefangene, nicht seine. Ich entscheide, was mit Euch geschieht." Ich und die Nornen.

Als die Möwe Ruda stromaufwärts verließ, trieben Fetzen des frühmorgendlichen Nebels noch über den Fluss. Wir hatten einen unerwarteten Passagier – Ragnar war mit an Bord. Wir ruderten kräftig. Hastein wechselte die Männer an den Rudern den ganzen Tag im Turnus durch zusätzliche Besatzungsmitglieder ab, damit wir alle nacheinander Ruhezeiten hatten, während das Schiff immer gute Fahrt machte.

„Beugt Eure Rücken, Männer!" wies er uns an. „Es tut Euch gut. Wir waren zu lange untätig. Und Ragnar und ich wollen sehen, wie schnell unsere Schiffe diesen Flussabschnitt bewältigen können."

Das erste Anzeichen der fränkischen Armee sahen wir am Mittag. Eine zehnköpfige Reiterspäh-truppe, die reglos auf ihren Pferden saß, war als Schattenriss gegen den Himmel auf einem Hügelkamm mit Blick auf den Fluss zu erkennen. Sie sahen zu, wie die Möwe unter ihnen vorbeifuhr. Ein einzelner Reiter drehte sich um und ritt davon, während der Rest uns beschattete, als wir weiter flussaufwärts ruderten.

„Sie wollen, dass wir wissen, dass sie da sind", sagte Tore, während er sie über seine Schulter beobachtete und an seinem Riemen zog. „Wir sollen wissen, dass sie uns im Auge haben."

Im Verlauf des Nachmittags schlossen sich dem ersten Trupp weitere Reiter an, und andere nahmen die Verfolgung auf dem gegenüberliegenden Ufer auf. Mit der Zeit begleiteten uns mindestens dreißig berittene Krieger auf beiden Seiten des Flusses. Hastein lächelte grimmig, als er sie beobachtete, sagte aber nichts. Ich fragte mich, warum er nicht anhielt, um unsere Nachrichten an die Franken gleich zu übergeben.

Wir ankerten über Nacht in der Mitte des Flusses und fuhren am nächsten Morgen weiter stromaufwärts. Als die Möwe nachmittags eine weitere Biegung im Fluss passierte, rief Hastein aus dem Bug, wo er und Ragnar den größten Teil des Tages gestanden hatten: „Torvald, vor uns liegt eine Insel. Drossele langsam die Geschwindigkeit und lass uns die Nordseite entlang fahren."

Das Gelände erwies sich als zwei Inseln, die durch einen schmalen Kanal getrennt waren. Ein kleines Dorf lag unweit des Nordufers, etwas stromaufwärts von der Rinne zwischen den Inseln. Schafherden grasten an den Hängen eines geschwungenen Bergkamms, der über dem Dorf aufragte. Beim Anblick unseres Schiffes trieben die erschrockenen Hirten ihre Schützlinge in Richtung der Baumgrenze unterhalb des Kamms.

Die etwa dreißig fränkischen Reiter, die die Möwe auf dieser Seite des Flusses seit gestern begleitet hatten, näherten sich dem Flussufer und bildeten eine Linie zwischen uns und dem Dorf. Falls nötig, waren sie bereit, zu kämpfen.

„Torvald, hier Position halten. Halfdan, kommt her zum Bug", rief Hastein. Auf Torvalds Befehl wechselten die Ruderer in einen langsameren Takt, der gerade schnell genug war, um das Schiff in der trägen Strömung auf der Stelle zu halten. Ich überließ meinen Riemen einem anderen Mitglied der Mannschaft und schloss mich Hastein und Ragnar im Bug an.

Hastein band ein großes Stück weißes Leinen an den Schaft eines Speers. Es sah aus, als hätte er es aus dem Unterkleid einer Frau herausgeschnitten. Als er fertig war, hob er die provisorische Fahne hoch und fing an, sie über dem Kopf hin und her zu schwenken.

„Ruft sie an", befahl er. „Sagt ihnen, dass ich mit ihrem Anführer sprechen will."

„Hallo! Unser Kapitän möchte mit dem Mann sprechen, der Euch anführt", rief ich den Franken, die uns beobachteten, in ihrem lateinischen Dialekt zu.

Ein Reiter in der Mitte der Linie, der am Ende seines langen Speers ein rotes Banner befestigt hatte, ritt fast bis zum Ufer vor. Er hielt seinen Schild hoch vor sich und beobachtete uns misstrauisch über dessen Rand.

„Ich bin der Anführer dieser Männer", sagte er. „Was wollt Ihr?"

Hastein gab seine Anweisungen mit leiser Stimme, und ich rief über das schmale Stück Fluss, das das Schiff vom Ufer trennte. „Wir haben Nachrichten von den Gefangenen, die von unserer Armee festgehalten werden. Es geht um die Bedingungen für ihre Freilassung. Dürfen wir an Land kommen und Euch die Nachrichten überbringen? Wir geben unser Wort, dass wir heute in Frieden kommen."

„Euer Schiff darf am Ufer festmachen", sagte der Franke. „Aber nur ein Mann darf von Bord gehen."

Ich schaute Hastein an. Er nickte. „Ihr sollt gehen. Ich werde Euch erklären, was Ihr dem Franken sagen sollt."

Während Torvald das Schiff ans Ufer brachte, gab mir Hastein Anweisungen sowie die Briefe auf Pergament, die ich übergeben sollte. Nachdem er fertig war, eilte ich nach achtern und holte meinen Helm, mein Schwert und eine kleine Axt aus meiner Seekiste. Wie die anderen Mitglieder der Mannschaft trug ich bereits meine Brünne. Tore band meinen Schild vom Gestell an der Seite des Schiffes los und reichte ihn mir.

„Bleibt nah am Flussufer", sagte er mir bevor ich wieder nach vorne ging. „Odd und ich werden Euch mit unseren Bögen sichern."

Der fränkische Offizier hatte sich etwas vom Ufer zurückgezogen und wartete mit einem ungeduldigen Gesichtsausdruck auf seinem Pferd. Seine Männer blieben weniger als einen Pfeilschuss entfernt in einer Reihe hinter ihm.

Bevor ich das Schiff verließ, rief ich ihm zu: „Ich bin bereit, an Land zu kommen. Habe ich Euer Wort, dass ich nicht in Gefahr bin?"

„Ihr habt mein Wort", sagte er. Tore und Odd erschienen mit bespannten Bögen hinter mir. „Und habe auch ich Euer Wort, dass Eure Männer mich nicht angreifen werden?"

„Solange Ihr Euer Versprechen haltet, werden wir auch unseres halten", sagte ich zu ihm.

Ich näherte mich ihm vorsichtig, während ich seine Augen und seine Hände beobachtete. Er hielt seinen Schild so, dass er ihn vom Kinn bis zum Oberschenkel abdeckte, und sein Pferd stand in einem Winkel, der mir seine geschützte Seite zeigte. Er hielt seinen Speer aufrecht in seiner rechten Hand und starrte mich mit einem hochmütigen Gesichtsausdruck an. Als ich nur noch drei Schritte entfernt war, drehte er den Speer abrupt um, so dass seine geschärfte Spitze nach unten gerichtet war. Als Reaktion darauf ging ich in Hockstellung und schwang meinen Schild direkt vor mich.

Der Franke lachte hässlich. „Keine Angst Nordmann. Ich habe mein Wort gegeben, dass Ihr sicher seid." Er stieß die Spitze des Speers in die Erde, damit der Schaft aufrecht neben ihm stand, dann ließ er ihn los und streckte mir seine leere Hand entgegen. „Wo sind die Nachrichten, von denen Ihr gesprochen habt?"

Ich zog die gefalteten Pergamentstücke aus meinem Gürtel und reichte sie ihm hoch. Er starrte mir einen Moment lang mit einem Blick, den er wohl für grimmig und einschüchternd hielt, in die Augen, dann riss er mir die Briefe aus der Hand.

„Es sind drei Briefe", erklärte ich. „Einer wurde vom Bischof von Ruda geschrieben und betrifft die Priester, die wir gefangen genommen haben, sowie Eure Tempel und Klöster. Könnt Ihr dafür sorgen, dass er den Hohepriestern Eurer Kirche übergeben wird?"

Der Franke nickte. „Ich werde ihn meinem Befehlshaber geben. Er wird dafür sorgen, dass alle Nachrichten den Richtigen erreichen."

„Die zweite Nachricht ist eine Liste aller unserer Gefangenen", fuhr ich fort. „Wir geben sie Euch, damit Eure Anführer sich entscheiden können, wen von diesen Menschen sie freikaufen wollen." Hastein hatte mir erklärt, dass er Cullain beauftragt hatte, die Liste zu erstellen. Die darauf Aufgeführten waren vor allem Soldaten und Angehörige des niederen Adels, die wir in Ruda oder während unserer Überfälle auf dem Land gefangen genommen hatten. „Möglicherweise gibt es niemanden, der sie freikaufen will", hatte er gesagt. „Aber es ist einen Versuch wert."

„Der letzte Brief ist von der Tochter eines Eurer Führer, des Grafen Robert", sagte ich. „Sie heißt Genevieve."

Die Augen des Franken loderten, und er keuchte schnell. „Ich kenne ihren Namen, Nordmann", fauchte er. „Sie ist meine Schwester. Ich bin Drogo, der älteste Sohn von Graf Robert."

„Dann werdet Ihr und Euer Vater erfreut sein, ihren Brief zu erhalten und zu erfahren, dass es ihr gut geht", sagt ich ihm.

„Maßt Euch nicht an, Nordmann, mir zu erklären, was mein Vater oder ich fühlen." Er faltete die Briefe einen nach dem anderen auf und überflog sie schnell, bis er den Brief von Genevieve fand. Ihn las er von Anfang bis Ende. Als sein Gesicht vor Zorn dunkelrot anlief, vermutete ich, dass er die Stelle in Genevieves Nachricht erreicht hatte, auf der Hastein bestanden hatte.

„Im Brief meiner Schwester ist die Höhe des Lösegelds nicht angegeben", sagte er.

„Auch in den anderen Nachrichten nicht", informierte ich ihn. „Die Lösegeldzahlungen müssen noch ausgehandelt werden. Die Anführer unserer Armee wollen sich mit Eurem Vater Graf Robert, den Hohepriestern Eurer Kirche und anderen Führern, die zum Abschließen von Verträgen ermächtigt sind, treffen, um die Bedingungen auszuhandeln. Wir geben Euch zehn Tage. Danach müssen Eure Führer bereit sein, Verhandlungen aufzunehmen und zu zahlen. Sie werden Silber mitbringen müssen. Viel Silber. Wenn wir uns einigen und wenn das vereinbarte Lösegeld gezahlt wurde, werden wir Euch die Gefangenen übergeben."

„Und was wird in der Zwischenzeit aus den Gefangenen?"

„Bis dahin bleiben sie sicher bewacht und unversehrt in Ruda – Rouen."

„Zehn Tage? Das ist nicht viel Zeit, um genug Silber zu beschaffen, um so viele Menschen freizukaufen."

„Euer Land und Euer Volk sind reich", antwortete ich. „Ich bin sicher, dass Ihr es bewerkstelligen könnt." Zumindest Hastein war sich dessen sicher.

„Wo und wann wollen Eure Anführer uns wegen dieser Verhandlungen treffen?"

„Flussabwärts von hier. Heute hat unser Schiff eine Stelle passiert, an der eine lange, gerade Strecke des Flusses endet. Kennt Ihr die Stelle, von der ich spreche?" Die Seine verlief so selten gerade, dass Hastein vermutete, die Stelle sei allgemein bekannt. Er hatte recht.

Der Franke nickte. „Ich kenne sie."

„In der ersten Biegung des Flusses stromaufwärts nach der geraden Strecke liegt eine Insel. Am Nordufer gegenüber der Insel ist das Gelände flach, niedrig und zumeist offen. In zehn Tagen laufen wir diese Insel mit fünf Schiffen an. Unsere Schiffe, die Krieger und die Gefangenen werden während der Verhandlungen auf der Insel bleiben – es sei denn, es gibt Verrat. Dann könnt Ihr damit rechnen, dass unsere Krieger den Fluss überqueren werden. Wir werden mit nur fünf Männern am Nordufer gegenüber der Insel an Land gehen: den Anführern unserer Armee und mir, um für sie zu sprechen."

„Ach, ja", sagte der Franke mit einem höhnischen Lächeln. „Ihr werdet für Eure Anführer sprechen. Es ist erstaunlich, einen Nordmann zu treffen, der die Sprache zivilisierter Menschen spricht. Eure Sprache klingt wie das Knurren von Hunden. Aber wenn man sich das überlegt, passt es ja."

Ich ignorierte die Beleidigung. „Wir werden uns am Ufer treffen und dort die Verhandlungen führen. Höchstens fünf Eurer Anführer dürfen daran teilnehmen. Eure übrigen Männer – egal wie viele Ihr mitbringt – müssen Abstand halten. Die zehn Männer, die an den Verhandlungen teilnehmen, dürfen keine Rüstung und keine Waffen irgendeiner Art tragen. Das gilt sowohl für die Franken als auch für die Dänen."

„Ich werde Eure Nachricht überbringen", sagte der Franke. „Wir werden kommen. Ich nehme an, dass Ihr die Seine hinunter bis zum Meer flüchtet, nachdem wir die Gefangenen freigekauft haben, und dann zu dem Misthaufen zurückkehrt, von dem Ihr hergekommen seid? Ihr Nordmänner seid beim Angriff auf Bauern und ungeschützte Dörfer und Priester große Helden. Aber Ihr habt nicht den Mut, gegen unsere Armee zu kämpfen, nicht wahr? Das wagt Ihr nicht."

Diesen Franken könnte ich mit Vergnügen töten. „Es war mir nicht bewusst, dass die Mauern von Ruda von Bauern und Priestern verteidigt wurden", sagte ich. „Die Franken, die ich tötete, als wir die Stadt einnahmen, trugen alle Waffen und Rüstungen und sahen aus wie Krieger. Aber andererseits – so wie sie gekämpft haben, waren sie vielleicht keine. Und ihr Anführer flüchtete aus der Stadt, ohne zu kämpfen. Er war auch ein Graf, wie Euer Vater. Gehört Ihr vielleicht zur selben Familie?"

Der Franke riss seinen Speer aus der Erde und begann, sein Pferd rückwärts zu bewegen. „Verschwindet zurück zu Eurem Schiff, Nordmann", blaffte er. „Ihr habt Eure Nachrichten übergeben. Ich sehe keinen Grund, Euch zu erlauben, länger auf unserem Boden zu bleiben."

Ich neigte den Kopf in einer spöttischen Verneigung, wobei ich den Franken die ganze Zeit im Auge behielt, und entfernte mich langsam. Nach ein paar Schritten drehte ich mich um und wendete ihm den Rücken zu. Ich hoffte dabei, dass Tore und Odd mich decken würden, während ich zum Schiff zurückging.

Plötzlich trieb der Franke sein Pferd nach vorn. Bei dem Geräusch wirbelte ich herum, hob meinen Schild, und griff nach meinem Schwert. Aus dem Augenwinkel sah ich, wie Tore und Odd ihre Bögen in Position brachten.

Einen knappen Schritt von mir entfernt zügelte der Franke sein Pferd. Ich musste zurückweichen, um nicht von der Schulter des Pferdes beiseitegeschoben zu werden.

„Nordmann!" rief er. „Wie seid Ihr zu dem Schwert gekommen, das Ihr tragt?"

„Ich habe es von einem Franken erbeutet, den ich getötet habe", antwortete ich. „Ich habe auch diese Brünne von ihm. Sie gefallen mir gut, und er war nicht Manns genug, sie zu behalten. Ich vermute, Ihr wisst, von wem ich spreche. Eure Schwester hat mir gesagt, dass sein Name Leonidas war."

„Ich werde mich an Euch erinnern, Nordmann", zischte der Franke. „Und so Gott will, werde ich Euch irgendwann töten."

4

Alte Feinde und neue Freunde

Es war am Nachmittag des vierten Tages, nachdem wir die Stadt verlassen hatten, als ich wieder die enge Gasse betrat, die zu Wulfs Haus in Ruda führte. Hastein war die Rückreise gemächlicher angegangen, aber wir waren dennoch gut vorangekommen, weil wir uns mit dem Strom bewegt hatten, anstatt gegen ihn zu rudern.

Die Tür des Hauses war geschlossen, obwohl es ein warmer, angenehmer Frühlingstag war. Aber als ich mich dem Haus näherte, stieß Wulf die Tür auf und trat hinaus, um mich zu begrüßen.

„Ich bin froh, dass Ihr wieder da seid", rief er aus. „Gestern haben Männer das Haus beobachtet."

Ich war erschöpft. Mit Ausnahme der kurzen Begegnung mit Genevieves Bruder hatte ich vier Tage lang keinen festen Boden unter den Füßen gehabt. Ich ging an ihm vorbei und trug meine Seekiste und Ausrüstung in die Ecke des vorderen Zimmers, in der ich mich eingerichtet hatte.

„Was sagt Ihr?" murmelte ich abgelenkt. Ich stellte die Kiste mit meiner Rüstung und meinen Waffen auf den Boden und lehnte den Bogen und den Schild an die Wand in der Ecke. Bertrada stand händeringend neben dem Herd. Von Genevieve und den Kindern war nichts zu sehen, aber ich konnte ihre Stimmen im Hinterzimmer hören.

„Zwei Männer", erklärte Wulf. „Sie waren gestern in der Straße vor dem Haus."

Es waren oft Menschen in der Straße. Ich konnte Wulfs Aufregung nicht verstehen. „Habt Ihr Bier?" fragte ich ohne große Zuversicht.

„Einer der Männer war hier in meinem Haus in der Nacht, als Ruda eingenommen wurde", fuhr Wulf fort. „Der Mann, der fortgegangen ist, bevor Ihr den anderen getötet habt."

Jetzt hatte Wulf meine Aufmerksamkeit. „Meint Ihr Stenkil?"

„Ich kenne seinen Namen nicht. Aber ich bin mir sicher, dass es der Mann war, der in der Nacht hier war und weggegangen ist. Der am nächsten Morgen mit anderen Männern zurückgekommen ist."

Stenkil konnte nicht wirklich so töricht sein, Ragnars Warnung zu ignorieren und den Frieden in Ruda zu stören. Aber weshalb sonst wäre er zu Wulfs Haus zurückgekehrt?

„Hat er versucht, hereinzukommen?" fragte ich.

Wulf schüttelte den Kopf.

„Hat er Euch irgendetwas gesagt?"

Wieder schüttelte Wulf den Kopf. „Nein. Er und der andere Mann standen nur in der Straße vor dem Haus, während sie es anschauten und miteinander sprachen. Bertrada hat sie zuerst bemerkt und mich gerufen. Ich ging zur Tür, um zu sehen, wer sie waren. Es war so, als hätten sie das gewollt: als sie merkten, dass ich sie anschaute, lächelte der andere Mann. Dann gingen beide weg."

Ich runzelte die Stirn. Das ergab keinen Sinn.

„Wie sah der andere Mann aus?"

„Er war groß, mit schwarzen Haaren und einem schwarzen Bart. Er hatte eine tiefe Narbe im Gesicht von hier bis hier." Wulf machte eine Handbewegung quer über sein eigenes Gesicht. „Und eines seiner Augen war weiß."

Es ist nie ein gutes Zeichen, wenn sich die eigenen Feinde gegen einen verbünden. Ich war mir sicher, dass Wulf gerade Snorre beschrieben hatte – Tokes rechte Hand, der mir hierher bis ins Frankenreich gefolgt war.

Ich ging zum Tisch, zog einen Stuhl heran, und ließ mich hineinfallen. „Habt Ihr Bier?" fragte ich erneut. Wulf nickte und sprach mit Bertrada, und sie ging mit einem Becher ins Hinterzimmer. Nach kurzer Zeit kam sie zurück und gab ihn mir. Ich nahm einen Schluck und stellte fest, dass es viel besser war als das wässrige Zeug, das sie mir zuvor angeboten hatten. Ich vermutete, dass Hastein recht hatte. Wenn Wulf sein gutes Bier versteckte, dann hatte er wahrscheinlich auch irgendwo einen versteckten Hort Silber.

„Ihr kennt den anderen Mann?" fragte Wulf. Mein Gesichtsausdruck hatte mich wohl verraten, als er Snorre beschrieben hatte.

„Ja", antwortete ich. „In der Tat. Er ist ein Feind von mir. Ich habe geschworen, ihn zu töten, und er hat geschworen, mich zu töten."

Im Hinterzimmer trat Genevieve in mein Blickfeld mit Alise auf der Schulter. Die Augen des Kindes waren geschlossen. Sie starrte mich einen Augenblick lang an, dann wandte sie sich ab und bewegte sich wieder außer Sicht.

„Ihr müsst Euch keine Sorgen machen", sagte ich im lateinischen Dialekt der Franken, damit mich auch Bertrada und Genevieve verstehen konnten. „Diese Männer haben nur mit mir Streit, nicht mit Euch. Und sie werden es nicht wagen, den Frieden zu stören, während wir hier in Ruda sind. Unser Kriegskönig Ragnar hat Auseinandersetzungen verboten. Ihr und Eure Familie seid sicher."

Ich sagte diese Worte, um Wulf zu beruhigen, nicht, weil ich sie glaubte. Snorre hatte Toke bei dem Überfall geholfen, der zum Tod meines Bruders geführt hatte. Damals hatten sie keine Bedenken gehabt, unschuldige Frauen und Kinder zu ermorden, um ihr Ziel zu erreichen.

Ich hoffte, dass Snorre und Stenkil jetzt nichts Dummes tun würden. Ich wollte nicht dauernd auf der Hut sein, während wir im Frankenreich waren. Und wenn sie mich angreifen sollten und ich den Angriff überleben sollte, hatte ich keine Lust, schon wieder vor Ragnar erscheinen zu müssen, weil ich mit anderen Kriegern unserer Armee gekämpft hatte.

Nachdem sie das Baby abgelegt hatte, kam Genevieve aus dem Hinterzimmer und setzte sich mir gegenüber an den Tisch. Ich bemerkte, dass sie immer noch ihre verschmutzte Tracht trug, anstatt eines der Kleider, die Hastein ihr gegeben hatte.

„Wisst Ihr inzwischen mehr über das Lösegeld für mich?" fragte sie. „Wann es bezahlt wird und wann ich befreit werde?"

„Wir haben nur die schriftlichen Nachrichten an

einen fränkischen Offizier übergeben", erklärte ich. „Aber es wurde vereinbart, dass es zwischen den Führern unserer Armee und den Anführern Eures Volkes Verhandlungen geben wird. Euer Vater wird zweifellos mit dabei sein. Die Höhe der Zahlungen für Euch und alle andere Gefangenen, die befreit werden sollen, wird dann ausgehandelt. Das Treffen findet in acht Tagen statt. Dann wird das Lösegeld – auch das für Euch – bezahlt, und Ihr werdet freikommen." Und dann bin Euch los, dachte ich – und ich bin ein wohlhabenderer Mann.

Sie seufzte. „Ob mein Brief meinen Vater bereits erreicht hat? Weiß meine Familie inzwischen, dass es mir gut geht?"

„Ich bin mir sicher, dass Euer Vater schon informiert ist", sagte ich. „Ich habe die Nachrichten überbracht, weil ich Eure Sprache spreche. Der fränkische Offizier, der die Briefe entgegengenommen hat, war Euer Bruder."

Ihr Gesicht hellte sich auf. „Drogo?"
Ich nickte.

„Ich bin froh, dass meine Familie jetzt weiß, dass ich lebe und unverletzt bin." Aber dann verflüchtigte sich das Lächeln, das ihr Gesicht kurz zum Strahlen gebracht hatte, und sie seufzte wieder.

„Gewiss sind sie erleichtert und werden Euch bereitwillig freikaufen, um Euch wieder zurückzubekommen", log ich. Ich konnte die Worte ihres Bruders nicht vergessen, als ich gesagt hatte, dass er und sein Vater erfreut sein müssten, von ihr zu hören. „Maßt Euch nicht an, mir zu erklären, was mein Vater oder ich fühlen", hatte er gesagt. Gab es ein Grund dafür, dass sie Genevieve womöglich nicht zurückhaben wollten?

Genevieve starrte mich jetzt angespannt an. „Was ist es?" fragte sie. „Es gibt etwas, das Ihr mir nicht sagt. Ich kann es in Euren Augen sehen."

„Ich habe an mein Treffen mit Eurem Bruder gedacht", antwortete ich. „Er erzählte mir, dass er hoffte, mich eines Tages töten zu können. Ich bin es langsam leid, das zu hören."

Sie schaute mich einen Augenblick lang mit einem unergründlichen Gesichtsausdruck still an. „Die beiden Männer, von denen Wulf Euch erzählt hat, die das Haus beobachtet haben. Was ist ihr Streit mit Euch?"

„Es sind unterschiedliche Gründe", antwortete ich. „Einer von ihnen hat in der Nacht, in der Ruda fiel, versucht, Wulfs Haus zu plündern. Sein Kamerad war der Mann, den ich getötet habe, um Bertradas Leben zu retten. Er will den Tod seines Freundes rächen."

„Und der andere Mann?"

„Er gehört zu den Kriegern, die geholfen haben, meinen Bruder zu ermorden. Ich habe geschworen, alle Männer zu töten, die daran beteiligt waren. Ihr Anführer, Toke, will mich tot sehen, da ich der einzige Überlebende seines Massakers bin, der einzige, der Zeuge seines Verrats war. Solange ich am Leben bin, stelle ich eine Bedrohung für ihn und seinen guten Ruf dar. Der Mann, den Wulf gesehen hat, gehört zu Tokes engsten Vertrauten. Er ist hierhergekommen, um mich zu finden und zu töten."

Es schauderte sie. „Euer Leben ist so voller Gewalt und Tod."

Ich antwortete nicht. Was sie sagte, traf zu. Beim vergangen Julfest zur Feier der Wintersonnenwende war ich noch ein Sklave. Jetzt war es erst spätes Frühjahr. Ich war erst einige Monate ein freier Mann und ein Krieger, aber ich konnte bereits nicht mehr zählen, wie viele Männer ich getötet hatte. Und ich hatte das Gefühl, dass ich bald nicht mehr wissen würde, wie viele mir nun den Tod wünschten.

„Ihr habt gesagt, dass Euer Bruder sein Leben für Euch gegeben hat", sagte sie. Ich blickte hoch. Sie schaute mich immer noch aufmerksam an.

„Das hat er", antwortete ich.

„Was ist passiert?" fragte sie. Ich bemerkte, dass Wulf und Bertrada unserem Gespräch gebannt zuhörten.

Ich wollte nicht schon wieder darüber reden. Ich wollte mich an diese Nacht nicht mehr erinnern. Ich weiß nicht, warum ich mich verpflichtet fühlte, Genevieves Frage zu beantworten.

„Mein Bruder hieß Harald", fing ich an. „Er war ein großer Krieger und Schwertkämpfer. Unser Vater Hrorik war ebenfalls ein großer Krieger und ein Stammesfürst der Dänen."

Sie runzelte die Stirn. „Aber Ihr habt doch gesagt, Ihr wart ein Sklave."

„Ihr wart ein Sklave?" fragte Wulf überrascht. Er kam hinüber zum Tisch, zog einen Stuhl heran, und setzte sich gegenüber von mir neben Genevieve. „Bertrada", sagte er. „Bring mir etwas Bier, bitte. Und fülle auch Halfdans Becher nach."

Ich seufzte. Mir wäre es lieber gewesen, wenn dies nicht bekannt geworden wäre. Ich hätte es nicht erwähnen sollen. „Das stimmt. Meine Mutter war eine Sklavin im Haushalt meines Vaters, obwohl sie in ihrer Heimat in Irland die Tochter eines Königs war. Mein Vater nahm sie bei einem Überfall als Beute. Sie wurde seine Konkubine."

„Und Ihr wart das Kind aus dieser Verbindung?" fragte Genevieve.

Verbindung? So hätte ich das nicht genannt – wenn ein Herr das Bett seiner Sklavin aufsucht und auf Zugang zu ihrem Körper besteht. Aber vielleicht gab es bei meiner Zeugung – bevor mein Vater Gunhild heiratete – eine Verbindung der Herzen und der Körper.

Ich nickte.

„Ihr wurdet als Sklave geboren?" fragte Wulf.

Ich nickte erneut. „Und das war ich noch bis vor einigen Monaten, als mein Vater mir auf seinem Sterbebett die Freiheit schenkte."

Wulf nahm einen tiefen Schluck von seinem Bier und schüttelte dann erstaunt den Kopf. „Was für eine Geschichte!"

„Was war mit Eurem Bruder?" fragte Genevieve.

„Nachdem ich befreit worden war, als mein Vater starb, schulte Harald mich im Umgang mit Waffen. Danach reisten wir mit einigen Männern Haralds zu einem kleinen Anwesen im Norden unseres Landes, das mein Vater mir überlassen hatte. Toke hasste Harald, und er folgte uns dorthin und überfiel das Anwesen in der Nacht. Alle, die dort lebten – Männer, Frauen und Kinder – sind umgekommen. Nur ich habe überlebt. Beim letzten Kampf wurde Harald getötet, als er mir den Rücken freihielt, damit ich fliehen konnte. Er sagte mir, dass jemand überleben müsse, um die Toten zu rächen. Ich habe geschworen, dass ich Vergeltung an Toke und allen seinen Männern für den Mord an Harald und den anderen üben werde." Ich fragte mich, ob ich meinen Eid jemals würde erfüllen können.

„Wer ist dieser Toke?" fragte Wulf.

„Er ist Haralds Stiefbruder", antwortete ich. „Haralds und meiner. Nach dem Tod von Haralds Mutter heiratete mein Vater eine reiche Witwe. Toke war ihr Sohn aus ihrer ersten Ehe."

„Warum wollte Toke Euren Bruder töten?" fragte Genevieve.

„Er ist …." Ich suchte nach einem Wort in ihrer Sprache, das unserem Begriff „Berserker" gleichkam. „Es ist, als sei er von einem bösen Geist besessen. Sein Herz ist mit Dunkelheit und Zorn auf die Welt und die Menschheit gefüllt. Aber er hat Harald besonders gehasst. Harald war neben unserem Vater der Einzige, der Toke jemals besiegen konnte."

„Ihr habt gesagt, dass der Mann auf der Straße zu Tokes Männern gehört?" fragte Wulf.

Ich nickte. „Er ist Tokes stellvertretender Kommandeur. Er hat erfahren, dass Hastein mich in seine Mannschaft aufgenommen hat, und ist uns hierher gefolgt."

„Hmm", sagte Wulf. „Das ist eine aufschlussreiche Geschichte. Ich dachte, Ihr wärt einfach nur ein weiterer Wolf in einem blutrünstigen Rudel, aber in Euch steckt mehr, als man auf den ersten Blick vermuten kann. Ich hatte mich schon gefragt, weshalb Euer Kapitän einem solch jungen Mann so viel Vertrauen schenkt."

Eigentlich hatte ich weder Wulf noch Genevieve erzählen wollen, dass ich einmal ein Sklave gewesen war. Hastein hatte mich gewarnt, dass die Menschen mich verachten würden, wenn sie von meiner Vergangenheit erführen. Wulf verhielt sich mir gegenüber nun tatsächlich anders, aber nicht wie ich erwartet hätte. Nach jenem Abend ging er nicht mehr misstrauisch und angstvoll mit mir um. Stattdessen wurde ich als willkommener Gast in Wulfs und Bertradas Heim behandelt.

Während wir an diesem Abend zusammen aßen, erzählte Wulf Geschichten von den Handelsreisen, die er nach Quentovic und Dorestad im Norden, Nantes im Süden und gelegentlich über das Meer nach England unternommen hatte. Seine Geschichten waren nicht außergewöhnlich, aber Genevieve schienen sie zu faszinieren, und sie stellte viele Fragen zu den verschiedenen Völkern und Ländern, die er gesehen hatte. Wulf genoss es offensichtlich, ihr davon zu erzählen, und Bertrada strahlte stolz, dass eine Edelfrau wie Genevieve sich für die Taten ihres Mannes interessierte.

Als Bertrada über den Tisch reichte, um unsere Teller und Becher einzusammeln, legte Wulf eine Hand auf ihre Kehrseite und streichelte sie. Sie schaute ihn an und lächelte vielsagend.

„Ich habe diesen Abend sehr genossen", sagte Wulf zu Genevieve. „Aber jetzt ist es Zeit, ins Bett zu gehen, denke ich. Ich kann Euch morgen Abend weitere Geschichten erzählen, wenn Ihr es wünscht. Ich kann erzählen, wie ich einmal ein Seeungeheuer gesehen habe. Es war ein riesiger Fisch, größer als dieses Zimmer."

Seine Worte erinnerten mich an etwas, was ich nach den Schreckensnachrichten von Snorre und Stenkil vergessen hatte.

„Genevieve und ich werden morgen Abend nicht hier essen", sagte ich ihm. „Mein Kapitän, Hastein, möchte, dass wir bei ihm speisen."

Genevieve sah beunruhigt aus. „Warum wünscht er meine Anwesenheit?"

Ich hatte mich das Gleiche gefragt, als Hastein mir seinen Wunsch mitgeteilt hatte. Ich hatte gedacht – oder zumindest gehofft – dass Genevieves Status zwischen uns geregelt war. Als ich ihn nach seinen Gründen gefragt hatte, hatte er mich mit undurchschaubarer Miene angeschaut. „Sie ist aus Paris, nicht wahr? Ich habe die Stadt noch nie gesehen. Ich möchte mehr darüber erfahren."

„Macht Euch keine Sorgen", sagte ich Genevieve. „Ich bin mit dabei. Ihr seid sicher."

Sie sah nicht sehr überzeugt aus. Ich konnte es ihr nicht übelnehmen. Es schien mir kaum glaubwürdig, dass Hastein sie zum Essen einlud, nur um etwas über eine ferne fränkische Stadt in Erfahrung zu bringen. Ich hatte ein ungutes Gefühl, aber wollte nicht, dass sie es bemerkte. „Es gibt da etwas über unser Volk, das Ihr wissen solltet. Es gibt nichts, was wir höher schätzen als die Ehre. Ich habe geschworen, Jarl Hastein zu folgen, ihm gegenüber loyal zu sein, für ihn zu kämpfen und gegebenenfalls sogar für ihn zu sterben. Aber als mein Kapitän muss auch er mir Loyalität und Respekt entgegenbringen. Männer wären nicht bereit, ihm zu folgen, wenn sie ihm nicht vertrauen könnten. Bis Ihr freigekauft seid, gehört Ihr mir. Und ich habe Hastein bereits gesagt, dass ich Euch nicht aufgeben werde. Er würde sich entehren, wenn er versuchen würde, Euch ohne meine Zustimmung zu nehmen."

Ich war in meinem Herzen von dem überzeugt, was ich sagte. Wahrlich, Hastein war ein ehrbarer Mann. Aber er war auch ein Jarl und daran gewöhnt, dass man ihm gehorchte. Meine Gedanken flüsterten mir wie untreue Kameraden Ideen ein, die ich zu ignorieren versuchte. Hastein hatte mich schon einmal auf eine gefährliche Mission geschickt, die ich nur mit Mühe überlebt hatte. Wenn ich sterben sollte, wäre es keine Schande, Genevieve für sich zu nehmen.

Nachdem Wulf und Bertrada sich zurückgezogen hatten, bereiteten Genevieve und ich unsere Schlafstätten an gegenüberliegenden Seiten des Raums vor. „Ihr solltet eines der Kleider tragen, die Hastein Euch gegeben hat, wenn wir morgen bei ihm zu Essen sind", sagte ich ihr. „Es würde ihn möglicherweise kränken, wenn Ihr sein Geschenk nicht annehmt."

„Wenn Ihr es wünscht, mache ich das."

„Danke", sagte ich. Ich hatte Hastein viel zu verdanken und ich legte großen Wert auf sein Wohlwollen. Falls es sich vermeiden ließ, wollte ich nicht, dass Genevieve die Ursache eines Zerwürfnisses zwischen uns würde.

„Ich habe eine Bitte an Euch", sagte Genevieve.

„Und das wäre?"

„Ich möchte schrecklich gern baden. Ich hatte dafür keine Gelegenheit, seit Ihr mich gefangen genommen habt. Ich war in meinem ganzen Leben noch nie so dreckig."

Dieser Wunsch überraschte mich. Die Dänen als Volk sind sehr reinlich. In dem Haus, in dem ich aufgewachsen war, hatte mein Vater ein kleines Badehaus an das Hauptgebäude des Langhauses angebaut. Dem Aussehen – ganz zu schweigen dem Gestank – des Haushalts von Wulf, Bertrada und ihren Kindern nach war ich zu der Überzeugung gelangt, dass bei den Franken nicht regelmäßig gebadet wurde. Aber dann erinnerte ich mich daran, dass Hastein irgendwo im Palast des Grafen einen Badezuber gefunden hatte. Womöglich neigte der fränkische Adel eher zur Reinlichkeit als das gemeine Volk.

Aber wo könnte Genevieve baden? Obwohl Hastein einen Badezuber hatte, hatte er auch Interesse an ihr bekundet, und es war mir nicht wohl bei dem Gedanken, dass sie sein Quartier zum Baden aufsuchen sollte.

„Ich werde sehen, ob ich morgen früh zwei Pferde ausleihen kann", sagte ich. „Dann können wir unterhalb von Ruda eine Stelle am Fluss finden, wo Ihr baden könnt."

„Ich soll im Freien baden?" fragte sie, als ob sie noch nie dergleichen gehört hatte.

„So baden die meisten Menschen in meinem Land", sagte ich. „Zumindest in den warmen Monaten. Dann baden und schwimmen wir in den Flüssen und Bächen. Nur wenige können sich ein Badehaus leisten. Wenn Ihr nicht im Fluss baden wollt, dann weiß ich nicht, wo es sonst möglich wäre."

„Ich kann nicht schwimmen", sagte sie. Es schien vieles zu geben, was sie nicht konnte. Fast alle Dänen konnten schwimmen, denn die Wasserwege waren unsere Straßen.

„Ich werde eine Stelle finden, wo Ihr nicht schwimmen müsst", sagte ich.

Es war nicht schwer, zwei Pferde aufzutreiben; unsere Armee schickte keine berittenen Krieger mehr aus Ruda auf Beutezug los. Stromaufwärts war es zu gefährlich geworden, da die fränkischen Patrouillen immer weiter verstärkt wurden. Und es hatte keinen Zweck, Truppen stromabwärts zu schicken, denn unsere Armee hatte das Land bis zum Meer schon leergefegt. Die erbeutete Herde von Pferden, die einst unseren Männern als Reittiere zur Verfügung gestanden hatte, wurde nun nach und nach für ihr Fleisch geschlachtet.

Es war ein herrlicher Tag. Die Sonne hatte die Luft erwärmt und ließ den Fluss funkeln. Die offenen Wiesen, durch die wir am Ufer entlang ritten, waren mit winzigen blauen und weißen Blüten bedeckt. Nach den beengten Verhältnissen in Wulfs Haus, wo die Luft mit Rauch aus dem Feuer und dem abgestandenen Geruch von ungewaschenen Körpern verseucht schien, war jeder Atemzug der sauberen Luft so süß wie ein Schluck kaltes Quellwasser an einem heißen Tag. Ivar hatte recht. Menschen waren nicht dazu bestimmt, in Städten wie Ruda zu leben.

Die frische Luft und der Sonnenschein schienen auch Genevieves Gemüt zu erhellen. Der melancholische Gesichtsausdruck, der so oft ihre Züge zeichnete, war verschwunden.

Sie drehte sich zu mir. „Erzählt mir von Eurer Mutter", fragte sie auf einmal. „Ihr habt gesagt, dass sie für Euch gestorben ist, wie Euer Bruder auch."

Ihre Bitte brachte mich etwas aus der Fassung. Manche Dinge – vor allem schmerzhafte Erinnerungen – sollten nicht als Thema eines gewöhnlichen Gesprächs herhalten.

„Wieso stellt Ihr Fragen zu meiner Mutter so wie letzte Nacht zu meinem Bruder? Weshalb wollt Ihr solche Sachen über mich wissen?"

Sie schien von meinem Tonfall überrascht zu sein. „Ich wollte Euch mit meinen Fragen nicht kränken. Ich bitte um Verzeihung."

Ich zuckte mit den Schultern und schaute weg. Ich wünschte, sie würde mich nicht so ansehen. Sie sah ernst aus, und ihr Gesichtsausdruck war besorgt, so als ob meine Gefühle ihr wirklich etwas bedeuteten. Das schien mir kaum möglich.

„Es gibt nichts zu verzeihen", sagte ich. „Ich verstehe einfach Euer Interesse nicht."

„Ich habe noch nie jemanden wie Euch kennengelernt", erklärte sie. „Ihr seid ganz anders als die Männer meines Volks – anders als mein Vater, mein Bruder, alle, die ich jemals gekannt habe. Ihr seid im Kampf hemmungslos, sogar grausam. Ich habe gesehen, wozu Ihr fähig seid, und es macht mir Angst. Aber es gibt auch eine Seite an Euch, die sehr einfühlsam ist. Und obwohl Ihr sehr jung seid – wahrscheinlich nicht viel älter als ich – habt Ihr in Eurem Leben so viel gesehen und getan. Ich habe so wenig gesehen."

„Mein Schicksal hat mich zu dem gemacht, der in bin", sagte ich. Aber ihre Worte gaben mir zu denken. In meinem Leben hatte nur meine Mutter mich liebevoll und fürsorglich behandelt. Wenn ich überhaupt Güte besaß, dann hatte ich sie sicherlich von ihr. Meine Kampfkünste hatte ich vor allem von meinem Bruder Harald, der mir ein guter Lehrer gewesen war. Und wenn Grausamkeit in mir war, wie Genevieve behauptete, wo stammte sie her? War es das Blut des kämpferischen Kriegers, der mein Vater gewesen war, das durch meine Adern floss? Oder nährte sie sich aus der Wut und dem Hass, die wegen Toke in meinem Herzen brannten? Falls ich ihn jemals töten sollte, würde das mein Herz von der Wut befreien und mich meinen Frieden finden lassen?

Ich seufzte. „Was wollt Ihr wissen?" Es war einfacher über die Vergangenheit zu sprechen, als über solche Sachen zu grübeln. Also erzählte ich ihr von meiner Mutter – von ihrer Heimat in Irland, wie mein Vater sie bei einem Überfall gefangen genommen hatte und wie ihr Vater und ihr Verlobter bei dem Versuch, sie zu befreien, umgekommen waren. Ich erzählte ihr, wie mein Vater und meine Mutter sich im Lauf der Zeit trotz aller Widrigkeiten lieben lernten und wie meine Mutter geträumt hatte, seine Frau zu werden. Und auch, wie der Ehrgeiz meines Vaters ihn dazu verleitet hatte, Gunhild zu ehelichen, was meine Mutter zu lebenslanger Sklaverei verdammt hatte.

Dann erzählte ich ihr, wie meine Mutter starb, und dass sie mit ihrem Tod meine Freiheit erkauft hatte. Daraufhin stellte sie viele Fragen über die Bestattung meines Vaters. Offensichtlich war sie von meinen Antworten erschüttert. Ihre Gesichtszüge gaben ihrem Entsetzen Ausdruck.

„Wie könnt Ihr Euren Bruder Harald nicht hassen? Er hat Eure Mutter getötet!"

Ihre Worte – und die Intensität, mit der sie sprach – überraschten mich. „Harald ist nicht verantwortlich für den Tod meiner Mutter. Es war ihre freie Entscheidung. Harald hat nur dafür gesorgt, dass ihr Übergang aus dieser Welt in die nächste so schnell und schmerzlos wie möglich war. Es war eine gute Tat, und ich bin ihm dankbar dafür."

Mutter hatte an dem Tag sehr viel Angst gehabt – nicht zu Unrecht. Sie hatte Harald gebeten, ihr zu helfen, und er hatte eingewilligt, weil er sie schätzte und respektierte. Genevieve war Fränkin und Christin. Sie konnte diese Dinge niemals verstehen.

„Wenn jemand Schuld am Tod meiner Mutter trägt, dann ist es mein Vater. Er hat meine Mutter gebeten, ihn auf seiner Todesfahrt ins Jenseits zu begleiten."

„Hasst Ihr ihn dafür? Hasst Ihr Euren Vater?"

Früher hatte ich das geglaubt – nicht nur wegen des Todes meiner Mutter, sondern auch wegen der Art, wie er mich behandelt hatte. Ich war sein Sohn, aber für ihn war ich nur Eigentum, ein Sklave. Doch als ich mir Genevieves Frage durch den Kopf gehen ließ und mich fragte, wie ich sie beantworten sollte, wurde mir bewusst, dass meine Wut auf Hrorik nachgelassen hatte.

Ich schüttelte langsam den Kopf. „Er war mir nie ein Vater. Er war mein Besitzer und ich einer seiner Sklaven. Ich habe nie Liebe für ihn empfunden, und an dem Tag, als ich erfuhr, dass meine Mutter auf seinem Todesschiff sterben sollte, und lange danach, konnte ich nicht ohne Zorn an ihn denken. Aber jetzt ..." Ich zuckte mit den Achseln. „Es liegt alles in der Vergangenheit. Es hat keinen Sinn, Dingen nachzutrauern, die geschehen sind und nicht geändert werden können. Der Tod meiner Mutter war ihr Schicksal – für sie, für mich und für meinen Vater."

Ob Genevieve es bedauerte, dass sie mich über die Umstände des Todes meiner Mutter befragt hatte? Es war ja tatsächlich eine außergewöhnliche und schreckliche Geschichte. Für jemanden, der nicht aus unserem Volk stammte, musste sie noch schlimmer klingen. Ich blickte zu ihr hinüber. Zu meiner Überraschung sah ich, dass Tränen ihre Wangen herunterliefen.

„Eure Mutter hat Euch sehr geliebt." Genevieves Stimme stockte. „So sehr, dass sie bereit war, einem schrecklichen Tod zu begegnen."

Schrecklich? Der Tod meiner Mutter war über allen Maßen tapfer und großzügig gewesen, denn sie hatte den Rest ihres Lebens aufgegeben, um ein besseres für mich zu erkaufen. Aber dank Harald war sie schnell und fast schmerzlos gestorben. Ihr Tod war nicht schrecklich. Und ich konnte nicht verstehen, weshalb eine Erzählung über den Tod einer Fremden Genevieve dermaßen berühren sollte, unabhängig davon, ob sie ihn für schrecklich hielt oder nicht.

Plötzlich begann Genevieve zu schluchzen. Sie bedeckte ihr Gesicht mit der Hand. War sie wirklich so zartfühlend, um so stark auf den Tod von jemandem zu reagieren, den sie nicht gekannt hatte?

„Warum weint Ihr?" fragte ich.

„Wir sind so unterschiedlich", sagte sie. „In Eurem Leben als Sklave hattet Ihr nichts – außer der Liebe Eurer Mutter. Ich dagegen hatte alles – außer der Liebe meiner Eltern."

„Was meint Ihr damit?"

Aber sie antwortete nicht. Sie schaute mich nicht einmal an. Sie hielt ihre Hand weiterhin vor ihr Gesicht, schüttelte nur den Kopf und schluchzte leise. Ich stieß die Fersen in die Flanken meines Pferdes und ritt voraus, damit sie mit ihrem Kummer allein sein konnte.

Wir erreichten ein Wäldchen am Ufer des Flusses, in dessen Mitte eine sonnige Lichtung lag. Wir waren so weit stromabwärts von Ruda, dass das Wasser frei vom Abfall der Stadt und des Armeelagers auf der Insel war. Meiner Einschätzung nach waren wir auch weit genug entfernt, um zufällige Begegnungen mit Kriegern aus unserem Heer oder Menschen aus der Stadt zu vermeiden.

„Hier können wir anhalten", sagte ich zu Genevieve. „Die Bäume werden uns und unsere Pferde verbergen, während Ihr am Ufer badet."

„Wo werdet Ihr Euch aufhalten?", fragte sie mit misstrauischem Gesichtsausdruck.

„Ich werde am Rande dieser Bäume Wache halten, um sicherzustellen, dass niemand kommt. Macht Euch keine Sorgen. Ich werde Euch nicht sehen können."

Meine Worte schienen ihre Bedenken nicht zu zerstreuen. „Ich glaube, ich werde mein Unterkleid tragen, während ich bade", sagte sie. „Ich habe ein sauberes aus den Kleidern von Eurem Kapitän mitgebracht, das ich nach dem Baden anziehen werde."

Ich sagte nichts. Es war ihre Sache, wenn sie beim Baden bekleidet bleiben wollte, obwohl es mir töricht vorkam.

Wir fanden eine Stelle am Ufer, wo die verworrenen Wurzeln einer Weide, die an der Uferböschung wuchs, bis hinunter zum Wasser reichten. „Ihr könnt diese Wurzeln als Stufen und Haltegriffe nutzen, um zum Fluss zu gelangen", sagte ich ihr. „Aber seid vorsichtig und geht nicht zu weit hinaus, da Ihr nicht schwimmen könnt. Es sieht so aus, als würde das Flussbett hier ziemlich steil abfallen."

Ich verließ sie und ging zur gegenüberliegenden Seite der Lichtung innerhalb des Kreises der Bäume. Hier war das Gras dicht und sah weich und einladend aus. Ich legte meinen Bogen und meinen Köcher auf den Boden, legte den Gürtel mit meinem Schwert und meiner Axt ab und streckte mich auf dem weichen, süßlich duftenden Polster aus. Obwohl ich Genevieve erzählt hatte, dass ich Wache stehen würde, glaubte ich nicht, dass wir hier jemandem begegnen würden. In Zeiten des Kriegs wagten sich die Menschen nicht weit fort von den Orten, wo sie sich sicher wähnten. Seit wir Ruda verlassen hatten, hatten wir niemand anderes gesehen.

Ich war nah genug, um zu hören, wie sie nach Luft schnappte, als sie in den Fluss stieg. Es würde noch einige Monate dauern, bis die Winterkälte aus dem Wasser gewichen war. Ich konnte auch das Platschen hören, während sie badete.

„Ich komme jetzt heraus", rief sie. „Wo seid Ihr?"

„Ich bin auf der anderen Seite der Lichtung. Ich

kann Euch nicht sehen", versicherte ich ihr.

Auf einmal hörte ich ein Kreischen und dann ein lautes Platschen. „Hilfe", schrie sie, und ihr Ruf endete unvermittelt, als sei ihr die Luft abgeschnitten worden. Dann war Stille.

Ich hetzte zum Ufer, aber ich konnte sie nirgends sehen. Kreise kleiner Wellen breiteten sich ein Stück von der Stelle entfernt aus, wo die Weidenwurzeln ins Wasser hingen. Als ich hinschaute, kamen in der Mitten der Kreise kleine Luftblasen an die Oberfläche.

Ich streifte meine Schuhe ab, zog die Tunika aus und sprang in den Fluss. Ich hielt den Atem an, tauchte unter die Oberfläche und suchte im trüben Wasser nach ihr.

Zum Glück hatte die Strömung sie nicht weggetragen. Die Luftblasen führten mich zu ihr. Sie ruderte verzweifelt mit Armen und Beinen, bewirkte aber nichts. Als ich sie erreichte, schlang sie ihre Arme fest um meinen Hals, und für einen Augenblick fürchtete ich, sie würde mich ebenfalls ertränken. Ich legte meinen linken Arm um ihre Beine, um sie von meinen eigenen fernzuhalten, und hielt ihren Körper fest an meine Brust gepresst, während ich mit den Beinen schlug und mit dem rechten Arm kräftige Züge machte und mich so an die Oberfläche kämpfte.

Genevieve hustete, bis ihre Lungen frei waren, dann legte sie ihren Kopf an meine Wange und hielt die Augen geschlossen. Ich trat Wasser, um uns an der Oberfläche zu halten, aber ich versuchte nicht, an Land zu schwimmen. Es war, als könnte ich mich nun, da sie sicher war, nicht dazu zwingen, das Nötige zu tun.

Vielleicht lag es daran, dass ihr Unterkleid jetzt wenig verbarg, weil es durchnässt war, oder dass ihr Körper sich so warm neben meinem anfühlte, wo ich sie fest gegen mich gedrückt hielt.

Nach kurzer Zeit öffnete Genevieve die Augen und hob den Kopf. Sie schaute erschrocken um sich. „Warum schwimmt Ihr nicht ans Ufer?", fragte sie.

Ihr Gesicht war dicht neben meinem. Ich konnte ihren Atem auf meiner Wange spüren.

„Halfdan?" fragte sie. Es war das erste Mal, dass sie meinen Namen gesagt hatte.

Ohne ein Wort zu verlieren, paddelte ich zum Ufer und half Genevieve, Griffmöglichkeiten in den Wurzeln zu finden, die sich ins Wasser erstreckten. Bevor sie sich hochzog, wandte Genevieve den Kopf zu mir und sagte im Flüsterton: „Mein Unterkleid legt mich bloß. Schaut bitte nicht zu, wenn ich aus dem Fluss klettere."

Ich drehte mich um und schwamm stromaufwärts bis zu der Stelle, wo die Baumlinie am Rande des Haines das Ufer erreichte. Ich stieß mich vom Ufer ab und schwamm schnell über den Fluss und zurück; das kalte Wasser beruhigte mich und machte meine Muskeln müde. Als ich zu meinem Ausgangs-punkt zurückkehrte, sah ich, dass Genevieve meine Tunika und meine Schuhe am Ufer abgelegt hatte. Ich kletterte aus dem Fluss, trocknete mich so gut ich konnte mit meiner Tunika ab und zog mich an. Genevieve saß auf der anderen Seite der Lichtung in der Nähe der Pferde mit dem Rücken zum Fluss und zu mir.

Als ich mich näherte, drehte sie sich um. Unsere

Augen trafen sich, und wir sahen beide weg.

„Danke", sagte sie mit leiser Stimme. „Ich wäre gestorben, wenn Ihr mich nicht gerettet hättet."

Ich wusste nicht, was ich sagen sollte. Meine Gedanken waren verwirrt. Ich musste immer daran denken, wie ihr Körper im durchsichtigen Kleid ausgesehen hatte und wie es sich angefühlt hatte, als er dicht an meinen gepresst war.

„Ich bin froh, dass ich da war", sagte ich.

Sie nickte energisch. „Ja, ich auch. Ihr habt mich gerettet."

Es stimmte, aber das war es nicht, was ich gemeint hatte.

5

Ein Fest und ein Tanz

Auf dem Ritt zurück nach Ruda sagten wir fast den ganzen Weg nichts. Die Mauern der Stadt waren bereits in Sicht, als ich endlich das Schweigen brach.

„Weshalb habt Ihr Euch entschieden, Priesterin – Nonne – zu werden?" fragte ich.

Sie schien von meiner Frage überrascht zu sein. „Was – was meint Ihr?"

„Wieso seid Ihr noch nicht verlobt? Warum seid Ihr noch nicht verheiratet?"

„Ich werde eine Braut Christi", sagte sie. „Für eine Christin gibt es keinen besseren Gemahl."

„Ich kann mir nicht vorstellen, dass ein toter Gott der allerbeste Ehemann für Euch sein könnte", sagte ich. *Oder den Ihr für Euch wünschen wolltet*, dachte ich, sagte aber nichts. Es ging mich nichts an. Aber dann sprach ich es trotzdem an. „Glaubt Ihr wirklich, was Ihr gesagt habt? Ich habe gesehen, wie Ihr mit Alise umgeht. Habt Ihr Euch wirklich nie einen lebenden Ehemann gewünscht, der Euer Bett wärmen und Euch eigene Kinder geben könnte?"

Genevieve schaute mich finster an. „Sagt so etwas nicht. Warum stellt Ihr mir solche Fragen?"

Ich konnte nicht anders, ich musste bei ihrer Entrüstung lachen. „Es ist nur, dass ich noch nie jemanden wie Euch getroffen habe. Ihr seid ganz anders als die Frauen meines Volks. Ist es so verkehrt, dass ich das verstehen möchte?"

Sie errötete, blickte wieder finster und schaute weg. Einen Augenblick später schaute sie zurück zu mir, und ich sah, dass sie jetzt ebenfalls schmunzelte.

„Es ist unfair, meine eigenen Worte gegen mich zu verwenden", sagte sie. Dann seufzte sie, und die Belustigung, die ihre Züge kurz erhellt hatte, wich einem ernsten Gesichtsausdruck. „Es ist wahr. Ich habe früher geträumt, einen Ehemann zu haben – einen richtigen Ehemann, der nachts neben mir liegt und mit dem ich jeden Morgen aufwache. Ich träumte davon, eigene Kinder zu haben. Es war das Leben, das ich zu führen erwartete und das ich führen wollte."

„Was ist geschehen?" fragte ich. „Wieso ist Euer Leben jetzt Eurem Gott gewidmet?"

„Ich habe die Wahl nicht selbst getroffen. Die Wahl wurde für mich getroffen."

„Wer hat die Wahl getroffen, wenn nicht Ihr?"

„Mein Vater. Ich bin die Jüngste von vier Kindern in unserer Familie", erklärte sie. „Ich habe eine Schwester und zwei Brüder – einen davon habt Ihr kennengelernt, Drogo, den ältesten. Mein Vater schätzt seine Söhne. Sie sind beide Krieger und Hauptmänner in seiner Scara der Kavallerie. Und sie sorgen dafür, dass sein Name und seine Linie nach seinem Tod weiterleben werden.

Aber Vater sieht seine Töchter anders. Für ihn sind wir nicht mehr als Tauschobjekte, die er mit Bedacht einsetzen muss, um einen Vorteil für sich zu erzielen. In Adelsfamilien sind Töchter eine teure Last, denn wenn sie heiraten, muss an ihren Ehegatten eine

Mitgift bezahlt werden. Mein Vater will sich nicht von einem Teil seines Reichtums trennen, ohne dass er etwas dafür bekommt.

Meine Schwester hatte Glück. Sie hatte zwar in der Frage ihrer Ehe nichts zu sagen, aber zumindest war der Ehemann, den Vater für sie ausgesucht hatte, nicht abstoßend. Bei mir war das nicht der Fall.

Auf einem großen Anwesen, das an einige Ländereien meines Vaters angrenzt, wohnt ein alter Edelmann. Er kränkelt jetzt, aber er hat seine ganze Familie überlebt, einschließlich dreier Söhne und zweier Ehefrauen. Mein Vater hatte gehofft, dieses Anwesen durch Heirat in unseren Familienbesitz zu bekommen – durch meine Heirat. Da mein zukünftiger Ehemann keine Erben hatte, dachte mein Vater, dass er die Ländereien nach dessen Tod würde kontrollieren können, wenn ich ihm ein Kind gebären würde. Angesichts des Alters und des Gesundheitszustands meines Zukünftigen glaubten alle, dass er nur noch wenige Jahre zu leben hatte, und mein Vater hätte als engster männlicher Verwandter des kleinen Erben bis zu dessen Volljährigkeit die Herrschaft.

Mein Vater betonte, dass ich unbedingt so schnell wie möglich nach der Hochzeit schwanger werden musste, natürlich am besten mit einem Sohn – als könne eine Frau das beeinflussen. Mein Vater hatte mir sogar zu verstehen gegeben, dass er einen fruchtbareren Ersatz besorgen würde, falls mein Zukünftiger nicht in der Lage war, das erwünschte Ergebnis schnell genug herbeizuführen. Ich hatte das Gefühl, dass mein Vater mich etwa wie eine seiner wertvollen Stuten betrachtete.

Mein Wert für ihn lag nur darin, dass ich gedeckt werden konnte und dass er von meinem Nachkommen profitieren konnte. Ich fand meinen zukünftigen Ehemann widerwärtig. Er ist alt, fett und dreckig, seine Zähne sind verfault, und er stinkt und hat Mundgeruch. Aber das war meinem Vater egal."

„Habt Ihr Eurem Vater erzählt, wie Ihr über die Heirat empfindet?" fragte ich.

Sie schüttelte den Kopf. „Mein Vater ist ziemlich unnahbar, zumindest für seine Töchter. Ich erzählte es aber meiner Mutter, und bat sie, sich für mich zu verwenden. Sie sagte, ich sollte mich nicht wie ein verwöhntes Kind benehmen und meine Pflicht erfüllen, die ich der Familie schuldig war.

Vater organisierte ein großes Fest, um meine Verlobung zu feiern. Mein Zukünftiger saß beim Essen neben mir und begrapschte mich die ganze Zeit. In der Nacht, als alle im Bett waren, kam er in mein Zimmer und versuchte, mich zu vergewaltigen. Er konnte nicht bis zu unserer Hochzeitsnacht warten. Ich kratzte ihn im Gesicht, bis er blutete und ich ihm entkommen konnte. Dann nahm ich einen Kerzenständer und schlug ihn damit ins Gesicht und auf den Kopf."

Ihr Gesicht sah sehr lebhaft aus, und ihre Augen leuchteten, als sie den Kampf mit ihrem Verlobten beschrieb. Diese Seite von ihr hatte ich noch nie gesehen – Genevieve die Kriegerin. Es passte besser zu ihr als Priesterin eines toten Gottes.

Sie fuhr fort. „Bis er nackt und kriechend in den Flur entkommen konnte, während ich ihn verfolgte und auf seinen nun blutigen Glatzkopf einschlug, hatte der

Lärm den Haushalt geweckt, und seine Demütigung hatte viele Zeugen.

Am nächsten Morgen sagte mein Verlobter wütend die Hochzeit ab. Die Beziehung zwischen ihm und meinem Vater ist seither angespannt. Mein Vater war wegen meines Verhaltens außer sich. ‚Warum hast du dich ihm nicht hingegeben?' schrie er mich an. ‚Welchen Unterschied hätte es gemacht? Ihr hättet ohnehin geheiratet! Womöglich wärst du umso schneller schwanger geworden!'

Daraufhin beschloss mein Vater, wenn ich nicht den Mann wollte, den er für mich ausgewählt hatte, dann würde ich überhaupt keinen Mann ehelichen. Bei uns erwartet die heilige Kirche, dass die Adligen sie mit Schenkungen von Geld und Ländereien unterstützen; im Gegenzug schützt die Kirche ihre unsterblichen Seelen und leistet auch bei ihrer Herrschaft in dieser Welt Beistand. Anstatt der Kirche dieses Jahr Land oder Silber zu geben, übergab ihr mein edler Vater, Graf Robert, seine Tochter. Ich werde den Rest meines Lebens im Dienst der Kirche in der Abtei von St. Genevieve in Paris verbringen. Ich wurde allseits als großzügige Spende meines Vaters betrachtet. Die Äbtissin war sehr erfreut, so ein hochgeborenes Mitglied für ihren Orden zu gewinnen."

Bei den letzten Worten klang ihre Stimme verbittert, und das Leuchten, das ich soeben in ihren Augen gesehen hatte, war verschwunden. Ihr Gesichtsausdruck widersprach ihrer früheren Behauptung, dass sie sich freute, eine Braut ihres Gottes zu werden.

„Was sagte Eure Mutter dazu?" fragte ich.

„Dass ich mich wie eine Närrin benommen hätte", antwortete Genevieve. „Sie sagte, ich hätte Glück gehabt, dass mein Vater nicht schlimmer reagiert hatte."

Ich erinnerte mich an Genevieves Worte von heute Morgen auf unserem Weg aus Ruda: dass sie in ihrem Leben alles gehabt hatte, außer der Liebe ihrer Eltern. Das fand ich nicht. Schöne Kleider zu haben und in einem Palast zu Hause zu sein, war nicht alles. Trotz ihrer adligen Geburt hatte sie in vielerlei Hinsicht so wenig Freiheit wie ein Sklave. Sie hatte nie ihr eigenes Leben führen können.

Jetzt verstand ich, wieso ihr Bruder angedeutet hatte, dass ihre Rückkehr womöglich nicht erwünscht sein könnte. Ihr Vater würde sich von viel Silber trennen müssen, um sie freizukaufen. Und wenn sie wieder frei war, konnte er sich keine Hoffnung machen, seine Verluste wettzumachen.

„Wenn Euer Lösegeld bezahlt ist, werdet Ihr zu Eurer Familie zurückkehren oder zur Kirche?" fragte ich.

„Darüber besteht kein Zweifel. Ich werde wieder ins Kloster in Paris gebracht. Mein Vater hat sehr deutlich gemacht, dass er mich nie wieder als seine Tochter betrachten und mich auch nicht in seinem Haus willkommen heißen wird."

„Warum wird er Euch dann freikaufen?" Für mich ergab das keinen Sinn.

„Er wird zahlen, um seine Ehre zu schützen", sagte sie. „Ich habe Euch oft von Ehre sprechen hören, und mir ist klar geworden, dass für Euch und Euer Volk Ehre etwas ganz anderes ist als das, was Männer wie mein Vater darunter verstehen. Die ‚Ehre' meines Vaters ist sein Ruhm. Was er Ehre nennt, stammt aus seiner adligen Herkunft, seinem Reichtum und seiner Stellung, und nicht aus seinen Taten. Er legt Wert darauf, dass andere Männer sich ihm wegen seines Ranges unterordnen müssen. Er wird sich sorgen, dass andere ihn weniger achten, wenn er eine Tochter den Nordmännern überlässt – auch wenn sie nicht mehr erwünscht ist. Und ich bin sicher, er kann den Gedanken nicht ertragen, dass sein eigenes Fleisch und Blut eine Sklavin werden könnte. Sein Ruhm ist ihm noch wichtiger als sein Reichtum. Er wird das Lösegeld bezahlen, obwohl es ihn maßlos ärgern wird."

Als wir Wulfs Haus erreichten, verschwand Genevieve im Hinterzimmer und kam den Rest des Nachmittags nicht mehr heraus. Nachdem ich die Pferde in den Stall zurückgebracht hatte, zog ich die festliche Kleidung an, die eine Sklavin von Hastein mir auf dem Anwesen am Limfjord genäht hatte. War es tatsächlich erst Wochen her, seit wir in Jütland waren und ungeduldig darauf warteten, loszusegeln? Es fühlte sich an, als wären jene Tage aus einem anderen Leben.

Der Abend dämmerte bereits über der Stadt, und Bertrada hatte eben Holz im Feuer nachgelegt, um die Dunkelheit im vorderen Teil des Hauses zurückzudrängen, als die Tür zum Hinterzimmer sich öffnete und Genevieve heraustrat. Über einem weißen Unterkleid trug sie das dunkelrote Gewand, das Hastein ihr geschenkt hatte. Der kurze, schwarze Umhang lag um ihre Schultern. Ihre Haare waren zu einem Knoten hochgebunden, der ihren Nacken freigab.

Sie blickte zu mir herüber, als sie ins Zimmer kam, dann schaute sie wieder schnell nach unten. Ich hatte das Gefühl, als sollte ich etwas sagen, aber bei ihrem Anblick war mein Kopf leer, und meine Zunge fühlte sich hölzern an. Endlich stammelte ich etwas. „Vielleicht sollte ich eine Fackel für den Weg besorgen." Das war das einzige, was mir einfiel.

„Ist es schon so dunkel, dass wir eine brauchen?" fragte sie.

„Eigentlich nicht." Ich verfluchte mich innerlich für meine Dummheit. Kam ich den anderen so einfältig vor, wie ich mich fühlte? „Ihr habt recht. Es ist erst, wenn wir zurückkehren, so dunkel."

Wulf grinste uns breit an. „Macht Ihr aber ein hübsches Paar!"

Genevieve sah verlegen aus, und ich fühlte mich auch so. So etwas zu sagen war dumm. Wir waren kein Paar, weder hübsch noch in irgend einer anderen Weise. Genevieve war meine Gefangene. Ich war der, der sie gefangen genommen hatte. Wir waren nichts anderes als das.

In Hasteins Unterkunft angekommen, nahm meine Verwirrung darüber, weshalb er mich gebeten hatte, mit ihm zu speisen und Genevieve mitzubringen, eher noch zu. Neben Torvald war ich das einzige Mannschaftsmitglied der Möwe, das anwesend war. Es war eine kleine Versammlung: Svein und Stig, die Kapitäne von Hasteins anderen beiden Schiffen, sowie zu meiner Überraschung auch Ivar. Dies war ein Treffen der Kapitäne. Ich hatte ihnen nichts zu sagen, und auch sie waren an einer Unterhaltung mit mir nicht interessiert. Wenigstens war Cullain ein hervorragender Koch, und Hastein war darüber hinaus großzügig mit dem Wein und dem Bier.

Abgesehen von der anfänglichen Begrüßung ignorierte uns Hastein. Die Mahlzeit war fast vorbei als Genevieve mir zuflüsterte: „Weshalb bin ich hier?"

„Ich weiß es nicht", antwortete ich. „Ich weiß auch nicht, warum ich hier bin." Ich hatte mir darüber schon die ganze Zeit den Kopf zerbrochen.

Wie gerufen, sprach Hastein. „Halfdan, ich möchte mit Eurer Gefangenen sprechen. Ihr werdet meine Fragen an sie übersetzten." Ivar hatte im Lauf des Abends viel Wein getrunken und fläzte sich jetzt in seinen Stuhl, hatte ein Bein auf dem Tisch ausgestreckt und starrte Genevieve mit halbgeschlossenen Augen an. Er lehnte sich nach zur Seite und murmelte Stig etwas ins Ohr. Beide Männer lachten.

„Fragt sie, wo die Städte sind, in denen ihr Vater regiert", sagte Hastein.

Genevieve sah verwirrt und misstrauisch aus, als ich ihr erklärte, was Hastein von ihr wissen wollte. „Ich weiß nicht, wie ich seine Frage beantworten soll."

Hastein versuchte es erneut. „Fragt sie, ob die Städte, die von ihrem Vater regiert werden, an der Seine oder in ihrer Nähe liegen."

„Nein", sagte sie. „Sie liegen weit südlich der Seine. Alle außer Paris."

„Fragt sie, wie groß Paris ist", fuhr Hastein fort. „Ist es mit Ruda vergleichbar?"

„Paris ist viel größer als Rouen", antwortete sie.

„Aber es ist nicht mehr so groß, wie es einmal zur Zeit der Römer war. Es gibt viele sehr alte Gebäude in Teilen der Stadt, die jetzt nur noch Ruinen sind, wo die Menschen nicht mehr leben."

„Wie viel größer als Ruda ist es?" wollte Hastein wissen.

Sie sagte, dass dort mehr als zehntausend Menschen lebten. Ich persönlich glaubte nicht, dass das wahr sein konnte. Ich konnte mir nicht vorstellen, dass so viele Menschen an einem Ort auf engem Raum zusammenleben könnten. Aber als ich ihre Antwort übersetzte, richtete sich Ivar auf und begann, sich für das Gespräch zu interessieren.

„Zehntausend? Sicherlich gibt es dort Kirchen. Vielleicht viele Kirchen. Fragt sie, ob das stimmt", verlangte er. „Und Klöster – gibt es auch Klöster?"

„Oh, ja", antwortete Genevieve begeistert, nachdem ich Ivars Frage übersetzt hatte. „Es gibt sehr viele Kirchen, sowie einige Klöster in und um Paris. Die Klöster von St. Germain und St. Denis gehören zu den größten. Und natürlich das Kloster von St. Genevieve, wo ich eine Ordensschwester bin." Sie runzelte die Stirn und schaute mich an. „Warum will er das wissen? Wer ist er?"

Weshalb will ein hungriger Wolf wissen, wo die Schafe weiden? dachte ich, sagte es aber nicht.

„Er heißt Ivar. Er gehört zu den Anführern unserer Armee", erklärte ich ihr. „Sein Vater, Ragnar Lodbrok, ist der Kriegskönig, der unser Heer führt, aber Ivar und mein Kapitän, Jarl Hastein, sind ebenfalls Befehlshaber. Wir führen Krieg gegen Euer Volk, und sie müssen wissen, von wo uns möglicherweise Gefahr droht."

„Paris stellt für Euch keine Bedrohung dar", sagte sie. „Es liegt weit flussaufwärts. Und es ist eine friedliche Stadt."

„Fragt nach den Stadtmauern", verlangte Hastein.

„Ich sagte doch, es ist eine friedliche Stadt", antwortete sie, nachdem ich Hasteins Frage übersetzt hatte. „Es gibt eine Garnison auf einer Insel in der Mitte des Flusses. Die Soldaten meines Vaters sind dort in einer Festung stationiert. Aber die Stadt selbst hat keine Mauern."

Hastein und Ivar sahen sich mit ungläubigem Gesichtsausdruck an, als ich Genevieves Antwort übersetzte. Dann fing Ivar an zu lachen.

„Ich mochte diesen Mann nicht", sagte Genevieve, als wir auf dem Rückweg zu Wulfs Haus waren. Ich musste nicht fragen, wen sie meinte. Sie hatte verängstigt und verärgert ausgesehen, als Ivar unfreundlich lachte, nachdem sie die Verteidigungsanlagen von Paris – oder besser, deren Fehlen – beschrieben hatte. Danach hatte sie sich beharrlich geweigert, weitere Fragen von ihm oder Hastein zu beantworten. „Ich vertraue ihnen nicht", hatte sie gesagt. Ich hielt das für eine kluge Einschätzung ihrerseits.

Ich wünschte, ich hätte daran gedacht, eine Fackel mitzunehmen, als wir den Palast des Grafen verlassen hatten. Der Nachthimmel war bewölkt, und die engen Gassen von Ruda waren dunkel.

Meine Vergesslichkeit rettete mir möglicherweise

das Leben. Wären meine Augen vom Licht einer Fackel geblendet gewesen, hätte ich wahrscheinlich nicht die winzige Bewegung tief in den Schatten auf der anderen Seite der Straße vor Wulfs Haus wahrgenommen.

„Bleibt hinter mir", wies ich Genevieve an, als ich mein Schwert zog. „Ich glaube, da ist jemand vor uns in der Dunkelheit."

Noch während ich sprach, traten zwei Männer auf die Straße, wo wir sie sehen konnten, und zogen ihre Schwerter. Zumindest trugen sie keine Schilde oder Rüstungen. Diese Ausrüstung hätte wohl zu unangenehmen Fragen der Wachtposten geführt, als sie das Stadttor passierten.

Es ist knifflig, mit dem Schwert und ohne Schild zu kämpfen. Mein Bruder Harald war der beste Schwertkämpfer, den ich jemals kannte, und er verglich es mit dem Messerkampf – nur eben mit sehr langen Messern. Nur wenige Hiebe werden tatsächlich ausgeführt, da das Risiko, in einen Gegenschlag zu laufen, zu groß ist, wenn man das Ziel verfehlt. Außerdem ist es gefährlich, die gegnerische Klinge mit der eigenen abzuwehren. Wenn man Kante auf Kante schlägt, statt den Hieb des Gegners mit dem Klingenblatt abzuwehren, könnte eines der Schwerter – oder sogar beide – brechen. Es ist daher vor allem ein Tanz aus Angriffen, Rückzügen und Finten.

Die beiden Männer teilten sich auf, als sie sich näherten, um von verschiedenen Seiten anzugreifen. Ich wich Schritt für Schritt zurück und hielt mein Schwert vor mir bereit, damit ich schnell zustoßen oder parieren konnte. Abstand und Gleichgewicht – Harald hatte es mir immer wieder eingebläut. Man muss Abstand und Gleichgewicht halten. Wenn man aus dem Gleichgewicht gerät, kann man nicht mehr schnell genug reagieren, hatte er gesagt. Man muss auch den richtigen Abstand zum Gegner wahren und außerhalb der Reichweite seiner Klinge bleiben, bis man eine Gelegenheit hat, selbst zu attackieren.

Ich konnte Genevieves schnelle, verängstigte Atemzüge hinter mir hören. „Wenn ich mich bewege, lauft zu Wulfs Tür", sagte ich ihr.

Ich führte eine schnelle Finte gegen meinen linken Angreifer aus. Er wich zurück, während der Mann rechts von mir vorrückte. Ich wandte mich ihm zu und überbrückte die Distanz zu ihm mit drei schnell ausholenden Schritten, während ich mein Schwert auf seinen Brustkorb stieß. Er stolperte zurück und versuchte, mein Schwert mit seinem Klingenblatt wegzuschlagen, aber ich hatte meine Waffe bereits zurückgezogen und mich entfernt. Ich bewegte mich nach rechts, sodass er sich zwischen mir und seinem Kameraden befand. So weit wie möglich musste ich dafür sorgen, dass ich immer nur mit einem von ihnen kämpfen musste.

Genevieve hatte Wulfs Tür erreicht. Sie war verriegelt. Sie hämmerte darauf ein und rief: „Wulf, Hilfe! Lass mich herein!"

Der linke Angreifer, der jetzt hinter seinem Kameraden stand, drehte sich um und schaute zu ihr. „Lass sie", sagte der andere. „Ihn wollen wir, und wir müssen es schnell erledigen." Ich erkannte seine Stimme. Es war Stenkil.

Die Männer bewegten sich wieder auseinander

und standen mir wieder beide gegenüber. Hinter ihnen sah ich, wie sich die Tür von Wulfs Haus öffnete und Genevieve hineinstützte. Zumindest war sie sicher. Die Männer kamen näher. Ich wich zurück und zog nach rechts, in dem Versuch, wieder einen der Angreifer hinter den anderen zu bekommen. Aber die Straße war eng, und bald würde ich keinen Platz mehr haben.

Der Krieger, der mir am nächsten war – Stenkil – sprang mit zwei schnellen Schritten vor und hob sein Schwert zum Angriff, aber ich zog mich genauso schnell zurück und blieb außer Reichweite. Er verzichtete auf den Schwerthieb.

Wulfs Tür öffnete sich wieder, und Wulf stürmte mit einer von Bertradas gusseisernen Pfannen in seinen Händen heraus. Ich dachte, er wolle sie vielleicht als Knüppel benutzen, aber er lief auf den hinteren Angreifer zu, schwang die Pfanne in seine Richtung und schüttete einen wahren Regen glühender Kohlen auf seinen Rücken.

Seine Tunika fing an etlichen Stellen zu rauchen an, wo die heißen Kohlen Löcher in den Stoff gebrannt und deren Ränder entzündet hatten. Er schrie vor Angst und Schmerz, schwang in Wulfs Richtung herum und hob sein Schwert. Als Wulf weghuschte, blickte Stenkil über die Schulter zurück, um zu sehen, was hinter ihm vor sich ging.

Das war ein tödlicher Fehler. Ich machte einen Ausfallschritt, hob mein Schwert und tat so, als würde mein Hieb seinem Kopf gelten. Erschrocken schwang er sein eigenes Schwert hoch und versuchte, den Schlag abzuwehren. Ich drehte mein Schwert, brachte das

Klingenblatt unter seines und schlug seine Waffe beiseite. Dann versetzte ich ihm einen schnellen Hieb, der in der Seite seines Halses endete. Der Schlag war nicht sehr kräftig, aber die Schneide meines Schwerts war extrem scharf und schlitzte eine Wunde auf, die fast so tief war wie die Breite der Klinge.

Der andere Mann war dabei, Wulf zurück zur offenen Tür zu verfolgen. Er holte auf, als sich plötzlich die zahlreichen kleinen Flammen, die auf seiner Tunika schwelten, zu einem wütenden Feuer vereinigten, das seinen Rücken bedeckte und seine langen Haare in Brand setzte. Er torkelte, blieb stehen und versuchte, seinen Rücken mit der freien Hand zu erreichen, um die sich ausbreitenden Flammen auszuschlagen.

Ich zog mein Schwert aus Stenkils Hals, und durch diese Bewegung wurde der Schnitt noch tiefer. Er ließ seine eigene Waffe mit einem Klirren fallen und griff mit beiden Händen an die klaffende Wunde, um zu versuchen, das sprudelnde Blut zu stillen. Ich ging schnell um ihn herum zu dem brennenden Mann und rammte ihm mein Schwert in den Rücken. Er schrie und versuchte, sich umzudrehen, aber er war auf meiner Klinge aufgespießt. Ich stieß das Schwert weiter durch ihn hindurch, bis die Spitze aus seiner Brust herausragte, und hielt ihn dort, bis er auf die Knie stürzte und endlich tot von meiner Klinge auf den Boden rutschte.

Ich wandte mich zu Stenkil um und sah, dass er keine Bedrohung mehr darstellte. Er taumelte die schmale Straße hinunter und versuchte zu entkommen, während er mit beiden Händen seinen Hals umklam-merte. Ich holte ihn an der nächsten Ecke ein und beendete sein

Leben mit einem einzigen Hieb.

6

Graf Robert

Im Laufe des Tages wurde Wulf zunehmend ängstlich. „Ihr könnt die Leichen nicht in meinem Lager lassen", beschwerte er sich. „Bald werden sie zu stinken anfangen. Und wenn Eure Männer sie dort finden, werde ich womöglich für ihren Tod verantwortlich gemacht."

In der vorigen Nacht hatte er sich nicht beschwert, als ich vorgeschlagen hatte, die beiden Toten dorthin zu bringen. Er hatte mir sogar geholfen, sie von der Straße wegzuziehen. Aber jetzt war es Spätvormittag fast Mittag. Vermutlich dachte er, dass es allerhöchste Zeit für mich war, bessere Maßnahmen zu treffen. Seine Erwartungen waren nicht ganz unbegründet. Das Problem war, dass ich nicht wusste, was ich tun sollte. Ich wollte nicht, dass Ragnar davon erfuhr, dass ich zwei weitere Krieger unserer Armee getötet hatte.

Wie so oft, wenn wir unumgängliche Entscheidungen verschieben, wurde mir das Heft des Handelns aus der Hand genommen. Ich hörte draußen das Klappern von Pferdehufen, und kurz darauf hämmerte eine Faust an die Tür.

„Halfdan!" rief Torvald. „Bist du da?"

Ich öffnete die Tür. Auf der Straße hinter Torvald saßen Hastein und Ivar zu Pferde. Torvald hielt die Zügel von zwei gesattelten, reiterlosen Pferden.

„Schnell", sagte Torvald. „Hol deine Ausrüstung:

Brünne, Helm, Schild und Waffen. Du sollst mit uns kommen. Zwei fränkische Reiter stehen vor dem Haupttor der Stadt und tragen eine weiße Fahne. Wir reiten zu einem Treffen mit ihnen. Hastein will, dass du dabei für uns übersetzt. Wir haben ein Pferd für dich mitgebracht."

Hinter ihm beugte sich Hastein im Sattel vor und starrte auf den Boden. „Hier wurde Blut vergossen. Erst vor kurzem. Und zwar reichlich."

Er richtete sich auf und schaute mich direkt an. „Halfdan, wisst Ihr etwas davon?"

Ich hätte zwar nicht freiwillig von meinen Taten berichtet, aber ich würde auch nicht lügen – besonders nicht Hastein gegenüber.

„Ja", antwortete ich. „Es ist letzte Nacht geschehen, als Genevieve und ich von Euren Gemächern hierher zurückkamen. Wir wurden von zwei Männern angegriffen."

Ivar musterte mich eingehend. „Es sieht nicht so aus, als hättet Ihr Blut vergossen."

„Nein, das Blut stammt von den Angreifern. Ich habe beide getötet."

Torvald grinste, und Ivar sah beindruckt aus. Erfolgreiches Morden schien ihn immer zu beein-drucken.

Hastein dagegen wirkte nicht sehr erfreut. „Wo sind die Körper der toten Männer?"

„Wir ... ich ... habe sie in Wulfs Lagerhaus versteckt."

„Es waren Dänen?" fragte er.
Ich nickte.
Er schaute mich eine Zeitlang an, dann seufzte er.

„Hattet Ihr vor, mir davon zu erzählen?"

Ich zuckte mit den Achseln. Ich konnte es tatsächlich nicht sagen, denn als Hastein vor Wulfs Tür erschien, hatte ich mich noch nicht entschieden. „Ihr seid nicht derjenige, dem ich diese Toten verheimlichen wollte", antwortete ich.

„Ach ja", sagte Ivar. „Vater wird sehr ungehalten sein. Er wird auf jeden Fall Anstoß an dem nehmen, was Ihr getan habt."

Ich konnte nur hoffen, dass Ragnar seinen Missmut nicht mit der Schlinge ausdrücken würde.

„Wisst Ihr, wer sie waren?" fragte Hastein.

„Einer war Stenkil, ein Kamerad des Mannes, den ich hier in Wulfs Haus getötet habe. Den anderen habe ich nicht erkannt."

Genevieve und Wulf erschienen im Türrahmen hinter mir. „Ist Euer Kapitän erzürnt?" fragte sie als sie Hasteins strengen Gesichtsausdruck sah. Ich nickte. „Das ist nicht fair", protestierte sie. „Ihr hattet keine Wahl. Die Männer haben uns angegriffen!"

„Was sagt sie?" fragte Ivar.

Nachdem ich es ihm übersetzt hatte, ergriff Wulf das Wort. „Das ist wahr", sagte er in unserer Sprache. „Ich habe es auch gesehen. Sie hätten Halfdan umgebracht, wenn er sie nicht zuerst getötet hätte."

„Ihr habt Glück, dass diese beiden für Euch sprechen", sagte Hastein. „Falls Ihr nur einen Angriff abgewehrt habt – und Ihr keine andere Wahl hattet als zu kämpfen – dann wird Ragnar nichts sagen können."

Ivar stöhnte. „Dennoch bin ich sicher, dass er etwas sagen wird. Vater wird sich die Gelegenheit nicht nehmen lassen, die mangelnde Disziplin unserer Männer zu beklagen."

„Da ist noch mehr", sagte ich. „Vor zwei Tagen sah Wulf Snorre und Stenkil zusammen hier in der Straße vor seinem Haus."

Hastein saß auf seinem Pferd und schwieg zunächst, während er über meine Worte nachdachte. Dann schüttelte er den Kopf. „Darum müssen wir uns später kümmern. Jetzt müssen wir herausfinden, was die Franken vor den Toren der Stadt von uns wollen."

Die Franken mit der weißen Fahne vor Ruda waren von Genevieves Vater, Graf Robert, geschickt worden. Er war offensichtlich in der Nähe und wollte verhandeln.

„Er will die Lösegeldzahlung für seine Tochter, die Herrin Genevieve, aushandeln", sagte einer der beiden Reiter. „Er hat Silber mitgebracht, um sie freizukaufen. Er möchte, dass sie heute noch freikommt."

Ich übersetzte.

„Er will also nicht bis zu dem Treffen warten, das wir bei der Übergabe der schriftlichen Nachrichten vereinbart haben?" murmelte Hastein zu Ivar. „Was sollen wir von dieser Ungeduld halten?"

„Nach dem, was ich von Genevieve erfahren habe, glaube ich kaum, dass seine Beweggründe in seiner Sorge um sie zu finden sind", bemerkte ich.

Wenn Genevieve jetzt freigekauft werden sollte, würde ich Hasteins Hilfe brauchen. „Ich weiß nicht, wie viel Lösegeld ich von ihrem Vater verlangen soll", sagte ich ihm. „Ich habe keine Ahnung, wie wertvoll eine solche Gefangene ist. Könntet Ihr für mich verhandeln?"

Hastein nickte. „Das werde ich." Dann grinste er. „Es wird mir ein Vergnügen sein."

Da wir zu viert waren, sagte mir Hastein, dass ich den Franken mitteilen solle, Graf Robert dürfe drei seiner Krieger zu den Verhandlungen mitbringen. „Wir können auf die anderen Bedingungen verzichten, die wir festgelegt hatten – dass niemand Rüstung oder Waffen tragen darf. Ich glaube nicht, dass er mit Verrat im Sinne hier ist. Er wäre nicht bis zu den Toren von Ruda gekommen – und das so schnell – wenn er nicht wirklich seine Tochter befreien wollte."

„Der Graf will das Treffen nicht so nahe bei den Mauern von Rouen abhalten", antwortete einer der Franken, nachdem ich ihnen Hasteins Bedingungen für die Verhandlungen übermittelt hatte. Er drehte sich um und deutete hinter sich über die gerodeten Wiesen, die die Stadt umgaben, auf die ferne Baumlinie. „Er wird Euch auf dem offenen Feld auf halbem Weg zwischen Stadtmauer und Wald treffen. Er traut Euch nicht und will dem Rest Eures Heers nicht zu nahe kommen." Er lächelte grimmig. „Und zweifellos wollt Ihr unserem ebenfalls nicht zu nahe kommen."

„Das ist eine vernünftige Forderung", antwortete Hastein, nachdem ich ihm übersetzt hatte, was der Franke gesagt hatte.

Ivar stimmte zu. „An seiner Stelle würde ich uns auch nicht trauen."

„Wann sollen wir zurückkehren?" fragte ich den Franken. „Wann können wir Graf Robert erwarten?"

„Zurückkehren?" antwortete er. „Ihr sollt gar

nicht fortgehen. Der Graf wird sich jetzt mit Euch treffen, sobald wir ihn darüber benachrichtigt haben, dass Ihr dazu bereit seid. Er beobachtet uns aus dem Schutz der Bäume."

Als ich ihn sah, hatte ich keinen Zweifel, dass Graf Robert ein Krieger war. Sein Körper war eingehüllt in Eisen. Er trug eine lange Brünne mit Ärmeln bis zu den Handgelenken und einen Rock, der bis kurz über die Knie ging und der vorne einen Schlitz hatte, damit er dennoch gut reiten konnte. Seine Unterschenkel waren mit schlichten, eisernen Beinschienen geschützt, und auf seinem Kopf trug er einen einfachen, konischen Helm. Die gesamte Rüstung schien beste Handwerkskunst zu sein, war aber schlicht und ohne Verzierungen. Und die mit Dellen und Kratzern übersäte Oberfläche zeugte davon, dass die Rüstung schon einige Kampfeinsätze gesehen hatte.

Als er sich dem vereinbarten Treffpunkt näherte, hielt er eine Hand hoch. Die drei Reiter in seinem Gefolge – die beiden Franken, mit denen wir zuvor gesprochen hatten, sowie ein weiterer Krieger etwa im gleichen Alter wie der Graf – hielten an. Einer von ihnen führte ein Packpferd, das mit zwei stabilen Ledersattel-taschen beladen war. Ein anderer hielt die Zügel eines weiteren Pferdes, das zwar gesattelt aber ohne Reiter war.

Graf Robert ritt mit seinem Pferd ein paar Schritte vor und hielt vor uns an. Er hatte ein gebräuntes, verwittertes Gesicht, das von einem kurz gehaltenen Bart umrahmt war, und harte, ausdruckslose Augen, so grau wie ein Winterhimmel.

Er stellte sich selbst vor. „Ich bin Robert, Graf von

Angers, Blois, Tours, Autun, Nevers und Paris. Ich diene Karl, König des Westfrankenreichs, und in seinem Namen regiere ich diese Städte. Wer seid Ihr, und wem dient Ihr?"

„Sagt ihm, dass ich Hastein heiße, und mit mir ist Ivar", sagte Hastein. „Sagt ihm, dass wir Dänen und damit freie Männer sind, und wir niemandem dienen."

Die Augen des Grafen blitzten auf, als ich Hasteins Antwort übersetzte. „Seid Ihr jemand mit Autorität über Euer Gesindel?" fauchte er. „Spreche ich mit jemandem, der die Freilassung meiner Tochter anordnen kann?"

Ich musste nicht mit Hastein beraten, um die Frage von Graf Robert zu beantworten. „Der Herr Hastein" – ich nannte ihn so, weil der Franke „Jarl" nicht verstehen würde – „gehört zu den Anführern unserer Armee", sagte ich ihm. „Er ist hier, um mit Euch das Lösegeld für die Herrin Genevieve auszuhandeln, denn er ist der Kommandeur des Kriegers, der sie gefangen genommen hat."

Zum ersten Mal sah der Graf ausschließlich mich an. „Und ich nehme an, dass Ihr das seid. Mein Sohn hat mir von Euch erzählt." Er blickte auf das Schwert, das ich trug.

„Fragt ihn, wieso er jetzt gekommen ist", wies mich Hastein an. „Wieso hat er nicht bis zum vereinbarten Treffen gewartet? Fragt ihn auch, ob die anderen Nachrichten an die Hohepriester geschickt wurden, denen sie zugedacht waren, und ob sie vorhaben, uns zum vereinbarten Termin am vereinbarten Ort zu treffen."

„Die Erzbischöfe von Sens und Reims haben beide die Nachricht erhalten, die Ihr vom Bischof von Rouen überbracht habt", antwortete Graf Robert, nachdem ich erklärt hatte, was Hastein gefragt hatte. „Sie wollen mehr Zeit erbitten, bevor sie sich mit Euch treffen. Sie werden Euch einen Gesandten mit ihrem Gesuch nach Rouen schicken. Männer der Kirche handeln manchmal langsam. Ich wollte nicht, dass das Ende der Gefangenschaft meiner Tochter dadurch hinausgezögert wird. Darum bin ich gekommen.

Ich bin bereit, mit Euch jetzt die Höhe des Lösegelds für die Freilassung meiner Tochter zu regeln", fuhr er fort. „Ich kann heute gleich die Summe bezahlen, auf die wir uns einigen. Aber zunächst muss ich meine Tochter sehen und mit ihr sprechen, bevor wir anfangen."

Als ich seine Bitte übersetzte, schüttelte Hastein den Kopf. „Er wird sie erst dann sehen, wenn das Lösegeld ausgehandelt und gewogen ist, nicht vorher. Er sieht sie, wenn wir bereit sind, den Austausch zu machen."

„Woher weiß ich, dass sie noch lebt? Woher weiß ich, dass sie unverletzt ist?" widersprach der Graf. Ich fand seine Bedenken angemessen. Aber Hastein gab nicht nach.

Ich übersetzte Hasteins Antwort. „Erst vor ein paar Tagen habt Ihr eine handgeschriebene Nachricht von ihr erhalten, in der sie Euch mitgeteilt hat, dass sie unversehrt ist. Und Ihr werdet sie sehen können, bevor Ihr das Silber übergeben müsst. Sie wird Euch dann sagen können, dass sie wohlauf ist."

Graf Robert sah verärgert aus. Ich vermutete, er war es nicht gewohnt, dass andere ihm die Erfüllung seiner Wünsche verweigerten.

„Na gut", sagte er zähneknirschend. „Wie viel verlangt Ihr für die Freilassung meiner Tochter?"

„Zehn Pfund Silber", sagte Hastein. Ich war so erstaunt, dass ich ihn nur anschaute und seine Worte nicht übersetzte. Das war eine riesige Summe.

„Starrt mich nicht mit offenem Mund an", sagte mir Hastein. „Wenn die verlangte Summe sogar Euch überrascht, schwächt das unsere Verhandlungsposition. Jetzt gebt weiter, was ich gesagt habe.

Graf Robert riss die Augen auf, und sein Gesicht lief rot an, als ich Hasteins Bedingungen in seine Sprache übersetzte. „Der Betrag ist absurd", stotterte er.

Die Empörung des Grafen brachte ein breites Lächeln auf Hasteins Gesicht. Er schien sich bestens zu amüsieren. „Da bin ich anderer Meinung. Sagt ihm, dass es eine faire und angemessene Summe ist. Erklärt dem Grafen, dass ich vor vier Jahren einen Angriff entlang der Seine geführt habe und das Kloster von St. Wandrille stromabwärts von Ruda eingenommen habe. Priester der fränkischen Kirche haben uns sechs Pfund Silber bezahlt, damit wir die Gebäude des Klosters nicht niederbrennen, und weitere sechsundzwanzig Pfund, um die achtundsechzig Gefangenen aus unserer Gewalt zu befreien. Davon waren sechs Pfund alleine für den Abt."

Nachdem ich übersetzt hatte, machte der Graf schnell ein Angebot. „Ich werde Euch sechs Pfund Silber für die Freilassung meiner Tochter bezahlen."

Sechs Pfund Silber war mehr als ich zu bekommen gehofft hatte. Ich hätte das Angebot angenommen. Aber Hastein sah ungläubig aus, als er den Vorschlag des Grafen hörte.

Er sprach wieder, und ich übersetzte. „Ihr würdet den gleichen Betrag wie für einen Abt oder ein Kloster bezahlen, um Eure Tochter zu befreien? Das Frankenreich hat viele Klöster und viele Äbte – sie sind hier alltäglich. Aber gibt es einen weiteren Grafen von Angers, Tours, Paris und den vielen anderen Städten, über die Ihr herrscht? Gibt es nicht. Ihr seid in keiner Weise gewöhnlich, und Eure edle Tochter ist eine ungewöhnliche Gefangene – eine besonders wertvolle. Ist es nicht so, dass Euer Rang und Euer Ruf auch den Wert Eurer Tochter erhöhen? Was würden die Menschen über Euch sagen, wenn bekannt würde, dass Ihr lieber Euer Geld zusammenhaltet und dafür zulasst, dass Eure Tochter in die Sklaverei verkauft wird? Dass Ihr kein höheres Lösegeld für Euer eigenes Fleisch und Blut bezahlen wollt, als das, was zum Schutz der Gebäude eines Klosters bezahlt wurde?"

„Ich werde acht Pfund bezahlen", sagte der Graf, nachdem ich Hasteins Rede übersetzt hatte. „Aber nicht mehr."

Als ich ihm Graf Roberts Angebot weitergegeben hatte, seufzte Hastein laut und schüttelte traurig den Kopf. „Erklärt diesem Franken, dass der König der Dänen nur eine Frau hat, aber dass er viele Nebenfrauen hat. Und dass die Franken seine größten Feinde sind. Er schätzt jeden Sieg über sie, egal ob groß oder klein. Erzählt ihm, dass unser König sicherlich mindestens acht Pfund Silber für die junge Frau zahlen würde, wenn er erfährt, dass sie die Tochter eines mächtigen Anführers seiner Todfeinde ist – besonders, wenn er hört, dass sie noch eine Jungfrau ist, die er entjungfern kann. Wieso sollten wir sie von diesem Franken für acht Pfund Silber freikaufen lassen, wenn wir sie ohne weiteres für die gleiche Summe an unseren König verkaufen könnten? Und dabei seine Gunst erlangen? Fragt ihn das."

Ich wusste, das Hastein bluffte. Es war meine Entscheidung, was mit Genevieve geschehen würde, falls ihr Vater sie nicht freikaufte. Und ich hatte nicht vor, sie zu verkaufen – nicht an den König der Dänen noch an sonst irgendjemand. Ich kannte sie inzwischen zu gut – und ich hatte selbst die Auswirkungen der Sklaverei am eigenen Leib erfahren. Das würde ich ihr nicht antun. Ich fand Hasteins Argument allerdings hervorragend, und ich genoss, wie Genevieves arroganter Vater darauf reagierte.

Sein Gesicht lief in einem sehr ungesunden Rotton an, und seine Stimme bebte vor Wut, als er sprach. „Ihr sollt Eure zehn Pfund Silber haben", knurrte er. „Und möge Gott im Himmel Eure heidnische Seele verdammen, falls Ihr überhaupt eine habt. Erledigen wir den Handel endlich. Ich möchte keine Zeit mehr in der Gesellschaft von Menschen verbringen, die die Sorge eines Vaters um seine wehrlose Tochter und ihre Ehre als Waffe gegen ihn verwenden."

Die Rede des Grafen hätte mich mehr beeindruckt, wenn Genevieve mir nicht erzählt hätte, wie wenig ihr Vater sich um sie oder ihre Ehre kümmerte. In Wahrheit war es seine eigene Ehre – oder sein Ruhm, wie sie mir erklärt hatte –, die er beschützte, und ich schämte mich nicht, dass wir ihm einen hohen Preis dafür abverlangt hatten.

Das Packpferd wurde nach vorne geführt, und einer der Männer des Grafen entnahm einer Satteltasche eine Waage und begann, sie aufzubauen. Ein anderer fing an, kleine, dick gefüllte Ledersäcke aus den Satteltaschen zu nehmen.

„Ist das zusätzliche Pferd für Eure Tochter?" fragte ich den Grafen.

„Ja", antwortete er.

„Wenn ich es mitnehmen darf, werde ich in die Stadt reiten und sie holen", sagte ich ihm.

Als ich in Wulfs Haus kam, saß Genevieve am Tisch und hielt das Baby Alise auf dem Schoß.

Sie blickte auf. „Ihr seid wieder vom Treffen mit den fränkischen Soldaten zurück?"

„Es waren nicht nur fränkische Soldaten", antwortete ich. „Euer Vater, Graf Robert, ist auch da. Ihr müsst jetzt mit mir kommen. Euer Lösegeld wurde ausgehandelt. Euer Vater brachte Silber, um es zu bezahlen, und Ihr sollt heute freikommen."

Genevieve starrte mich nur sprachlos vor Überraschung an.

„Ich freue mich für Euch, Herrin Genevieve", sagte Bertrada und nahm ihr Alise ab.

„Ja", fügte Wulf hinzu und nickte seine Zustimmung. „Obwohl unser Haus ohne Euch nicht mehr das gleiche sein wird."

Es war nett von Wulf, das zu sagen. Ich erinnerte mich, wie widerstrebend er sie anfangs unter seinem

Dach aufgenommen hatte. Aber was er sagte, war die Wahrheit. Genevieve war ein willkommener Zuwachs seines Haushalts geworden, die Bertrada fröhlich mit dem Kochen, den Kindern und vielen anderen Aufgaben unterstützte. In der Tat, seit Genevieve gekommen war, war das Haus bei weitem sauberer, als es damals war, als ich es zum ersten Mal gesehen hatte. Und die gedrückte Stimmung und die Spannung, die in den Tagen vor Genevieves Ankunft geherrscht hatten, waren verschwunden.

Sie trug das rote Kleid, das sie letzte Nacht getragen hatte. „Ich muss meine Ordenstracht wieder anziehen", sagte sie und ging in das Hinterzimmer. Angesichts der Stimmung ihres Vaters, als ich ihn verlassen hatte, schien das eine kluge Wahl zu sein. Er war wohl wütend genug über die Menge an Silber, die sie ihn durch ihre Gefangennahme gekostet hatte. Wenn er das feine Kleid von Hastein als Zeichen interpretierte, dass sie in irgendeiner Weise Gefallen an ihrer Gefangenschaft gefunden hatte, war ich mir sicher, dass der Empfang – wenn man es überhaupt so nennen konnte – in ihrer Familie noch schlimmer sein würde.

Wir schwiegen beide, während wir durch die Stadt und aus dem Haupttor ritten. Es war kein angenehmes Schweigen. Ich hatte das Gefühl, dass ich etwas sagen sollte, aber mir fiel nicht ein.

„Seid Ihr froh, ins Kloster zurückzukehren?" fragte ich endlich.

„Das Leben ist nicht schlecht", antwortete sie. „Es ist ruhig und friedlich. Ich werde mich nicht fragen oder davor fürchten müssen, was der nächste Tag bringt. Das

Leben dort ist sehr ..." Sie hielt inne und legte die Stirn in Falten, als suche sie nach dem richtigen Wort. „Vorhersehbar. Ja, das ist es. Das Leben im Kloster ist sehr vorhersehbar. Mein Leben als Nonne läuft nach einem vorbestimmten Muster, mit einer genauen Ordnung ab."

Ich würde nicht wünschen, dass meine Existenz so festgelegt wäre. Ich würde nicht ihren Verlauf schon in Voraus kennen wollen, Tag für Tag und Jahr für Jahr. Ein solches Leben hatte ich als Sklave bereits gekannt.

„In einigen Tagen gibt es einen religiösen Festtag. Bis dahin bin ich vermutlich wieder in Paris im Kloster. Es ist Ostern, die Feier der Auferstehung unseres Herrn Jesus, des Sohns Gottes, von den Toten."

Ich fand den Gedanken niederschmetternd, wenn das einzige auf das man sich freuen konnte, um die Eintönigkeit des Alltags zu unterbrechen, ein religiöser Festtag war. Wenn er allerdings einen Höhepunkt in Genevieves Leben darstellte, freute ich mich für sie, dass sie ihn nicht verpassen würde.

„Am Ostermontag gibt es in Paris eine besondere Messe in der Kirche der heiligen Genevieve. Die Kirche wurde vom ersten zum Christentum konvertierten König der Franken auf dem Hügel der heiligen Genevieve gebaut. Bei der Ostermesse richten die Bewohner von Paris Gebete und Ersuchen an die heilige Genevieve, die in der Kirche begraben ist. Wir glauben, dass sie Gebeten, die an diesem Tag gesprochen werden, besondere Aufmerksamkeit schenkt, und dass sie Gott bittet, sie zu erfüllen."

„Wer ist diese heilige Genevieve?" fragte ich.

„Genevieve war eine sehr gute und fromme Frau,

die vor langer Zeit lebte. Sie ist die Schutzheilige von Paris. Ich wurde nach ihr benannt. Mit ihren Gebeten rettete sie Paris vor der Hunnenarmee Atillas. Sie flehte Gott an, die Stadt zu verschonen. Gott erhörte sie, und Attilas Heer wandte sich ab. Durch die Macht ihrer Gebete erreichte Genevieve etwas, was die Macht von Männern und Waffen nicht erreichen konnte."

Ich hatte von dem Hunnen gehört, von dem sie sprach. Er war ein großer und wilder Kriegsherr, der sogar unter den Dänen in Erinnerung geblieben war, die ihn als Atil kannten. Während langer Winterabende im Langhaus meines Vaters hatte ich Geschichten über ihn gehört.

„Dieser Atilla lebte vor einigen Hundert Jahren, nicht wahr?" fragte ich.

„Ja", antwortete Genevieve. „Das geschah zu der Zeit, als die Römer noch in diesem Land herrschten."

„Und die Genevieve, die Paris rettete, war nur eine Frau? Sie war keine Göttin?"

„Sie war eine sehr heilige Frau."

„Aber sie ist tot, nicht wahr?" fragte ich. „Ob heilig oder nicht, sie ist tot, und das seit vielen, vielen Jahren. Hunderten von Jahren. Und doch betet Ihr zu ihr?" Ich konnte nicht verstehen, wie Christen Gebete an eine Tote richten konnten. Wie konnte das den Lebenden helfen?

„Ich erwarte nicht, dass Ihr das versteht oder glaubt", sagte Genevieve. „Ihr seid kein Christ. Ich habe Euch von St. Genevieve nur erzählt, weil ich Euch sagen wollte, dass ich sie in meinen Gebeten am Ostermontag bitten will, Euch vor Euren vielen Feinden zu schützen.

Christ oder nicht, ich glaube, dass Ihr ein guter Mensch seid. Ich bin mir sicher, wenn ich von jemand anders aus deinem Volk gefangen genommen worden wäre ..." Sie schüttelte schweigend den Kopf, sprach ihre Gedanken aber nicht aus. Sie musste es auch nicht. Wir wussten beide, was ihr wahrscheinlich widerfahren wäre.

„Ich werde immer dankbar dafür sein, wie Ihr mich behandelt habt", fing sie wieder an. Sie drehte sich um und schaute mir direkt ins Gesicht. Ihre Augen glänzten, als ob sie voller Tränen wären. „Ich werde Euch sicherlich nie vergessen. Ihr seid ein Mann, der nicht nur von Ehre spricht, sondern auch danach lebt."

Ihre Worte überraschten mich. Ich hätte gedacht, dass sie froh gewesen wäre, mich zu vergessen – und damit auch die Zeit, in der sie eine Gefangene war, und das Töten, das sie hatte ansehen müssen. Ich wusste nicht, was ich sagen oder wie ich reagieren sollte, also sagte ich nichts.

Später, als ich zusah, wie sie in Begleitung ihres Vaters und seiner Krieger fortritt, spürte ich einen plötzlichen, unerwarteten Schmerz des Verlusts. Als ich an ihre Worte dachte, bereute ich, dass ich keine Antwort gewusst hatte. Ich musste zugeben, dass ich im Herzen wünschte, ihr Vater hätte der hohen Lösegeld-forderung nicht zugestimmt. Ein Teil von mir wollte, dass sie immer noch bei mir wäre.

7

Einer Falle entkommen

„Puh!" sagte Tore. „Sie fangen an zu stinken. Das hätten wir gestern Nacht tun sollen."

Ich war dafür verantwortlich, dass wir es nicht getan hatten. Als wir gestern mit meinem neuen Reichtum in die Stadt zurückkehrten, war ich angenehm überrascht, als Hastein angekündigt hatte: „Ich habe mich entschieden. Wir werden Ragnar nichts über die beiden Männer erzählen, die Ihr getötet habt."

Ivar sah Hastein skeptisch an, sagte aber nichts.

„Die Tötungen waren eindeutig gerechtfertigt", fuhr Hastein fort. „Sie haben Euch nachts überrascht und ohne Provokation angegriffen. Ihr hattet das gute Recht, Euch zu verteidigen, und zwei Zeugen haben Eure Geschichte bestätigt – obwohl eine Eurer Zeugen, Eure Gefangene, jetzt nicht mehr da ist. Dennoch haben ich und Ivar sie gehört. Wir können bestätigen, was sie gesagt hat, falls es notwendig werden sollte."

„Ich habe nur gehört, dass sie Fränkisch sprach", widersprach Ivar. „Ich verstehe kein Fränkisch. Ich weiß nicht, was sie wirklich gesagt hat – wir wissen nur, was Halfdan uns erzählt hat."

„Sei doch kein Querkopf", sagte Hastein abschätzig. „Du glaubst ja nicht wirklich, dass Halfdan uns angelogen hat. Und du hast gehört, wie der andere Franke, Wulf, die Geschichte in unserer Sprache bestätigt hat."

„Wenn Ihr glaubt, die Tötungen seien gerechtfertigt, warum sollten wir Ragnar nicht davon erzählen?" fragte ich.

„Weil er trotzdem wütend sein wird", sagte Ivar. „Vater hat es nicht gern, wenn seine Befehle missachtet werden, auch wenn es aus gutem Grund geschieht. Es ist der frustrierte König in ihm."

Hastein schüttelte den Kopf. „Das ist nicht der Grund. Ich möchte wissen, wer sonst noch in die Sache verwickelt ist. Es scheint offensichtlich, dass Snorre eine Rolle spielt, aber es wäre unmöglich, seine Verstrickung nur damit zu beweisen, dass Wulf ihn im Gespräch mit Stenkil vor seinem Haus gesehen hat.

Wir werden die beiden Leichen verschwinden lassen, dann warten wir ab und sehen, was passiert. Vielleicht wird Snorre Nachforschungen anstellen, um herauszufinden, ob Ihr tot oder verletzt seid, oder ob jemand weiß, wo Stenkil oder der andere Mann sind. Das könnte uns helfen, den Beweis zu führen, dass er in Stenkils Pläne eingeweiht war. Ich möchte auch sehen wie Stenkils Kapitän, Gunulf, auf sein Verschwinden reagiert. Wenn Gunulf nach Stenkil sucht und überrascht ist, dass er verschwunden ist, ist er wahrscheinlich nicht beteiligt. Aber wenn er nicht nachforscht, weshalb einer seiner Männer verschwunden ist, und nicht nach ihm sucht – was ein Kapitän normalerweise tun würde – könnte das darauf hinweisen, dass Gunulf Kenntnis von Stenkils Mordplänen hatte. Angesichts von Stenkils Verschwinden könnte er glauben, es sei sicherer, schlafende Hunde nicht zu wecken und nicht nach verschollenen Leichen zu suchen.

Und schließlich kennen wir die Identität des zweiten von Euch getöteten Mannes nicht – wir wissen nicht, ob er ein Gefährte von Sigvid und Stenkil aus Gunulfs Mannschaft oder vielleicht einer von Snorres Männern war. Wenn letzteres der Fall ist, könnte uns das helfen zu beweisen, dass Snorre hinter dem Angriff steckt. Deshalb schlage ich vor, Stillschweigen über ihren Tod zu bewahren, und zu sehen, was wir zu Tage fördern können. Es ist immer von Vorteil zu erfahren, wen man zu seinen Feinden zählen muss."

„Das macht dir Spaß, nicht wahr?" sagte Ivar zu Hastein und schüttelte den Kopf. „Diese Art des verschlagenen Intrigierens. Ich würde viel lieber einfach meine Feinde konfrontieren und umbringen."

Ich glaubte nicht, dass Hasteins Strategie verschlagen oder intrigant war. Vielmehr war er auf der Jagd. Aber die Beute, die er zur Strecke bringen wollte, war kein Tier, und er setzte nicht das Wissen des Waldes ein, wie ich es gewohnt war. Er war hinter Menschen her – Snorre, und letztlich Toke. Er versuchte geduldig, die Beweise für ihren Verrat Stück für Stück zusammenzutragen – Beweise, die ausreichend sein mussten, damit wir bei einem Thing gesetzlich gegen sie vorgehen konnten. Es war eine Art der Jagd, die ich nicht kannte. Ich konnte noch viel von Hastein lernen.

Am Tag zuvor hatten wir bei Wulfs Lagerhaus angehalten, und Hastein, Ivar und Torvald waren hineingegangen, um sich die Leichen anzusehen. „Stecke sie in Fässer, in die kleinen Löcher gebohrt sind", hatte Hastein Torvald gesagt. „Packe große Steine dazu und wirf die Fässer in den Fluss. Sie werden weit genug stromabwärts treiben, damit niemand in unserem Heer sie findet, bevor sie endlich sinken."

Torvald hatte Stenkils Leiche mit dem Fuß angestoßen. „Sie sind im Moment ganz steif. Wenn wir die beiden heute in Fässer stecken wollen, werde ich eine Axt holen müssen."

Der Gedanke daran, die beiden Toten in Stücke zu hacken, war mir ein Gräuel. Ich hatte Torvald überredet, einen Tag zu warten, bis die Leichen wieder etwas beweglicher waren. Bei seiner Ankunft heute Morgen hatte er Tore mitgebracht. Jeder trug ein großes, leeres Holzfass auf einer Schulter.

Wulf schaute nervös zu, als wir die beiden Leichen zusammenfalteten und in die Fässer stopften. Die Leichenstarre hatte sich noch nicht ganz gelöst, und es war harte Arbeit. Die Fliegen, die die Leichen schon gefunden hatten, schwärmten um uns herum, wohl gereizt, weil wir ihre Mahlzeit unterbrochen hatten, und machten die Arbeit noch unangenehmer.

„Wenigstens haben sie noch nicht angefangen zu zerfallen", sagte Tore, als wir die schweren Fässer auf einen Karren luden, den Wulf uns besorgt hatte, um sie zum Fluss zu bringen. „Der Gestank ist schlimm genug, aber es wäre noch viel schlimmer, wenn sie sich schon auflösen würden."

„Hol deine Rüstung, Halfdan; wir werden sie auch mit der Fuhre mitnehmen", sagte mir Torvald. „Wir bereiten die Möwe für die nächste Fahrt vor. Wir verlassen Ruda morgen bei Tagesanbruch."

Ich war überrascht. Nach der Unterredung mit Graf Robert hatte ich vermutet, dass das Treffen, bei dem die Lösegeldzahlungen für die restlichen Gefangenen ausgehandelt werden sollten, abgesagt oder zumindest verschoben worden war.

„Wir fahren nicht zu dem vereinbarten Ort der Verhandlung", erklärte Torvald, als ich ihn fragte. „Mit Ausnahme von neun Schiffen, deren Besatzung hier in Ruda bleibt, um die Stadt zu halten, bewegt sich unsere ganze Flotte morgen stromaufwärts."

„Warum?" fragte ich.

„Wir werden kämpfen", sagte Tore. Er sah erfreut aus.

„Ragnar hält es für verdächtig, dass der fränkische Graf so erpicht darauf war, deine Gefangene auszulösen", sagte Torvald. „Er vermutet, dass die Franken schon jetzt ihre ganze Armee in Richtung von Ruda bewegen. Er glaubt, dass Graf Robert seine Tochter aus der Stadt schaffen wollte, bevor wir vom Vormarsch der Franken erfahren."

Ein Teil dessen, was Torvald sagte, ergab Sinn. Wenn die Franken mit ihrer Armee gegen uns marschierten, würde es Graf Robert ungelegen kommen, wenn Genevieve noch als Geisel gegen ihn eingesetzt werden und damit den Angriff verzögern könnte – auch wenn ihre Beziehung angespannt war. Aber ich verstand nicht, was unsere Armee tat.

„Wenn Ragnar glaubt, dass das fränkische Heer Ruda angreifen will, weshalb fahren wir dann mit unseren Schiffen stromaufwärts?" fragte ich. Wir würden uns damit der fränkischen Armee und der Gefahr nähern. Sicherlich wäre es klüger, hinter den dicken und sicheren Mauern von Ruda zu bleiben, oder die Seine abwärts Richtung Meer zu segeln.

„Ragnar brachte uns in dieses Land, um die Franken zu bekämpfen und ihr Blut zu vergießen, und nicht, um vor ihnen davonzulaufen", antwortete Tore.

Ich dachte an das große befestigte Lager, das die Franken als vorübergehenden Standort für ihre Armee errichtet hatten. Ich erinnerte mich an die scheinbar endlosen Kolonnen der marschierenden Fußsoldaten und die zahlreichen Patrouillen der berittenen Krieger, die ich gesehen hatte. Die Franken hatten viele Männer – zu viele. Im Vergleich zu den Kräften, die der fränkische König sammelte, war unsere Armee viel zu klein. Wir konnten nicht gegen sie kämpfen und siegen.

„Ich habe die Armee der Franken gesehen", sagte ich zu Torvald und Tore. „Sie ist riesig. Ihre Zahlen übertreffen unsere bei weitem."

„Ja", sagte Torvald. „Sie wären uns zahlenmäßig überlegen, wenn wir nur abwarteten, bis ihre gesamte Streitmacht auf beiden Seiten des Flusses sich hier in Ruda vereinigt und unser Heer umzingelt. Wenn sie kommen, bringen sie Belagerungsmaschinen und Tausende von Fußsoldaten, um die Stadt und unser Lager auf der Insel anzugreifen. Mit ihren Belagerungsmaschinen könnten sie sogar unsere Schiffe auf dem Fluss bedrohen. Es ist ein Kampfstil, den die Franken beherrschen. Sie reagieren manchmal langsam, aber wenn sie schließlich ihre volle Kraft zum Tragen bringen, sind sie unaufhaltsam. Aber Ragnar ist zu schlau, um das Spiel so zu spielen, wie es die Franken sich vorstellen. Die Geschwindigkeit unserer Schiffe ist eine unserer größten Stärken, und Ragnar weiß, sie einzusetzen. Wenn wir kämpfen, wird er den Ort und die Art der Schlacht bestimmen."

Als die Möwe Ruda verließ, war sie weitaus schwerer beladen, als sie es auf der langen Reise von Dänemark ins Frankenland gewesen war. Die Seekisten jedes Kriegers an Bord – und zweifellos von allen Kriegern der Flotte – enthielten Raubgut aus den Kirchen, Klöstern und Dörfern, die wir während unserer Beutezüge geplündert hatten, sowie Beute aus den Häusern und Magazinen von Ruda. Silberne Kerzenständer und die großen silbernen Kelche, die so häufig in den Kirchen der Christen zu finden waren, Münzen, Schmuck, feine Stoffballen, Waffen, Rüstungen und was unseren Männern sonst in die Hände gefallen war – all das füllte nun ihre Seekisten. Das Deck der Möwe war mit Fässern voll fränkischem Wein und Bier sowie mit Kisten voller feiner Glas- und Töpferwaren, die in Stroh gepackt waren, vollgestellt. Es beherbergte auch Geflügel, Schweine und sogar zwei Schafe, die alle für unsere Kochstellen bestimmt waren. Unter Torvalds Leitung hatte unsere Mannschaft Deckbretter aufge-stemmt, um Zugang zu den Ballaststeinen unten im Schiffsrumpf zu bekommen, damit genug von ihnen über Bord geworfen werden konnten, um das zusätzliche Gewicht zu kompensieren.

Die einzige Beute, die wir nicht mit uns führten, waren die Gefangenen, die noch freigekauft werden sollten, und die Frauen und Kinder, die einige unserer Krieger auf den Sklavenmärkten im Norden verkaufen wollten. Sie blieben in Ruda unter Bewachung der

Besatzungen der neun Schiffe, die die Stadt halten sollten. Svein, einer von Hasteins beiden erfahrenen Kapitänen, war dort als Befehlshaber unserer Männer geblieben.

„Snorre und Gunulf sind mit ihren Schiffen und Mannschaften unter den Neun, die in Ruda geblieben sind, um die Stadt zu halten", sagte mir Torvald. „Hastein hat dafür gesorgt. Du wirst von Snorre keinen Verrat zu befürchten haben, solange er dort ist, und Svein wird ein Auge auf beide haben und wird Hastein berichten, wenn er etwas bemerkt."

Meine eigene Seekiste wog viel schwerer, als am Anfang meiner Reise. Neben den zehn Pfund Silber aus Genevieves Lösegeld hatte ich meinem Besitz den hochwertigen Helm, das Schwert, die Brünne und das gepolsterte Wams von Genevieves Vetter Leonidas hinzugefügt, sowie den fränkischen Speer mit der langen Klinge, den ich bei dem Kampf am Flussufer einem der berittenen Krieger abgenommen hatte.

Ich fand, dass unser Angriff auf das Frankenland bereits sehr erfolgreich verlaufen war. Unsere Krieger hatten viele wertvolle Güter und Silber von den Franken erbeutet, und bis jetzt waren unsere Verluste relativ gering gewesen. Ich fragte mich, ob es klug von Ragnar war, darauf zu beharren, die Franken auch mit Blut bezahlen zu lassen.

Falls andere Mannschaftsmitglieder der Möwe ähnliche Bedenken hatten, war davon nichts zu bemerken, als wir das Schiff vom Ufer abstießen und uns auf den Weg stromauf machten. Die Männer um mich herum lachten und scherzten, während sie ruderten.

Neben uns glitt die schwarze Silhouette von Ragnars Schiff, dem Raben, durch die Nebelschleier, die über der Wasseroberfläche trieben. Hinter uns folgte in einer Ordnung von jeweils zwei oder drei Schiffen nebeneinander der Rest unserer Flotte. So weit wie ich sehen konnte, gingen Riemen auf und ab, wirbelten das Wasser auf und zogen uns immer weiter ins Frankenland hinein.

Wir hatten uns noch nicht weit von Ruda entfernt, als die ersten fränkischen Reitertruppen begannen, unser Vorankommen von beiden Ufern des Flusses aus zu verfolgen. Ich war überrascht davon, wie schnell sie erschienen waren. Ragnar lag wohl richtig – die Franken waren vermutlich der Stadt schon sehr nah. Welches Risiko waren wir eingegangen? Was wäre, wenn die fränkische Armee unsere Flotte ignorierte und Ruda jetzt angriff, während die Stadt nur noch von neun Schiffsbesatzungen gehalten wurde? Ich wusste nicht, wie groß die zurückgelassenen Schiffe waren oder wie viele Männer ihre Besatzungen zählten. Svein konnte höchstens drei- bis vierhundert Mann unter seiner Führung haben – und wahrscheinlich wesentlich weniger.

Als die Franken bemerkten, dass fast unsere ganze Flotte unterwegs war, schwollen die Reihen der berittenen Truppen, die uns am Ufer folgten, weit über die Zahl eines bloßen Spähtrupps an. Ragnars Kriegslist hatte funktioniert. Noch bevor die Sonne ihren Zenit erreichte, ritten so viele Franken neben uns her, dass breite Staubwolken hoch in den Himmel zu beiden Seiten des Flusses aufgewirbelt wurden – sie kündeten von einem Heer fränkischer Krieger, die bereit waren, uns anzugreifen, wenn wir landen sollten.

„Die Franken haben den Köder geschluckt", sagte Hastein mit einem grimmigen, zufriedenen Gesichtsausdruck. Schön für ihn, dass er sich freute. Ich tat es nicht. Wir waren der Köder, den Ragnar benutzte, um die fränkische Armee von Ruda fortzulocken – oder zumindest deren Reitertruppen, die die einzigen waren, die mit unseren Schiffen mithalten konnten. Es war gefährlich. Beim Angeln wird der Köder meist gefressen.

Jetzt konnte ich allmählich einige Stellen entlang des Flusses wiedererkennen, da ich diese Strecke bereits zweimal zurückgelegt hatte. Am ersten Tag fuhren wir in gleichmäßigem und ruhigem Tempo den gewunden Fluss entlang, durch den Abschnitt, in dem sich die Serpentinen oberhalb von Ruda befanden. In dieser Nacht schlugen wir unser Lager auf einigen großen Inseln mitten im Fluss auf, dort wo zwei kleinere Flüsse in die Seine mündeten. Die Lagerfeuer der Franken funkelten und flimmerten in der Dunkelheit an beiden Ufern. Es mussten wohl Hunderte sein. Es war, als seien beide Ufer des Flusses zum Nachthimmel geworden, und die Feuer der Franken seien die Sterne.

Am zweiten Tag ruderten wir schneller. Wir hatten den geraden Abschnitt des Flusses erreicht und durchfuhren ihn innerhalb eines Tages. Dies war das Teilstück, in dem ich von der berittenen fränkischen Patrouille, die hinter mir her war, nachdem ich Genevieve gefangen hatte, in die Enge getrieben worden war. Die Inseln, auf denen wir in der zweiten Nacht unser Lager aufschlugen, lagen in der ersten Biegung des Flusses nach der langen geraden Strecke. Es war hier auf dem offenen flachen Land am nördlichen Ufer des

Flusses gegenüber den Inseln, wo wir uns mit den Franken hätten treffen sollten, um das Lösegeld für unsere Gefangenen auszuhandeln. Ich erinnerte mich daran, wie ich Genevieves Bruder diesen Ort beschrieben und ihm die Bedingungen erklärt hatte, die Hastein für das Treffen festgelegt hatte.

Ich fragte mich, ob Genevieves Bruder jetzt dort in der Dunkelheit unter den fränkischen Kriegern war, die auf der Nordseite des Flusses lagerten. Ich vermutete es. Er hatte gesagt, er hoffte, irgendwann die Gelegenheit zu bekommen, mich zu töten. Witterte er jetzt die Chance, seine Drohung wahr zu machen? Eine Schlacht zwischen unseren Armeen schien unvermeidlich. Ob wir dabei aufeinander treffen würden?

Am frühen Nachmittag des dritten Tages erreichten wir die beiden hintereinanderliegenden, langgestreckten Inseln in der Seine an der Stelle, wo ich an Land gegangen war, um die schriftlichen Botschaften an Genevieves Bruder zu übergeben. Nur acht Tage waren vergangen, seit die Möwe zuletzt hier war; acht Tage, seit ich zuletzt dieses Ufer betreten hatte. Doch in dieser kurzen Zeit war ich ein reicher Mann geworden, Genevieve hatte ihre Freiheit wiedererlangt und unsere Armee hatte Ruda verlassen, um in den Kampf gegen die Franken zu ziehen.

Torvald hatte gesagt, Ragnar würde Zeit und Ort für den Kampf selbst bestimmen. Ich erinnerte mich, wie Hastein und Ragnar die Lage hier sehr sorgfältig begutachtet hatten, während Torvald die Möwe langsam durch den Flussarm zwischen den Inseln und dem Nordufer navigiert hatte. Dies musste die Stelle sein, die

Ragnar ausgesucht hatte. Hier würden wir kämpfen.

Gegenüber der ersten der beiden Inseln erhoben sich stark bewaldete Hänge steil aus dem Fluss und bildeten dort das Nordufer. Etwas unterhalb der Stelle, an der ein enger Kanal die beiden Inseln voneinander trennte, flachte das Ufer wieder ab. Dort befand sich eine leicht ansteigende Ebene, die hinauf zu einem fernen Dorf führte.

Wegen des steilen und stark bewaldeten Geländes verloren wir die Franken, die uns beschatten, eine Zeitlang aus den Augen. Zweifellos hatten sie sich vom Fluss entfernen müssen, um den zerklüfteten Hügeln und Bergrücken auszuweichen, die den Fluss auf dieser Seite überragten. Aber als wir uns dem Ende der ersten Insel näherten, konnte ich fränkische Reiter sehen, die von der Baumgrenze am fernen Ende der Ebene auf die Weiden strömten und wie Ameisen über die Felder schwärmten, die das Dorf umgaben.

Auf dem Raben wurde eine lange schwarze Standarte an die Spitze des Mastes hinaufgezogen, und das Schiff wendete hart in Richtung des Ufers der stromabwärts gelegenen Insel. Torvald stemmte sich gegen das Lenkruder der Möwe, sodass wir folgten. Ich spürte, wie der Kiel über den Boden scheuerte, als wir mit dem Bug der Möwe auf Grund liefen und am Ufer anhielten. Auf Befehl von Torvald zogen wir unsere Riemen ein und verstauten sie.

Drei andere Schiffe – unter ihnen Ivars Bär und Stigs Schlange – legten in der Nähe von uns am Ufer der ersten Insel an. Der Rest der Flotte, den Björn anführte, passierte uns. Sie fuhren stromaufwärts und gingen an der Nordseite der zweiten Insel direkt gegenüber der Ebene an Land, sodass sie vom Dorf aus klar zu sehen waren. Die Krieger dieser Schiffe begannen sofort, ein Lager auf der Insel aufzuschlagen, wie es unsere Flotte jede Nacht getan hatte, seit wir Ruda verlassen hatten. Einige Besatzungen verwendeten ihre Segel, um Zelte über den Rümpfen ihrer Schiffe zu errichten, damit sie nachts an Bord schlafen konnten. Andere stellten Zelte an Land auf. Männer verteilten sich über die Insel und sammelten Brennholz für die Kochfeuer.

An Bord der Möwe trat Hastein auf das kleine, erhöhte Deck im Heck und sprach unsere Mannschaft an.

„Baut jetzt kein Lager auf", sagte er uns. „Sobald es dunkel wird, werden wir mit der Möwe weiterfahren. Benutzt die Zeit, um euch auszuruhen oder um eure Waffen und Rüstungen bereit zu machen. Zieht eure Rüstungen aber nicht an, solange es noch hell ist und die Franken uns sehen können. Vor der Dämmerung kochen wir und essen eine Mahlzeit. Achtet darauf, dass ihr genug Nahrung zu euch nehmt. Jeder sollte Wasser und eine Tagesration aus dem Schiffslager mitnehmen, wenn wir heute Abend losziehen. Morgen wird ein langer Tag. Torvald, Tore, kommt mit mir."

Gefolgt von Torvald und Tore ging Hastein zum Bug und sprang auf das Ufer hinunter. Ivar, Stig und einige ihrer Männer warteten dort bereits. Gemeinsam gingen sie die Insel hinunter, bis zu der Stelle, wo der Bug von Ragnars Schiff auf Grund gesetzt war.

Odd zog seinen Mantel aus seiner Seekiste, wickelte sich darin ein und legte sich aufs Deck. „Willst du dich nicht auch ausruhen?" fragte er mich. „Wir werden heute Nacht nicht zum Schlafen kommen und morgen müssen wir schwer arbeiten."

Ich war zu unruhig, um an Schlaf zu denken.

„Warum rücken wir heute Abend aus, während der Rest unserer Armee hier lagert?" fragte ich ihn. „Wohin gehen wir?"

Odd lachte leise. „Das Lager, das stromaufwärts aufgebaut ist, ist nur Täuschung. Keiner unserer Krieger wird heute Nacht schlafen. Wir werden im Schutz der Dunkelheit zu dem Ort gelangen, wo Ragnar kämpfen will."

„Woher weißt du das?" fragte ich. In Wirklichkeit wollte ich wissen, weshalb er in die Pläne eingeweiht war und ich nicht.

„Hastein hat Tore von dem Plan erzählt und Tore hat es mir berichtet", erklärte Odd. „Tore wird die Bogenschützen der Möwe und einiger anderer Schiffe im Kampf morgen befehlen."

Morgen. Was würde der Tag bringen? Wie würde die Schlacht ablaufen? Es gab Tausende von Kriegern in unserem Heer und sicherlich mindestens genauso viele bei den Franken. Der größte Kampf, an dem ich bisher teilgenommen hatte, war der um das Tor von Ruda. Dort hatten insgesamt weniger als hundert dänische und fränkische Krieger gekämpft.

Odd beobachtete mein Gesicht. „Du hast noch nie in einer solch großen Schlacht gekämpft, nicht wahr?"

Ich schüttelte den Kopf. „Nein", gab ich zu.

„Du wirst das schon gut machen", sagte er. „Du hast in Ruda gut gekämpft. Und du hast Einfallsreichtum und Mut bewiesen, als du die Franken am Fluss abgewehrt hast, bevor wir dich dort gefunden haben."

Ich wusste Odds Worte zu schätzen, aber sie gaben mir wenig Trost. Beim Kampf gegen einen einzelnen oder auch gegen einige wenige Gegner war zumindest offensichtlich, welche Angriffe man abwehren musste. Aber es war eine ganz andere Sache, neben so vielen Kriegern zu kämpfen und so vielen Feinden gegenüberzustehen. Als Harald in der kurzen Zeit, die wir zusammen hatten, versucht hatte, mich in den Fertigkeiten eines Kriegers zu unterweisen, hatte er mir auch erklärt: „Eine große Schlacht ist anders. Geschosse füllen die Luft. Der Tod kann zu jeder Zeit und aus jeder Richtung kommen. Manchmal sieht man nicht einmal den Gegner, von dem man getötet wird. Mehr als zu anderen Zeiten hängt das Überleben bei einer großen Schlacht vom Glück ab. Alles, was du tun kannst, ist so tapfer und so hart wie möglich zu kämpfen und dem Schicksal, das die Nornen für dich weben, mit Mut und Ehre entgegenzutreten."

„Viele werden morgen sterben", fuhr Odd fort. „So ist das in einer großen Schlacht. Aber der Tod kann einen jederzeit treffen."

„In wie vielen Schlachten – großen Schlachten wie dieser – hast du schon gekämpft?" fragte ich.

Odd nahm seine Pelzmütze ab und rieb sich mit der Hand über die Glatze. „Nun, diese hier wird eine sehr große Schlacht werden. Wahrscheinlich wird man auf Jahre hinaus um die winterlichen Feuerstellen Geschichten davon erzählen. Torvald schätzt, dass unser Heer etwa fünftausend Krieger zählt. Ich habe noch nie in einer Armee von dieser Größe gekämpft. Aber auch bei so vielen Kriegern bleibt die Zahl der Männer, die Seite an Seite mit einem kämpfen, und die Zahl derer, auf die man im Kampf direkt trifft, überschaubar – wohl nicht mehr als vier Schiffsmannschaften auf jeder Seite. Und seit ich im Dienst des Jarls bin, habe ich an einigen Kämpfen dieser Größenordnung teilgenommen. Mindestens zehn schätze ich. Jarl Hastein ist nicht gerade ein friedfertiger Mann. Das wirst du auch feststellen, wenn du in seinem Dienst bleibst."

Würde ich bei Hastein bleiben? Als ich mir vorgenommen hatte, ein Mannschaftsmitglied der Möwe zu werden, wollte ich Erfahrung als Krieger sammeln und hoffentlich in Hastein einen Verbündeten gewinnen, der mir helfen könnte, Toke vor Gericht zu bringen. Wenn Toke endlich tot sein sollte – vorausgesetzt, ich überlebte den morgigen Tag, um dann meinen Racheschwur zu vollenden – was dann? Als ich ein Sklave war, hatte ich davon geträumt, das Leben eines Kriegers und eines Wikingers zu führen. Aber damals hatte ich keine Ahnung davon, was ein solches Leben bedeutete. Ich war mir nicht mehr sicher, ob ich dazu auserkoren war, ständig gegen andere Menschen zu kämpfen, sie zu bestehlen und zu töten.

Aber es konnte gut sein, dass ich keine Wahl treffen musste. Morgen könnte ich sterben.

Odd musste mein Schweigen als Sorge um die kommende Schlacht interpretiert haben. „Du wirst das gut machen", sagte er wieder.

* * *

Nachdem Hastein, Tore und Torvald vom Kriegsrat mit Ragnar zurückgekehrt waren, rief Tore die Bogenschützen der Möwe im Heck zusammen. Obwohl Tore, Odd und ich am erfahrensten mit Pfeil und Bogen waren und bei Hastein als Schützen die erste Wahl waren, gab es insgesamt zehn Krieger auf der Möwe, die Bögen auf die Reise mitgebracht hatten und das Können besaßen, bei Bedarf als Bogenschützen eingesetzt zu werden. Tore sammelte sie jetzt alle um sich herum.

„Alle von euch müssen eure Bögen und Pfeile prüfen und sicherstellen, dass sie einsatzbereit sind", sagte er zu uns. „Wir werden alle in der kommenden Schlacht als Bogenschützen kämpfen, zumindest am Anfang. Aber nehmt alle eure Waffen und Rüstungen mit, wenn wir den Fluss überqueren – einschließlich eurer Speere – denn wir können nicht wissen, wie sich die Schlacht entwickeln wird."

Ich war überrascht, dass Hastein so viele unserer Krieger von der Hauptkampflinie abziehen wollte. Seit unseren Verlusten beim Kampf am Tor von Ruda zählte unsere Mannschaft nur einunddreißig Männer, einschließlich Hasteins, und zwei unserer Krieger erholten sich immer noch von ihren dabei erlittenen Verletzungen und waren noch nicht gesund genug, um zu kämpfen. In dieser Schlacht sollte ein Drittel unserer Männer als Bogenschützen kämpfen, anstatt im Schildwall. Was planten Ragnar und Hastein?

„Wann überqueren wir den Fluss?" fragte ich.

„Wir werden die Möwe und die vier weiteren Schiffe nach Anbruch der Dunkelheit bewegen", antwortete Tore. „Zwei Schiffe werden nebeneinander in dem

Flussarm zwischen den beiden Inseln verzurrt und verankert. Wir verwenden die Landungsplanken dieser beiden und anderer Schiffe, um eine Brücke zu bauen, damit unsere Krieger von der anderen Insel hierher gelangen können. Die anderen drei Schiffe einschließlich der Möwe werden verwendet, um den Fluss von dieser Insel bis zum Nordufer zu überbrücken.

Die Möwe bildet das ferne Ende der Brücke. Das heißt, dass sie das Schiff ist, das am Nordufer des Flusses vertäut werden soll, und unsere Krieger werden daher zuerst an Land gehen. Wir zehn werden die ersten sein, sobald die Möwe das andere Ufer berührt. Wir müssen schnell ausschwärmen und das Ufer nach fränkischen Wachen absuchen. Überraschung ist entscheidend für Ragnars Plan. Wenn es irgendwelche fränkische Posten am Ufer gibt, müssen wir sie finden und ausschalten, bevor sie Alarm schlagen können. Hastein und Ragnar glauben aber nicht, dass Wachen so weit stromabwärts in den Wäldern postiert sind. Sie glauben, dass die Franken eher einen Angriff bei dem flachen, offenen Ufer direkt gegenüber unserem Lager erwarten, falls sie überhaupt mit einem Vorstoß rechnen. Denn wenn wir dort angreifen, könnten alle unsere Schiffe gleichzeitig den Fluss überqueren und landen."

„Wie geht es weiter, wenn wir den Fluss überquert haben?" fragte ein Krieger namens Olof. Ich kannte ihn nur vom Sehen. Sein Ruderplatz war weiter vorne im Schiff, und wir hatten nie Gelegenheit gehabt, miteinander zu sprechen.

„Ihr seht ja den steilen Bergrücken, der aus der Ebene, in der sich das Dorf befindet, aufsteigt", erklärte

Tore. „Entlang der Seite, die dem Dorf zugewandt ist, ist der Rücken fast bis zum Gipfel frei von Vegetation, aber an den Seiten und am hinteren Hang ist er bewaldet. Nachdem wir den Fluss überquert haben, steigt unsere Armee auf der Rückseite des Berges durch den Wald hinauf und wartet dort auf den Sonnenaufgang. Wenn der Tag anbricht, rücken wir auf den Hang unterhalb des Bergkamms vor und bieten den Franken von dort oben den Kampf an."

Ich fragte mich, was passieren würde, wenn uns die Überraschung nicht gelänge, die Ragnar und Hastein erhofften? Was, wenn die Franken doch Wachen im Wald vor unserer Insel postiert hatten? Auch im Dunkeln würden sie sehen, wie wir die Schiffe bewegten, lange bevor wir sie so positionieren konnten, dass sie den Fluss von der Insel zum Ufer überbrückten. Die Wachen konnten Alarm schlagen und in der Dunkelheit der Wälder verschwinden, bevor wir überhaupt das Ufer erreicht hatten.

Odd hatte ebenfalls Bedenken. „Auch wenn die Franken an der Stelle, an der wir queren wollen, keine Wachen aufgestellt haben, wird es nicht einfach sein, unser gesamtes Heer in der Dunkelheit über den Fluss zu bringen, ohne dass die Franken etwas bemerken. Ohne Frage haben die Franken Posten weiter stromaufwärts gegenüber unserem Lager bezogen. Werden jene Wachen nicht Anzeichen sehen oder hören, dass wir uns bewegen? Die Stelle, wo wir queren wollen, ist nicht so weit davon entfernt."

„Daran hat Ragnar schon gedacht", sagte Tore. „Wenn wir für die Überquerung bereit sind, wird ein kleiner Angriff direkt gegenüber dem Lager als Ablenkung gestartet. Fünf Schiffe werden dort den Fluss überqueren, und die Besatzungen sollen am Ufer vor der Ebene landen. Sie werden versuchen, die Wachen dort zu finden und zu töten. Dann formieren sie sich zu einer Verteidigungslinie, als wollten sie das Ufer dort für eine größere Truppe halten, die folgen soll. Die Franken werden sicher mit ihren eigenen Truppen darauf reagieren, um unsere Krieger vom Ufer zurückzudrängen. Wenn das geschieht, ziehen sich die Männer auf die Schiffe zurück. Aber der Lärm und das Chaos, die dadurch verursacht werden, geben uns Deckung. Die ganze Nacht hindurch werden andere Männer im Lager im Licht der Feuer hin und her laufen, um die Illusion zu erzeugen, dass viele Männer auf der oberen Insel in Bewegung sind, um einen großen Angriff am Morgen vorzubereiten. Die Franken werden ihre ganze Aufmerksamkeit auf unsere Täuschung beim Lager richten und werden nicht sehen, wie unser Hauptheer hier unten ihre Flanke umgeht."

Es sei denn, es stehen Wachen in den Wäldern, wo wir den Fluss überqueren wollen, dachte ich.

Ich wollte den Plan vor den anderen Männern nicht in Frage stellen. Ich wusste nicht, ob Tore an der Planung beteiligt war und wie groß seien Rolle gewesen war. Nachdem die anderen sich entfernt hatten, zog ich ihn beiseite.

„Was ist?" fragte er schroff.

„Viel hängt davon ab, dass wir unentdeckt den Fluss überqueren", sagte ich. „Ich habe mir überlegt, ob wir nicht mehr machen können, um sicherzugehen, dass keine fränkische Wachen in den Wäldern gegenüber von dieser Insel sind."

„Ragnar glaubt nicht, dass die Franken ihre Kundschafter so weit stromabwärts von unserem Hauptlager schicken", antwortete Tore. „Und wenn doch, habe ich ihm und Hastein versichert, dass wir sie schnell finden und töten – bevor sie Alarm schlagen können. Wir Bogenschützen werden ja zu zehnt sein."

Ich hatte schon vermutet, dass Tore wenig Erfahrung mit der Jagd oder im Wald hatte. Nun war meine Vermutung bestätigt. „Lass mich jetzt suchen", sagte ich.

„Was sagst du?" fragte er. „Du willst den Fluss bei Tageslicht überqueren?"

„Nein. Ich verstecke mich in den Bäumen und im Gestrüpp auf dieser Insel stromabwärts von unseren Schiffen, und beobachte das gegenüberliegende Ufer", erklärte ich ihm. „Ich kenne mich im Wald gut aus. Falls sich Männer in den Bäumen am Nordufer verstecken, kann ich sie vielleicht entdecken."

Hastein kam auf uns zu. „Sind die Männer auf heute Nacht vorbereitet?"

Bevor Tore antworten konnte, sprach ich. „Tore hat eben vorgeschlagen, dass es gut wäre, wenn ich jetzt schon den Wald am Nordufer im Blick hielte, dort wo wir den Fluss queren wollen", log ich. „Um sicherzugehen, dass sich dort keine fränkische Wachen verstecken. Es wird erst in einigen Stunden dunkel. Wenige Männer können so lange regungslos verharren. Falls dort Wachen sind, werde ich sie ausfindig machen."

Hastein blickte Tore anerkennend an. „Eine gute Idee. Damit werden Halfdans Fähigkeiten ideal eingesetzt. Ich für meinen Teil bin nicht so überzeugt wie Ragnar, dass die Franken ihre Wachen nur gegenüber von unserem Lager flussaufwärts postieren werden."

Nachdem Hastein von dem neuen Plan so begeistert war, wollte Tore den Wald mit mir überwachen. Nur mit Mühe konnte ich ihn davon abbringen. „Um Erfolg zu haben, muss man sich so langsam und lautlos anschleichen können wie eine Katze", sagte ich. „Man muss stundenlang in Erde und Gestrüpp ausharren, ohne sich zu bewegen. Auch wenn Insekten über einen kriechen und einen stechen. Kannst du das? Wenn es fränkische Wachen gibt, halten sie sich versteckt und beobachten uns. Wenn man sich bewegt, wird man sofort bemerkt. Nur wenn sie keine Bewegung sehen, absolut gar nichts, wird ihnen langweilig und sie werden nachlässig, weil sie sicher sind, dass niemand auf der anderen Seite des Flusses sie im Blick hat. Nur dann werden sie sich bewegen und ihre eigene Positionen verraten."

Sie waren zu dritt. Drei fränkische Krieger hielten sich nicht weit vom Ufer in den Wäldern gegenüber von unserer Insel versteckt. Sie waren weit auseinandergezogen – einer jeweils gegenüber einem Ende der Insel und ein weiterer in der Mitte – aber zusammen würden sie alles sehen können, was den Fluss von der Insel zum Nordufer überquerte, auch im Dunkeln.

Ich informierte Tore, und Tore überbrachte Hastein die Nachricht. Hastein schickte sofort Boten los, um Ragnar, Ivar und Björn zur Möwe zu holen.

„Dein Plan wird nicht funktionieren, Vater", sagte Ivar, nachdem er die Neuigkeiten erfahren hatte. „Die fränkischen Späher werden Alarm schlagen, lange bevor wir die Schiffen in Position bringen können. Deine Strategie hängt davon ab, dass unsere Armee sich auf dem Bergkamm versammelt, bevor die Franken merken, dass wir den Fluss überquert haben. Aber wenn sie Soldaten in die Wälder schicken, nachdem ihre Wachen den Alarm ausgelöst haben, werden wir eine chaotische, unorganisierte Schlacht im Dunkeln zwischen den Bäumen haben. Wir können so nicht den entscheidenden Sieg davontragen, den du dir wünschst."

„Wir sind zu weit gekommen, um jetzt unverrichteter Dinge wieder abzuziehen", antwortete Ragnar. „Wir haben die fränkischen Reitertruppen von ihren Fußsoldaten weggelockt. Ihre Armee ist jetzt geteilt. Wir können diese Gelegenheit nicht verstreichen lassen." Er drehte sich energisch zu Hastein um. „Wie sicher bist du, dass sich Wachen in diesen Wäldern befinden?"

„Ich bin sicher", antwortete Hastein. „Halfdan hat sie gesehen."

Verärgert, wie Ragnar wegen seines vereitelten Plans war, wäre es mir lieber gewesen, Hastein hätte den Fund als Tores Verdienst dargestellt. Ragnar schaute in meine Richtung. Vermutlich trug mein Aussehen nicht dazu bei, seine Meinung von mir zu verbessern. Mein Gesicht und meine Hände waren noch mit dem Schlamm verschmiert, mit dem ich mich getarnt hatte, und meine Kleider waren dreckig. Ich war fast entlang der gesamten Länge der Insel auf dem Bauch gekrochen, während ich das ferne Ufer aus der Deckung heraus überwacht hatte.

„Du musst den Tatsachen ins Auge sehen, Vater", sagte Ivar. „Dein Plan wird keinen Erfolg haben."

„Vielleicht gibt es eine Möglichkeit", schlug ich vor.

Das Wasser war kalt, und die Lufttemperatur war schnell gefallen, nachdem die Sonne untergegangen war. Ich zitterte, und ich hörte, wie Einars Zähne klapperten.

„Wie weit stromabwärts müssen wir noch schwimmen, glaubst du?" flüsterte er. Die Kälte machte ihn ungeduldig. Wir waren nicht einmal am Ende der Insel vorbeigekommen.

Wir ließen uns vom Strom treiben, während wir uns an einem Floß festhielten, dass wir in der Abenddämmerung am Flussarm zwischen den Inseln gebaut hatten. Es war nichts Besonderes, nur drei zusammengezurrte Baumstämme mit Zweigen oben und an den Seiten. Unsere Kleider und Waffen – nur Bögen, je ein Köcher mit Pfeilen und Messer – waren oben auf dem Floß festgebunden und mit Zweigen und Ästen zugedeckt. In der Dunkelheit würde das Floß vom anderen Ufer aus wie ein Baum aussehen, der in den Fluss gefallen war und nun stromabwärts trieb – zumindest hoffte ich das.

„Weit genug damit wir das Ende dieser Insel nicht mehr sehen können", flüsterte ich zurück. „Die dritte Wache, die ich in den Wäldern gesehen habe, war fast gegenüber vom Ende der Insel. Wir müssen weit genug stromabwärts sein, damit er uns nicht sehen kann, wenn wir aus dem Fluss steigen."

Nur unsere Köpfe ragten über die Wasseroberfläche hervor, und sie waren durch die Äste versteckt, die wir an die Baumstämme gebunden hatten. Als der Strom uns langsam am Ende der Insel vorbeitrieb, fingen wir an, mit den Beinen zu schlagen und unser Floß näher an das Nordufer zu bewegen.

„Links", flüsterte ich, nachdem wir um eine Biegung gekommen waren und die Insel nicht mehr sichtbar war. „Ich sehe eine Lücke zwischen den Bäumen am Ufer. Siehst du sie? Halten wir darauf zu."

Die Lücke erwies sich als die Mündung eines schmalen Bachs. Wir schoben unser Floß hinein, schnitten unsere Kleider und Waffen los und kletterten steif den flachen Bach hinauf. Seine Uferböschung und die Bäume, die darüber wuchsen, versteckten uns.

„Bei den Göttern, war das kalt", sagte Einar, als wir uns so gut wir konnten trocken schüttelten und unsere Kleider wieder anzogen. „Ich habe fast bereut, dass du mich gebeten hast, mit dir zu kommen."

Ich war froh, dass er zugesagt hatte. Wenn wir jede der Wachen zusammen angriffen, waren unsere Chancen, sie lautlos zu töten, weitaus größer. Es war entscheidend, die Wachen außer Gefecht zu setzen, ohne dass ihre Kameraden alarmiert wurden. Ich benötigte einen erfahrenen Bogenschützen, um mich zu unterstützen. Aber noch mehr benötigte ich einen Waldläufer wie mich – jemand, der sich lautlos im Wald bewegen konnte, eher wie ein Tier als wie ein Mensch. Möglicherweise gab es in unserer Armee auch andere mit diesen Fähigkeiten, aber ich wusste nur von Einar.

Die erste Wache war einfach. Er war an einen

Baum gelehnt sitzend eingeschlafen, und sein Schnarchen führte uns zu ihm. Wir brauchten nicht einmal unsere Bögen. Wir pirschten uns an ihn heran, dann griff ich um den Baumstamm herum und hielt ihm Mund und Nase zu, damit er nicht aufschreien konnte, während Einar ihn mit seinem Messer tötete.

Der zweite Franke hatte Position hinter einer großen Eiche am Ufer bezogen – ein gutes Versteck, um den Fluss zu beobachten. Bei ihm hatte ich am längsten gebraucht, ihn heute Nachmittag von der Insel aus aufzuspüren. Aber jetzt, da die Wälder dunkel waren, bewegte er sich oft, stand auf, um sich die Beine zu vertreten oder am Ufer entlang auf und ab zu gehen. Einar und ich versteckten uns hinter einem Busch etwa zwei Speerlängen von ihm entfernt und legten Pfeile an unsere Bögen. Als er das nächste Mal aufstand, sich streckte, die Arme in die Luft reckte und den Kopf von einer Schulter zur anderen bewegte, trafen wir ihn mit zwei Schüssen mitten in den Rücken. Er gab einen einzigen gurgelnden Laut von sich, sackte gegen den Stamm der Eiche und rutschte langsam zu Boden.

Die dritte Wache war am schwierigsten. Er hatte sich seit dem Nachmittag bewegt und befand sich jetzt mitten in einem großen Dickicht, umgeben von kleinen Bäumen und Sträuchern. Wir konnten zwar seinen schattigen Umriss durch die Blätter und Zweige des Unterholzes um ihn herum ausmachen, aber wir hatten keine klare Schusslinie. Einar und ich beobachteten ihn eine Zeitlang, aber als er sich nicht aus dem Dickicht hinausbewegte, gab mir Einar ein Signal, und wir krochen wieder zurück, tiefer in den Wald, wo wir reden konnten.

„Die anderen beiden sind bereits tot", flüsterte Einar. „Diesmal müssen wir nicht so leise sein."

Er hatte recht. Aber wir mussten dennoch schnell und gründlich vorgehen. Wenn wir den Franken nur verletzten, könnte er womöglich Alarm schlagen, bevor wir ihn erreichen und unseren Auftrag zu Ende führen konnten.

„Wir können nicht zu lange warten", fuhr Einar fort. „Die Zeit vergeht. Und wir müssen immer noch die Schiffe in Position bringen und unsere Armee auf diese Seite des Ufers schaffen."

„Was schlägst du vor?"

„Einer von uns findet eine Stellung zum Schießen. Der andere entfernt sich ein Stück und macht etwas Lärm – genug Lärm, dass er sein Dickicht verlässt, um nachzusehen."

Sein Plan hatte den Vorteil, dass er einfach war, und mir fiel kein besserer ein.

„Wer wird schießen?" fragte ich.

„Du." Er zeigte stromabwärts. „Ich gehe in diese Richtung. Mach dich bereit."

Einar machte sich auf den Weg und verschwand schnell in der Dunkelheit. Ich kehrte in die Nähe des Ufers zurück und fand eine Position, an der ich gute Sicht auf die stromabwärts gelegene Seite des Dickichts hatte. Hoffentlich würde der Späher dort entlang kommen, wenn Einars Versuch, ihn aus dem Dickicht zu locken, erfolgreich war.

Klack, klack. Das Geräusch überraschte mich, obwohl ich darauf gewartet hatte, dass Einar damit anfing.

Klack, klack, klack. Wie machte er das?

Immer und immer wieder wiederholte Einar das Geräusch: *klack, klack, klack, klack.* Es klang nicht wie ein Geräusch von einem Tier, aber es stammte auch nicht offensichtlich von einem Menschen.

Klack, klack, klack, klack.

„Ist da jemand?" flüsterte der Franke.

Klack, klack, klack.

„Carloman, bist du das?"

Klack, klack, klack, klack. Es klang, als käme es näher.

Der Franke stand auf. Ich beobachtete ihn aus der Deckung eines dicken Baumstamms einer hohen Esche. Ich lugte knapp über Bodenhöhe mit einem Auge seitlich daran vorbei. Ich konnte jetzt den Kopf des Franken klar über dem Unterholz sehen, aber meine Sicht auf seinen Körper war noch verstellt. Da viel von einem schnellen, lautlosen Todesschuss abhing, wollte ich in der Dunkelheit das Risiko eines Kopfschusses nicht eingehen.

Klack, klack, klack.

Ich hörte ein schabendes Geräusch, das mir verriet, dass der Franke sein Schwert aus der Scheide gezogen hatte, und auch, wie er sich langsam vorwärts bewegte, einen Schritt nach dem anderen. Ich schätzte, dass er drei weitere Schritte brauchen würde, um im Freien zu sein.

Klack, klack, klack.

„Wer ist da?" Ich hörte die Nervosität in der Stimme des Franken. Ich versteckte mich weiter hinter dem Baumstamm, dann stand ich langsam auf. Ich hörte das Rascheln und Knirschen seiner Schritte in den trockenen Blättern und Eicheln auf dem Boden und stellte mir vor, wo er sich befand, während ich einen Pfeil an meinen Bogen legte und voll auszog.

Klack, klack, klack, klack.

Ich bewegte mich vorsichtig an der Esche vorbei nach vorne. Der Franke war direkt vor mir und außerhalb des Dickichts. Er spähte in die Dunkelheit in Richtung des Geräuschs und wandte mir seine rechte Seite zu. Der Winkel war nicht gut für einen tödlichen Schuss.

„Psst", flüsterte ich. Der Franke wirbelte zu mir herum, und ich zielte mitten auf seine Brust. Ich war nah genug, dass ich das Weiße seiner Augen sehen konnte, als er sie überrascht aufriss, und sein schnelles, erschrockenes Einatmen hören konnte.

Ich löste meinen Pfeil und verlor ihn in der Dunkelheit sofort aus dem Blick. Gerade als der Pfeil meinen Bogen verließ, begann der Franke verzweifelt, vor mir zurückzuweichen, taumelte und stürzte. Ich konnte ihn in dem Dickicht nicht mehr sehen. Ich hörte einen Aufschlag und befürchtete, das käme von meinem Pfeil, der sein Ziel verfehlt hatte und in einen Baum eingeschlagen war. Fast sofort danach hörte ich einen dumpfen Aufprall gefolgt von einem Rascheln, als der Franke zu Boden ging. Danach war Stille.

„Hast du ihn getroffen? Ist er tot?" flüsterte Einar laut. Ich wusste es nicht. Ich wusste nicht einmal, ob er verletzt war. Ich befürchtete, dass er nur Angst hatte und sich versteckte. Und jetzt hatte Einar seine eigene Position verraten.

„Shhh!" Ich legte einen weiteren Pfeil an meine Sehne. Ich wechselte meine Position vorsichtig zur anderen Seite der Esche, duckte mich hinter einen Busch und wartete. Ich hoffte, dass der Franke beim Hinfallen zu erschreckt und abgelenkt gewesen war, um zu bemerken, wohin ich mich bewegt hatte. Ich hoffte, dass er unsicher war, wo ich mich jetzt befand. Vor allem hoffte ich, dass er so viel Angst um sein Leben hatte, dass er es nicht riskieren würde, zu rufen oder ins Horn zu stoßen, um Alarm zu schlagen.

Irgendwann würde er bestimmt versuchen, sich tiefer in die Deckung zurückzuziehen, um mehr Schutz zwischen sich und meinen Bogen zu bringen. Dabei würde er seine Position verraten. Dann musste ich einen Schuss riskieren, auch durch das Gebüsch. Ein ungenauer Schuss war jetzt besser als gar keiner.

Aber der Franke bewegte sich nicht. Wie Einar gesagt hatte, schritt die Zeit voran. Ich konnte nicht ewig warten. Ich musste mich ihm nähern und mich dabei zeigen. Hoffentlich hatte er nicht auch einen Bogen.

Ich stand auf, zog den Bogen aus und bewegte mich vorsichtig vorwärts. Am Rand des Dickichts sah ich den Franken, und ich wusste, was passiert war.

Ein Fuß des Franken lag über einer dicken Wurzel des Baums. Als er mich gesehen und versucht hatte, mir zu entkommen, musste er darüber gestolpert sein. Als er fiel, traf ihn der Pfeil in die Stirn anstatt in die Brust. Das dumpfe Geräusch des Aufschlags stammte von seinem Schädel und nicht von einem Baum. Es war ein Wunder, dass ich ihn überhaupt getroffen hatte, geschweige denn, dass der Schuss tödlich war. Hätte ich meinen Pfeil den Bruchteil einer Sekunde später gelöst, eine Haaresbreite links oder rechts gezielt oder den

Bogen beim Schuss das kleinste bisschen verrissen, hätte mein Pfeil ihn völlig verfehlt.

Ich hörte, wie Einar auf mich zukam. „Ist er tot?"

„Ja." Ich drehte mich zu ihm. „Was für ein Geräusch war das?"

Einar grinste und klopfte mit dem Griff seines Messers auf seinen Bogen. *Klack, klack, klack, klack, klack.* Er trat zu mir, um den toten Franken anzuschauen, und stieß einen bewundernden Pfiff aus.

„Ein Kopfschuss", sagte er. „Genau in die Mitte der Stirn. Im Dunkeln auf ein bewegliches Ziel. Ich wusste, dass du mit dem Bogen geschickt umgehen kannst und dir deines Könnens bewusst bist. Aber dieser Schuss …" Er schaute mich an und schüttelte den Kopf. „Das gehört ins Reich der Legenden."

8

Das Feld der Toten

Irgendwo in der Nähe zwitscherte ein Vogel seine ersten zögernden Grüße an den kommenden Morgen. Ich öffnete die Augen. Ich hatte nicht geschlafen, sondern es nur gewünscht.

Ich saß auf dem Boden, mit dem Rücken gegen einen Baum. Meine Schild, mein Helm und meine Waffen lagen neben mir. Der Wald um mich herum war voll mit Kriegern. Die meisten saßen oder lagen auf dem Boden, während andere bereits standen. Das Licht reichte jetzt aus, um sie klar zu sehen – das seltsam graue Licht der Morgendämmerung, bevor die Sonne über den Horizont steigt. Als wir diese Position erreicht hatten, nachdem wir gefühlte Stunden durch den Wald gestolpert und ineinander und gegen Bäume gelaufen waren, herrschte noch die tiefe, stockfinstere Dunkelheit des letzten Abschnitts der Nacht.

Torvald erschien auf dem Hang hinter mir. Er trug seinen Helm auf dem Kopf und seinen Schild hinten am Rücken. „Aufstehen jetzt, Jungs", sagte er als er zwischen uns hindurchlief. Gelegentlich stieß er einen schlafenden Mann mit dem Schaft seines Speers an. „Die Sonne geht auf. Es wird Zeit."

Er hielt neben Tore an, der ausgestreckt in der Nähe eines Baumstamms lag. Sein Kopf war zurückgekippt und sein Mund geöffnet, und er schnarchte laut. Torcs unbespannter Bogen und zwei mit Pfeilen vollgestopfte Köcher lagen neben ihm.

Torvald streckte seine Hand aus, zog Tore den Bogen weg und lehnte ihn an die andere Seite des Baums, gegenüber von der Stelle wo Tore schlief. Dann stieß er hart mit dem stumpfen Ende seines Speerschafts auf Tores Brust.

„Wach auf, Tore", sagte er. „Willst du die Schlacht verschlafen? Bei den Göttern, Mann, wo ist dein Bogen? Hast du ihn auf dem Schiff gelassen?"

Tore öffnete benommen die Augen und schlug nach Torvalds Speer, aber der war schon weg. Torvald schritt breitbeinig davon, ein zufriedenes Grinsen im Gesicht. Tore schaute zunehmend besorgt nach seinem Bogen um sich.

Ich stand auf und streckte mich, verrichtete meine Notdurft gegen einen Baum und schnallte meinen Helm und mein Schwert an. Ich schlang meinen Schild auf den Rücken und die Riemen meiner beiden Köcher über eine Schulter, nahm meinen Bogen und meinen Speer auf und gesellte mich zu dem ungeordneten Gedränge der Krieger, die sich auf den Weg zum Kamm weiter oben machten, wo zunehmendes Tageslicht durch die Bäume leuchtete.

Als ich aus den letzten Bäumen des Waldes auf die freie Fläche auf der anderen Seite des Kamms hinaustrat, blieb ich stehen und schaute das Gelände an, das unser Schlachtfeld sein sollte. Der Berghang auf dieser Seite war vor so langer Zeit gerodet worden, dass nicht einmal mehr Baumstümpfe zu erkennen waren. Eine lange, grasbewachsene Wiese, die vermutlich als Weideland für die Herden des nahe gelegenen Dorfes diente, bedeckte die abschüssige Seite des Bergrückens hinunter bis zu der breiten Ebene, die sich vom Fluss bis zum Dorf erstreckte.

Der offene, grasige Hang war vielleicht zwei Bogenschüsse lang. Auf der rechten Seite endete die abfallende Wiese in einem großen Felsvorsprung. Kurz dahinter fiel das Ende des Rückens steil zum Fluss ab. Auf der anderen Seite machte der Bergrücken kurz hinter dem linken Ende des offenen Geländes einen Bogen in die Ebene, wo er sanft auslief. Diese Seite des Rückens jenseits des linken Endes der Wiese, war noch nie gerodet worden. Die dicht wachsenden Bäume auf dem langen, abfallenden Ausläufer, der in die Ebene hineinreichte, markierte die Grenze dessen, was unsere linke Flanke sein würde. Ragnar hatte eine kluge Position gewählt, um gegen die Franken zu kämpfen. Sie konnten uns nur direkt von vorne angreifen.

Das fränkische Dorf, das wir vom Fluss aus gesehen hatten, war direkt vor uns, auch wenn es noch in einiger Entfernung lag. Zahlreiche Zelte, schwelende Kochfeuer und angebundene Reittiere der fränkischen Armee, die uns am Nordufer entlang gefolgt war, waren über die Felder um das Dorf verstreut.

Hastein, Ragnar, Ivar und Björn standen in regelmäßigen Abständen unweit der Baumgrenze auf der abfallenden Seite des Kamms. Als Krieger aus dem Wald oberhalb von ihnen herauskamen, riefen sie: „Welches Schiff? Wer ist der Kapitän?" Je nachdem, wie die Antwort ausfiel, wurden die Männer angewiesen, nach rechts, nach links oder in die Mitte zu gehen.

Zwei Standarten waren mitten am Hang aufgestellt worden. Ihre langen Stangen waren in den Boden gerammt und mit aufgeschichteten Steinen abgestützt worden. Die seidenen Flaggen flatterten in der Morgenbrise und zeigten dabei immer wieder ihre Symbole: Ragnars schwarzen Raben und Hasteins fliegende Möwe.

Jemand klopfte mir auf die Schulter, als ich vorbeiging. „Gute Arbeit heute Nacht, Halfdan", sagte er. „Ich habe von deinem Schuss in der Dunkelheit gehört." Ich erkannte den Krieger; er hieß Hauk. Er gehörte zu den zehn Bogenschützen in der Mannschaft der Möwe, und sein Ruderplatz war vorne im Schiff. Bis zu diesem Tag hatte er noch nie mit mir gesprochen.

Odd lief hinter ihm her. Er grinste. „Deine Taten sind heute Morgen das große Thema. Dein Kamerad Einar hat uns davon erzählt." Er deutete mit dem Kopf in Hauks Richtung. „Komm mit. Unser Platz ist am Hang oberhalb von Jarl Hasteins Standarte."

Allmählich begann unsere Schlachtordnung Gestalt anzunehmen. Ein Schildwall aus Kriegern, die drei Reihen tief Schulter an Schulter standen, erstreckte sich von einem Ende des grasbewachsenen Hangs zum anderen. Oberhalb des Schildwalls und etwas unterhalb der Baumlinie, die entlang des Kamms verlief, formierte sich eine zweite Kampflinie, die ausschließlich aus Bogenschützen bestand. Die Bogenschützen waren in drei Gruppen aufgeteilt: eine große Abteilung in der Mitte und zwei kleinere hinter dem Schildwall an jeder Flanke.

Tore lief entlang der Kampfline der Bogenschützen der mittleren Gruppe. Ab und zu hielt er an und sprach mit dem einen oder anderen Krieger; er prüfte ihre Waffen, und manchmal versetzte er Männer in der Formation.

Als er mich erreichte, sah er mich einen Augenblick schweigend und ausdruckslos an. Dann sagte er schroff: „Bist du bereit?"

Ich zuckte mit den Schultern. „Ich wünschte, ich hätte mir die Zeit genommen, alle meine neuen Pfeile einmal zu testen. Ich hätte prüfen sollen, ob welche dabei sind, die nicht genau schießen."

„Ich glaube nicht, dass das ein Problem wird." Tore nahm seinen Schild und seine Köcher ab. „Wir werden heute wohl vor allem auf kurze Distanz schießen. Rück ein bisschen zur Seite. Ich werde hier neben dir und Odd kämpfen."

Ich schaute die Masse der Krieger an, die ihren Platz in den beiden langen Reihen suchten. „Ich habe noch nie so viele Männer auf einmal gesehen."

„Es ist beeindruckend", stimmte Tore zu. „Allein unsere Bogenschützen zählen fast tausend Mann. Das sagt zumindest Hastein. „Fünfhundert unserer Männer mit Bögen sind hier in der Mitte – und ich bin ihr Befehlshaber", fügte er hinzu, als wolle er sichergehen, dass ich es wusste. „Und weitere zweihundert an jeder Flanke."

„Es scheinen mir sehr viele Krieger zu sein, die vom Schildwall abgezogen werden", sagte Odd. „Ich frage mich, ob er dadurch zu schwach wird. So wie es aussieht, versammeln sich sehr viele Franken dort unten."

„Ragnar weiß, was er tut", antwortete Tore.

Die ersten Einheiten der fränkischen Kavallerie strömten jetzt aus ihrem Lager und bildeten eine Linie auf der Ebene gegenüber von uns. Hinter ihnen war hektische Aktivität im Rest ihres Lagers unübersehbar.

Ragnar und Hastein traten aus der Frontlinie unterhalb von uns, und nach ein paar Schritten den Hügel hinunter wandten sie sich der Armee zu. Beide trugen ihren Schild auf dem Rücken und einen Speer in der Hand. Ragnar, der zudem eine lange Kriegsaxt trug, sprach uns mit dröhnender Stimme an.

„Krieger! Ihr Männer, die hier in der Mitte unserer Gefechtslinie um die Fahnen von mir und Jarl Hastein kämpfen werdet – hört mir zu!"

Beim Klang seiner Stimme hörten die Männer am Kamm auf zu reden und drehten sich um, um zu hören, was er zu sagen hatte. Als alle still waren, fuhr Ragnar fort. „Wir sind zusammen hierher gereist, weit weg von unserer Heimat und tief ins Herz des Feindeslands. Die Franken waren großzügige Gastgeber. Sie haben ihre Güter, ihr Silber und ihre Frauen mit uns geteilt." Darauf lachten viele Krieger, die ihm lauschen. „Aber wir sind nicht so weit gereist, nur um ihre Geldbeutel zu erleichtern. Wir sind gekommen, weil die Franken die einzigen Feinde der Dänen sind, die jemals stark genug waren, um unsere Heimat zu bedrohen.

Wir sind den weiten Weg hierhergekommen, um den Krieg wieder zurück zu unseren Feinden, den Franken, zu bringen. Wir wollen sie hier in ihrem eigenen Land bekämpfen. Ich habe vor, so viel Blut zu vergießen, dass die Franken nie wieder das Land der Dänen bedrohen werden."

Entlang der ganzen Linie brüllten die Männer ihre Zustimmung zu Ragnars Worten. Viele schlugen mit ihren Speeren auf ihre Schilde; es klang wie Donner. Ragnar hielt seine Hände hoch und langsam verklang der Lärm.

„Jetzt erzähle ich Euch von dem Fehler, den der fränkische König gemacht hat. Er hat solche Angst vor der Bedrohung, die wir für sein Land und sein Volk darstellen, dass er seine Armee aufgeteilt hat. Er ist wie ein übervorsichtiger und unerfahrener Spieler von Hnefatafl, der versucht, das ganze Brett auf einmal zu beherrschen, indem er eine Figur hier platziert und eine andere dort."

Ragnar drehte sich um und zeigte hinter sich auf die schnell anschwellenden Reihen der fränkischen Krieger auf der Ebene. „Und er hat einige Figuren seiner Armee dort drüben platziert. Heute werden wir diese Figuren schlagen und zerstören."

Wieder brüllte das Heer seine Zustimmung. Ich stimmte nicht mit ein. Was Ragnar als einige Spielfiguren aus der Armee des fränkischen Königs bezeichnete, kam mir dennoch wie eine sehr große und starke Streitmacht vor.

Ragnar fuhr fort. „Es wird kein einfacher Kampf werden. Die Franken sind furchtlose Krieger, besonders ihre Reitertruppen. Das können alle bezeugen, die jemals gegen sie gekämpft haben. Aber wir haben schon einen Vorteil errungen, indem wir ihnen diesen Hang für die Schlacht aufgezwungen haben. Und ich werde Euch jetzt sagen, wie wir kämpfen und diese Schlacht gewinnen werden.

Die fränkische Armee gegenüber von uns besteht fast ausschließlich aus Kavallerie. Sie kennen nur eine Art zu kämpfen: Sie werden uns angreifen. Da wir eine starke Position hier oben entlang dieses Kamms eingenommen haben und unsere beiden Flanken geschützt sind, können sie uns nur von vorne angreifen.

Der steile Hang wird sie verlangsamen, wenn sie kommen. Dennoch sollten diejenigen von Euch wissen, die nie einem Angriff von berittenen Kriegern gegenübergestanden haben: Es ist ein furchteinflößender Anblick, wenn eine Mauer aus Pferden und Männern auf einen zurast. Aber Pferde stürzen sich nicht in Speerspitzen. Die Männer, die in der ersten Reihe des Schildwalls stehen – und dort sollten sich unsere erfahrensten Krieger befinden – müssen sich hinknien und ihre Speerschäfte fest auf dem Boden abstützen. Zielt mit den Spitzen auf die Brustkörbe der fränkischen Pferde. So können sie unsere Linie nicht durchbrechen. Wenn die Pferde unsere Speere erreichen, wird der Angriff gestoppt. Bleibt standhaft und vertraut darauf. Sobald das passiert ist, müssen die Krieger dahinter mit ihren Speeren nach oben über die ersten Reihen stoßen und auf die Köpfe der Pferde und ihrer Reiter zielen.

Meine Krieger, wenn Ihr mutig bleibt, verspreche ich Euch, dass unsere Linie halten wird, und der Angriff der Franken an unserem Schildwall abprallen wird, wie die Wellen des Meers an einer Felsklippe. Und während die Franken von unseren Speerspitzen gestoppt werden, schießen unsere Bogenschützen, die weiter oben am Hang hinter Euch stehen, eine Wolke von Pfeilen auf sie herab, wie den tödlichen Wind des Gottvaters Odin, der allen den Tod bringt, die er berührt.

Ihr seid der Amboss, auf dem wir die fränkische Armee brechen werden, meine Krieger. Heute werden die Franken ihre Streitkräfte gegen uns werfen, denn sie glauben, sie haben die Chance, unsere Armee zu zerschlagen, was ihnen bisher nicht gelungen ist. Aber die Krieger, die im Schildwall kämpfen und den Vormarsch des Feinds aufhalten, und die Bogenschützen dahinter, die auf sie schießen, werden ihre Armee bluten lassen, bis sie geschwächt ist. Und dann, wenn die Franken verwirrt vor unserer Linie umherirren, wird der Hammer fallen und sie gegen Euch zermalmen. Eine große Einheit unserer Krieger wird ausgeruht und kampfbereit in den Wäldern an unserer linken Flanke warten und die Franken von hinten angreifen. Zusammen – Hammer und Amboss – werden wir unsere Feinde in einer Falle aus gewetztem Stahl fangen und sie darin zerstören.

Meine Krieger, fürchtet heute nicht den Tod. Die Götter selbst werden diese große Schlacht beobachten. Sie werden Ausschau nach denen halten, die tapfer kämpfen und die Furcht verachten. Odins Schildjungfern, die Walküren, werden alle unsere unerschrockenen Krieger, die im heutigen Kampf fallen, zur großen Festhalle der Götter geleiten, und ihr Ruhm wird auf Ewigkeit dort besungen werden. Es ist ein guter Tag, um zu sterben!"

Ich dachte, es wäre ein besserer Tag, um zu leben, aber unser Heer brüllte bei Ragnars Worten wieder seine Zustimmung.

Als Ragnar in Richtung unserer linken Flanke schritt, um unsere Krieger dort anzuspornen, kam

Hastein durch die Reihen des Schildwalls zu Tore, Odd und mir.

„Bereitet einen Brandpfeil vor", befahl er Tore. „Ivar ist der Befehlshaber unserer Reserven. Wenn die Schlacht in vollem Gang ist, führt er seine Krieger an der Seite des Bergrückens, der in der Ebene ausläuft, durch den Wald neben unserer linken Flanke bis zu einer Stelle, von der aus sie die Franken von hinten angreifen können. Aber sie müssen sich gut versteckt halten und dürfen erst dann angreifen, wenn alle feindlichen Truppen in den Kampf verwickelt sind und wir das Signal geben. Wenn Ivar zu früh angreift, werden es seine Männer sein, die umzingelt sind, und nicht die Franken. Sobald Ragnar es Euch befiehlt – oder ich, falls Ragnar im Kampf fällt –, müsst Ihr den Brandpfeil anzünden und hoch in den Himmel über dem Schlachtfeld schießen, damit Ivar weiß, dass er angreifen soll."

Hastein schaute Odd und mich an. „Versteht Ihr, was das heißt? Wenn Tore fällt, muss einer von Euch den Brandpfeil schießen. Das Signal ist unbedingt notwendig, damit wir die fränkische Armee in unserer Falle fangen können."

„Ragnars Plan ist großartig", sagte Odd zu Hastein. „Unser Sieg ist wohl gewiss."

„Huh", antwortete Hastein. „Glaubt Ihr? Nichts ist jemals gewiss. Eine Schlacht neigt dazu, die Pläne von Menschen zu ignorieren."

Eine leichte Brise strich sanft über meine Wange. Die Luft fühlte sich frisch und kühl an, und ich atmete sie in tiefen Zügen ein, um jeden davon zu genießen. Der Himmel leuchtete in tiefem, wolkenlosem Blau, und obwohl es Tag war, hing der schwach sichtbare Mond über uns. Als ich zu seinem bleichen Gesicht hinaufblickte, schwebte ein Adler mit einer Luftströmung darüber. Ich fragte mich, ob es ein Omen war. Wenn ja, was bedeutete es?

„Suchst du nach den Walküren?" fragte Odd.

Bei seinen Worten lief mir ein Schauer über den Rücken. „Nein", antwortete ich. Ich wollte sie nicht sehen. Sicherlich würde das bedeuten, dass ich sterben würde. „Ich schaue mich nur um. Es ist ein schöner Tag."

„Ja, ein guter Tag für einen Kampf", sagte Tore. „Es hilft uns, dass es heute kühl ist. Eine Rüstung bei Hitze zu tragen, ist kraftraubend. Ich bin mir sicher, dass wir heute alle unsere Kräfte brauchen werden – und gerne noch mehr hätten."

Inzwischen verließ die fränkische Kavallerie in einem stetigen Strom ihr Lager, und die fränkische Linie begann, Gestalt anzunehmen. Viele Einheiten hatten bereits dichte Blöcke von Reitern gebildet, die geduldig auf ihren bewegungslosen Pferden warteten. Ein Wald aus aufrechten Speeren mit ihren glitzernden Spitzen aus Stahl wogte über dem Heer. Innerhalb der Reitergruppen flatterten von einigen der Speere kleine Fahnen.

„Siehst du die Speere mit den Fahnen?" fragte Tore. „Das sind die Offiziere. Hauptmänner oder Führer kleinerer Einheiten. Wenn sie angreifen, müsst ihr versuchen, die Männer mit den Flaggen zu töten."

Eine kleine Gruppe von Reitern löste sich aus der fränkischen Linie und ritt auf uns zu. Sie waren zu zehnt. Sie ritten langsam von einem Ende unserer Linie zum anderen und begutachteten unsere Reihen.

Torvald stieg den Hang zu uns hinauf, nachdem sie vorbeigeritten waren. „Halfdan, hast du gesehen?" fragte er. „Die fränkischen Offiziere, die vorbeigeritten sind? Einer von ihnen war Graf Robert, der Vater deiner Gefangenen. Ich bin mir sicher."

Das war mir nicht aufgefallen. Aber Torvald hatte vermutlich recht. Er hatte unglaublich gute Augen. „Ich fand ihn einen arroganten Hundesohn", fuhr er fort. „Ich hoffe, er kommt in die Reichweite meines Speers."

Auch Tore hatte die fränkischen Reiter beobachtet, und sein Gesichtsausdruck war jetzt grimmig.

Odd schaute ihn an und runzelte die Stirn. „Was ist los?"

„Hast du nicht bemerkt?" fuhr Tore ihn an. „Zwei der fränkischen Reiter waren bretonische Offiziere."

„Wer sind die Bretonen?" fragte ich.

„Ihr Land liegt westlich von hier, an der Küste des Frankenreichs", antwortete er. „Ich habe sie an ihren Rüstungen und Waffen erkannt. Bretonische Reitertruppen sind sehr schwere Gegner. Sogar ihre Pferde sind mit Kettenpanzern geschützt. Und sie kämpfen mit Wurfspießen und sind damit sehr gefährlich. Als ich die Köcher mit Wurfspießen an ihren Sätteln gesehen habe, wusste ich, dass es Bretonen sind. Das ist sehr schlecht." Tore schien verunsichert.

Ich war überrascht. Auch Odd und Torvald sahen überrascht aus. „Wir haben bereits gegen Bretonen gekämpft", sagte Odd. „Und wir haben gegen sie gewonnen."

"Ja, das stimmt", sagte Tore. "Wir haben einmal gegen sie gekämpft und gesiegt. Aber erinnerst du dich nicht? Mein Bruder starb in jener Schlacht gegen die Bretonen. Und ich habe ihn heute Nacht in einem Traum gesehen."

"Du hast deinen Bruder Torsten gesehen?" fragte Odd.

Tore nickte. "Ich habe seit Jahren nicht mehr von ihm geträumt. Ich befürchte, dass das ein Zeichen sein könnte. Vermutlich kein gutes."

Unten am Schildwall rief jemand: "Schaut! Sie kommen!"

Ich schaute auf. Entlang des Felds bewegte sich die gesamte fränkische Armee langsam vorwärts, mit Ausnahme einer einzelnen Einheit berittener Krieger – wohl ihre eigenen Reservetruppen, die bewegungslos hinter ihren mittleren Reihen blieben. Als sie näherkamen, rückten die hinteren Reihen jeder Einheit vor und füllten die Lücken ihrer Formation auf, sodass sie eine einzige lange Reihe aus Reitern bildeten. Langsam wurden sie schneller und wechselten vom Schritt in den leichten Galopp, als sie über das Feld in unsere Richtung ritten.

"Sie haben es sehr eilig, die Schlacht anzufangen", murmelte Tore. "Sie müssen wohl auf unser Blut aus sein." Er griff in den Hals seiner Brünne, zog den silbernen Hammer des Thor heraus, den er an einem Lederriemen trug, und berührte ihn mit den Lippen. "Kraft und Ehre", flüsterte er, dann steckte er den Glücksbringer wieder hinein. Er hob die Hand, ballte sie vor seinem Gesicht zur Faust und wiederholte lauter:

„Kraft und Ehre."

Odd hob seine eigene Faust, machte ebenfalls das Zeichen des Hammers, und berührte damit Tores Faust. „Ja, Kraft und Ehre, mein Kamerad. Heute werden wir mit Kraft und Ehre dem Schicksal begegnen, das die Nornen für uns gewebt haben."

Die gesamte Reihe der Bogenschützen entlang spannten Krieger schnell ihre Bögen, zogen Pfeile aus ihren Köchern und legte sie an ihren Sehnen.

Tore trat vor uns. „Bogenschützen! Wir schießen die erste Salve gleichzeitig auf meinen Befehl. Schießt erst, wenn ich ‚Lösen!' rufe. Nach dem ersten Pfeil müsst ihr so schnell schießen, wie ihr könnt, aber ihr müsst auch sorgfältig zielen."

Ich bewunderte die Disziplin der Franken und wie sie ihre Pferde beherrschten. Sie kamen jetzt in vollem Galopp auf uns zu. Der Donner ihrer Hufe ließ den Boden unter unseren Füßen erbeben, dennoch blieb ihre Linie gerade, während sie auf uns zu jagten.

An unserer linken und rechten Flanke senkten die angreifenden fränkischen Soldaten ihre langen Speere und zielten damit auf unseren Schildwall. Die Reiter, die den Angriff auf unsere Mitte ausführten, schienen kürzere Speere zu tragen, die sie niedrig an ihrer Seite hielten, während sie ritten. Ich hob meinen Bogen und suchte ein Ziel.

„Ich wusste es", hörte ich Tore murmeln. „Es sind Bretonen. Sie greifen unsere Mitte an." Dann rief er lauter: „Bereit!"

Die ganze Linie entlang zogen die Bogenschützen voll aus. Ich musterte die sich schnell nähernden Reiter und suchte den Mann aus, der mein Ziel werden sollte. Ich versuchte, meinen Blick auf die tödliche Stelle auf seiner Brust oberhalb seines Schilds zu konzentrieren. Aber ich konnte meine Gedanken nicht beherrschen. Weder konnte ich den Klang der donnernden Hufe ausblenden, noch konnte ich aufhören, die Momente zu zählen, bis die Franken auf unsere Linie aufprallten.

„Lösen!" rief Tore. Hunderte von Pfeilen flogen vom Hang und senkten sich auf die angreifende Horde. Ich sah zu, wie mein Pfeil aufstieg und auf die Franken zuflog, aber ich verlor ihn in den vielen Schäften aus den Augen. Ich konnte nicht sehen, wo er einschlug, aber der Mann, auf den ich gezielt hatte, fiel nicht.

Der Schwarm unserer Pfeile fiel auf die angreifenden Franken. Hier und dort stolperten Pferde, und Reiter fielen. Aus vielen Schilden ragten Pfeile heraus, bei manchen so dicht, dass sie wie die Rücken von Igeln aussahen. Aber unter den Bretonen in der Mitte fielen nur wenige Reiter. Da sie jetzt näher waren, konnte ich sehen, dass die Brüste ihrer Pferde durch wattierte und gepanzerte Schürzen geschützt waren. Bei manchen Pferden waren Pfeile in den Gliedern der Kettenpanzer steckengeblieben und bewegten sich jetzt nutzlos hin und her.

Ich legte einen weiteren Pfeil an meine Sehne, hob meinen Bogen und zog gleichzeitig wieder aus. Die Bretonen hielten sich jedoch gut bedeckt hinter ihren Schilden, als sie ritten.

Auch Tore hielt seinen Bogen bei vollem Zug, löste aber nicht. „Zeigt euch, verdammt", sagte er. „Ich finde kein Ziel." Er löste seinen Pfeil zur gleichen Zeit, als ich es auch tat, und wir beide rissen den nächsten aus unseren Köchern.

Inzwischen hatten die Bretonen den Fuß des Bergrückens erreicht und fingen an, ihn heraufzureiten. Sie waren inzwischen so nah, dass ich die fliegenden Klumpen Erde von den Hufen der Pferde sehen konnte. Vor mir bereiteten sich unsere Krieger im Schildwall auf den Aufprall vor. Die, die in der vordersten Reihe knieten, kauerten sich hinter ihre Schilde, während die zweite und die dritte Reihe dicht dahinter stand und ihre Speere bereithielt.

Aber es gab keinen Aufprall. Die Bretonen versuchten nicht, unseren Schildwall zu durchbrechen. Plötzlich riss ein Reiter in ihrer ersten angreifenden Linie den Arm hoch und schwenkte einen kurzen Speer über dem Kopf. Auf sein Signal hin richteten sich die Bretonen geschlossen in ihren Sätteln auf, zogen die Arme zurück, und schleuderten ihre Wurfspieße. Ich schoss einen Pfeil auf das Gesicht eines der Reiter, aber er segelte harmlos an seinem Kopf vorbei.

Obwohl die Waffen der Bretonen kürzer als normale Speere waren, waren sie schwerer als Pfeile, und die Kraft des Wurfs, die durch die Geschwindigkeit der galoppierenden Pferde noch verstärkt wurde, verlieh ihnen eine enorme Durchschlagskraft. Ich bemerkte einen Krieger im Schildwall unter mir, der versuchte, einen in seine Richtung abgefeuerten Wurfspieß abzuwehren. Die Stahlspitze bohrte dich durch die Holzplanken seines Schilds und schlug ihn gegen seinen Helm und sein Gesicht. Dann ragte auf einmal die mit Blut verschmierte Speerspitze aus seinem Hinterkopf. Mehr

Krieger, als ich zählen konnte, wurden von den Wurfspießen der Bretonen zurückgeworfen. Ich sah, wie jemand neben Hastein mit einem kurzen Speer im Hals stolperte und fiel. Ein weiterer Krieger, der neben Ragnars Standarte stand, wurde von einem Wurfspieß zurückgerissen, der seinen Schild an seiner Brust festnagelte.

Nachdem sie ihre Speere geworfen hatten, machten die Bretonen in perfektem Einklang eine harte Wende nach rechts. Sie waren hervorragende Reiter. Überall in der Mitte unserer Linie lösten die Bogenschützen ihre Pfeile, aber die Bretonen hatten sich so gedreht, dass ihre großen Schilde auf uns gerichtet waren. Sowohl sie als auch die Panzer ihrer Pferde schützten sie von den größten Schäden. Während sie unsere Linie entlang ritten, warfen viele eine weitere Salve auf die dänischen Krieger, an denen sie vorbeikamen.

Ich hob meinen Bogen, zog aber noch nicht aus. Ich war fest entschlossen, dass dieser Schuss zählen würde.

Wieder wendeten die Bretonen gleichzeitig ihre Pferde und ritten nun zurück zu ihren eigenen Reihen. Dabei schwangen sie die Schilde auf ihre Rücken.

Ein Bretone, der mit den anderen wenden wollte, wurde von einem reiterlosen Pferd behindert, das nicht mit der Formation mitlief. Er zog mit beiden Händen fest an den Zügeln, um sein Reittier um das Hindernis zu bewegen, und der Schild an dem langen Riemen um seine Schulter fiel zur Seite. Ich zog aus, zielte auf die Stelle zwischen seinen Schulterblättern und löste. Aber bis mein Pfeil ihn erreichte, hatte er sein Pferd angespornt und sich im Sattel bewegt. Die Wucht meines Pfeils war stark genug, um auf diese Entfernung einen Kettenpanzer zu durchschlagen, und mein Schuss traf ihn in die rechte Schulter. Er zuckte beim Einschlag nach oben, dann sackte er vorwärts auf den Nacken seines Pferdes, blieb aber im Sattel und konnte entkommen.

Als die Bretonen zurückkehrten, wurde entlang ihrer ganzen Linie zum Rückzug geblasen, und die restlichen Franken zogen sich ebenfalls zurück. Auf unseren Flanken, wo die fränkische und nicht die bretonische Kavallerie angegriffen hatte, schien Ragnars Plan einigen Erfolg gehabt zu haben. In dem chaotischen Gewühl, das entstanden war, als der fränkische Angriff von den Speeren unseres Schildwalls und den fliegenden Geschossen unserer Bogenschützen gestoppt worden war, waren viele der fränkischen Pferde gefallen. Ich sah viele Reiter auf dem Boden. Manche lagen bewegungslos, andere versuchten, aufzustehen oder taumelnd ihre eigenen Reihen wieder zu erreichen. Gruppen dänischer Krieger hasteten aus dem Schildwall heraus und brachten die verwundeten Franken zur Strecke.

In der Mitte sah es ganz anders aus. Einige der bretonischen Pferde waren von unseren Pfeilen getroffen worden und auch eine Reihe von Kämpfern war verwundet und von ihren Reittieren geworfen worden. Aber wir hatten weitaus mehr Männer verloren als unsere Angreifer. Überall entlang der Mitte des Schildwalls waren Männer gefallen. Manche krümmten sich vor Schmerz wegen der Wurfgeschosse, die ihre Körper durchbohrt hatten, während andere in der Stille des Todes lagen. Als der Donner der fränkischen Hufe schwand, wurde er vom Ächzen und von den Schreien der verletzten Männer und Pferde abgelöst.

Unsere schwersten Verluste waren um die beiden Standarten aufgetreten – die Bretonen hatten dort ihr Feuer konzentriert. Die Schilde von fast allen Männern um die Standarte waren durchbohrt worden – einige von mehr als einem Wurfgeschoss. Zu meiner Erleichterung sah ich, dass Torvald und Hastein immer noch standen, obwohl beide an den Schäften von Speeren zogen, die sich in ihre Schilde gebohrt hatten. Auch Ragnar war unverletzt geblieben.

In ihrem Eifer, unsere Führer und die Krieger zu treffen, die ihre Standarte beschützten, hatten die Bretonen nicht auf die zweite Linie am Kamm gezielt. Keiner der Bogenschützen war gefallen.

„Hast du jemanden getroffen?" fragte mich Odd. „Hast du irgendwelche Feinde getötet?"

Ich schüttelte den Kopf. „Ich habe vier Pfeile abgeschossen. Aber nur der letzte traf sein Ziel. Und obwohl er verletzt war, hat der Reiter dennoch die fränkische Linie wieder erreicht."

„Ich hatte auch keinen Erfolg", sagte er. „Ich habe auch vier Pfeile abgeschossen, aber sie haben weder Mann noch Pferd zur Strecke gebracht. Ihre Rüstung ist zu schwer. Wie ging es dir, Tore?"

Aber Tore antwortete nicht. Er schritt den Hang herunter zu Hastein, der bergauf in unsere Richtung kam.

„Es funktioniert nicht", rief Tore. „Ragnars Plan funktioniert nicht gegen die Bretonen."

„Dann müssen wir den Plan ändern", sagte

Hastein. Er lief weiter, während Tore ihm folgte, bis er kurz vor Odd und mir stand. Hasteins Schild hatte zwar zwei Löcher, wo ihn zwei Speerspitzen getroffen hatten, aber er schien nicht schwer beschädigt zu sein. Es war ein Schild, den ich vorher noch nicht gesehen hatte. Er war zwar in den Farben und mit dem Muster bemalt, die Hastein bevorzugte, aber er war viel dicker als ein normaler Schild und sowohl vorne als auch hinten mit Leder überzogen.

„Ihr drei seid meine besten Bogenschützen", sagte er mit leiser Stimme, damit niemand mithören konnte. Wie können wir mit den Bretonen fertig werden? Wir können es uns nicht leisten, weiter solche Verluste hinzunehmen, ohne dass wir sie auch bluten lassen."

„In Ruda stoppten wir den Angriff der Franken, indem wir ihre Pferde töteten", schlug ich vor. Tore hatte damals die Anweisung dazu gegeben. Ich war überrascht, dass er es hier nicht ebenfalls vorgeschlagen hatte.

„In Ruda trugen die Pferde keine Rüstungen", sagte Tore mit Bitterkeit in der Stimme. „Das hier sind Bretonen."

„Wir müssen die Köpfe der Pferde treffen", sagte ich. „Es ist das einzige ungeschützte Ziel. Wir müssen unsere ersten Pfeile alle zusammen in einer Salve wie vorhin abschießen, aber dabei müssen wir warten, bis sie sehr nah sind. Erst wenn sie ihre Speere bereithalten, um sie zu werfen, schießen wir, damit wir sicher sein können, unsere Ziele zu treffen. Die Köpfe ihrer Pferde sind ungeschützt. Treffen wir den Kopf, fällt das Pferd. Und wenn genug fallen, könnte es sogar die Treffsicherheit der anderen Reiter um sie herum beeinträchtigen."

„Der Kopf eines galoppierenden Pferdes ist ein schwieriges Ziel", protestierte Odd und schüttelte zweifelnd den Kopf.

„Deshalb müssen wir warten, bis sie ganz nah sind", erklärte ich.

„Das gefällt mir nicht", sagte Tore. „Das gefällt mir überhaupt nicht. Aber Halfdan hat recht. Es ist das beste Ziel, das wir haben."

„Dann ist es beschlossen", sagte Hastein und ging wieder hinunter zu seiner Standarte.

„Zumindest haben die Bretonen ihre Speere nicht nach uns geworfen", sagte Odd.

„Erwarte nicht, dass das so bleibt", antwortete Tore.

Auf der Ebene hatten die Franken ihre Linie neu formiert und ritten langsam wieder in unsere Richtung. „Sie kommen", sagte ich.

Tore eilte vor die Reihe der Bogenschützen. „Bogenschützen!" rief er. „Hört mir zu! Wir müssen unsere Strategie ändern. Wir stehen Bretonen gegenüber, nicht der regulären fränkischen Kavallerie. Ver-schwendet eure Pfeile nicht mit Schüssen, die von ihrer Rüstung abprallen.

Wartet wieder auf mein Signal, bevor ihr schießt. Wir lassen sie diesmal aber viel näher kommen, bevor wir lösen. Als Ziel müsst ihr das ungeschützte Gesicht eines Pferdes in der vordersten Front der Angriffsreihe wählen."

Ein leises Murren ging durch die Reihe. Odd hatte recht. Der Kopf eines Pferdes war ein schwieriges Ziel, besonders wenn das Pferd so schnell war, wie die Bretonen ritten.

„Wir müssen den Vorstoß der Bretonen brechen", fuhr Tore fort. „Das Leben unserer Kameraden hängt davon ab. Und ihr solltet euch etwas verteilen und die Linie staffeln. Jeder Zweite bewegt sich ein paar Schritte bergauf. Wenn wir weiterhin so dicht gedrängt stehen, sind wir ein leichteres Ziel für die Wurfgeschosse der Bretonen."

Nachdem Tore in unsere Linie zurückgekehrt war, trat Odd zurück, sodass er bergauf hinter uns stand. Ich durchsuchte meinen Köcher und fand einen Pfeil, den ich vor langer Zeit auf dem Anwesen meines Vaters im Schuppen des Zimmermanns Gudrod gemacht hatte. Ich wusste, dass er gerade fliegen würde.

Als die Bretonen näherkamen, wählte ich mein Ziel. Der Reiter hielt seinen Schild hoch vor seinem Körper und schaute aufmerksam darüber, während er ritt. Er schützte sich bestens, aber das war mir egal. Sein stolzer, schwarzer Hengst hatte eine weiße Blesse zwischen den Augen. Das war mein Ziel.

„Bereit!" rief Tore. Ich zog meinen Bogen voll aus und visierte am Schaft meines Pfeils entlang und an der eisernen Pfeilspitze vorbei die weiße Blesse meines Ziels an. Sie bewegte sich ständig – der Kopf des Pferdes ging auf und ab, als es galoppierte. Ich würde seine Bewegung im Voraus einkalkulieren müssen. Aber wie weit im Voraus? Wie schnell war das Pferd? Ich konzentrierte mich auf den weißen Fleck im Fell und versuchte, mich von allen anderen Gedanken zu befreien und meiner Waffe die Kontrolle zu überlassen. Die Bretonen stürmten näher. Sie hatten jetzt den Fuß des Bergrückens erreicht.

„Lösen!" rief Tore.

Mein Pfeil flog von meinem Bogen, dann schien er in Richtung des entgegenkommenden Pferdes zu gleiten. Er flog so gerade, dass ich seinen Schaft nicht sehen konnte – nur die drei Federn der Befiederung.

Dann war auf einmal der Pfeil da, dunkel gegen den weißen Fleck, und begrub sich im Schädel des Pferdes. Blut strömte um den Schaft. Als die galoppierenden Hufe auf den Boden schlugen, schienen die Vorderbeine des Pferdes sich unter dem Körper zusammenzufalten, als besäßen sie nicht mehr die Kraft, sein Gewicht zu tragen. Sein massiver Körper krachte zu Boden. Mit dem Aufprall wurde der Reiter über seinen Hals abgeworfen. Er schlug hart auf dem Boden auf und landete auf einer Schulter und der Seite seines Kopfes. Er bewegte sich nicht mehr, nachdem er aufgehört hatte zu rollen.

Entlang der gesamten Reihe der herannahenden Bretonen stürzten Pferde und ihre Reiter. Mindestens ein Drittel der Angreifer war bereits gefallen. Aber von den Reitern, die unverletzt waren, hatten viele erkannt, wo die Gefahr lag. Obwohl einige Bretonen ihre Speere wie im ersten Angriff noch nach den Kriegern in unserem Schildwall warfen, schleuderten die meisten ihre Wurfgeschosse jetzt bergauf auf die Reihe der Bogenschützen, die gerade ihre Kameraden nieder-gestreckt hatten. Ohne Schilde waren wir ungeschützt, und wir zahlten einen hohen Preis dafür, dass wir bretonisches Blut vergossen hatten. Wir fielen wie Weizen vor der Sense.

Hauk, der heute Morgen mit mir gesprochen hatte, und drei Plätze von mir entfernt in unserer Linie gestanden hatte, wurde von einem Speer in der Brust getroffen und fiel. Der Krieger neben ihm wurde im Oberschenkel getroffen. Auch viele andere fielen. Unsere Brünnen allein waren nicht genug gegen die mit großer Wucht geworfenen Wurfgeschosse.

Ich sah wie ein Bretone mit einem dicken schwarzen Bart seinen Arm in Stellung brachte, um seinen Speer zu werfen. Er hatte mich fest ins Auge gefasst, und ich wusste, dass er auf mich zielte. Sein Mund war offen, aber im Lärm der Schlacht konnte ich ihn nicht hören. Ich hob meinen Bogen, zog aus, und nahm das klaffende Loch seines Mundes ins Visier. Zur gleichen Zeit, als ich löste, schwang sein Arm nach vorne. Der tödliche Speer flog auf mich zu. Ich sah, wie er sich näherte, aber ich konnte mich nicht bewegen.

Als das bretonische Geschoss in nächster Nähe an mir vorbeiraste, traf mein Pfeil ihn ins Auge. Er kippte nach hinten von seinem Pferd. Im selben Augenblick hörte ich einen Schmerzensschrei neben mir. Ich wandte mich in die Richtung des Schreis und sah, wie Odd mit gespreizten Beinen auf dem Boden saß; seine Hände umklammerten einen hölzernen Schaft, der seinen Bauch durchbohrt hatte. Die blutige, mit Widerhaken versehene Spitze des Speers ragte aus seinem Rücken heraus. Odds Beine zuckten in Krämpfen, seine Brust hob und senkte sich verzweifelt, und aus seinem Mund floss Blut.

„Odd!" rief Tore und kniete neben ihm.

Bergab von uns wendeten die Bretonen ihre Pferde nach rechts, wie sie es auch nach ihrem ersten

Angriff getan hatten, kurz bevor sie unsere Linie erreicht hatten. Aber dieses Mal war der Hang übersät mit den Leichen von gefallenen Pferden und Männern. Der geschlossene und gut organisierte Verband der Bretonen brach auseinander, als sie versuchten, ihre Reittiere um und über die Gefallenen zu lenken. Während sie dabei waren, ließen unsere Bogenschützen, die noch standen, unablässig Pfeile auf sie herabregnen. Weitere Bretonen fielen, und sie und ihre Pferde stellten eine weite Hürde für diejenigen dar, die fliehen wollten.

Ein Reiter bergab von mir trieb sein Pferd wild mit dem Schaft seines Speers an, bei dem Versuch, es durch zwei reiterlose Tiere zu zwingen, die im Wege standen. Er hielt seinen Schild hoch, um seine Seite und seinen Kopf zu schützen. Ich schoss einen Pfeil durch die Kettenglieder seiner langen Brünne in seinen Oberschenkel. Er schrie und senkte seinen Schild, während er nach seinem Schwert griff. Ein weiterer Pfeil aus unserer Linie – ich konnte nicht sehen, wer ihn geschossen hatte – traf ihn ins Gesicht und tötete ihn.

Ein weiterer Bretone, der einen Weg ohne Hindernisse suchte, trieb sein Pferd so nah an unsere Linie, dass er fast in die Reichweite der Speere unserer Krieger kam, während er entlang des Schildwalls vorbeigaloppierte. Ich wandte mich in seine Richtung und verfolgte ihn mit meinem Bogen. Als er an mir vorbeiritt, traf ich den Kopf seines Pferdes mit einem Pfeil. Es stolperte noch einige Schritte weiter, bevor es zusammensackte. Als der Bretone versuchte, aus dem Sattel zu springen, stürzten sich zwei Krieger aus unserem Schildwall auf ihn und erstachen ihn mit ihren Speeren.

Es war für die Bretonen unmöglich geworden, als Einheit zu agieren, und die überlebenden Reiter gaben ihren Pferden die Sporen und hetzten zurück zu ihren Linien. Weniger als die Hälfte der Bretonen aus dem zweiten Angriff kehrten zur fränkischen Seite zurück.

Hastein kam wieder den Hang zu uns hinauf. Sein Gesichtsausdruck war finster, als er die vielen toten und verletzten Bogenschützen betrachtete.

„Wo ist Tore?" fragte er mich.

„Ich bin hier", sagte Tore hinter mir. Er kniete immer noch neben Odd, der jetzt bewegungslos am Boden lag. Ich lief mit Hastein zu den beiden hoch.

Odd war tot, seine Kehle war durchschnitten. Tore hielt ein blutiges Messer in der Hand. Er schaute zu uns hoch, und Tränen liefen seine Wangen hinunter.

„Er hätte nicht überleben können", sagte er. „Er war mein Freund und mein Schiffskamerad, seit Jahren. Ich konnte nicht zulassen, dass er so leidet."

„Ich brauche Euch", sagte Hastein. „Ihr müsst ihn jetzt verlassen."

Tore wischte sein Messer im Gras ab, schob es in die Scheide und hob seinen Bogen und die Pfeile auf. „Ich bin bereit, mein Jarl."

„Das war sehr gute Arbeit. Ihr und Eure Männer habt die Macht der Bretonen gebrochen." Hastein ließ den Blick wieder über unsere Toten und Verletzten schweifen. „Aber zu einem sehr hohen Preis."

„Kein Mensch kann seinem Schicksal entrinnen", sagte Tore hölzern.

„Wie läuft der Kampf sonst?" fragte ich.

„An unseren Flanken konnte der Feind nicht

einmal annähernd unseren Schildwall durchbrechen, und ihre Verluste sind viel höher als unsere. Ragnars Plan war gut. Aber hier in der Mitte ..." Hastein seufzte und blickte auf unsere Verluste. „So ist der Krieg. Wir haben nicht damit rechnen können, dass wir hier auf Bretonen treffen würden, so weit entfernt von ihrem eigenen Gebiet."

Hastein schaute über das Schlachtfeld hinweg in die Richtung des fränkischen Heers. Er kniff die Augen zusammen, bevor er Torvald aus dem Schildwall zu sich rief.

„Ich brauche deine Augen", sagte er ihm. „Sie sind besser als meine."

Als Torvald zu uns stieß, starrte er Tore und die Tränen auf seinen Wangen an. Aber ausnahmsweise machte er keine höhnische Bemerkung.

„Es sieht aus, als würden die Franken sich neu aufstellen", sagte Hastein. „Kannst du erkennen, was sie tun?"

Torvald starrte in Richtung des fränkischen Verbunds. „Sie haben ihre Reserve in die Hauptlinie geschickt", sagte er endlich. „Die überlebenden Bretonen haben eine einzelne Reihe direkt in der Mitte vor der Reserve formiert."

Ich verstand nicht, wie Torvald das schaffte. Für mich sah das ferne fränkische Heer aus wie ein einziges Durcheinander aus kleinen, herumwirbelnden Gestalten.

„Wenn sie ihre Reserven einbringen, ist das wahrscheinlich ihr letzter Angriff", sagte Hastein. „Sie werden alles geben, aber wenn sie unsere Formation nicht brechen, dann glaube ich, dass sie sich vom Feld zurückziehen werden. Wir müssen gegen ihren Angriff gewappnet sein und sie zurückhalten, während Ivar die Falle zuschnappen lässt."

„Was soll ich tun?" fragte ihn Tore.

„Wir müssen die verbleibenden Bretonen bei ihrem nächsten Angriff vernichten. Sie werden versuchen, unsere Linie in der Mitte um die Standarten herum zu schwächen und eine Lücke in den Schildwall zu reißen, kurz bevor der Hauptangriff der Franken kommt. Das ist es, was ich tun würde. Ihre einzige Chance auf einen Sieg ist nun, unsere Anführer zu töten und zu hoffen, dass es den Kampfeswillen unserer Armee bricht. Es liegt an Euch, an den Bogenschützen, sie zu stoppen. Ich brauche noch eine Salve Pfeile von Euren Männern. Zielt wie beim letzten Angriff wieder auf die Köpfe der Pferde, wenn sie näherkommen, um ihren Ansturm abzuwehren und sie am Werfen zu hindern. Aber löst Eure Pfeile erst so spät wie möglich, kurz bevor die Bretonen ihre eigenen Geschosse werfen. Jeder Schuss muss sitzen.

Zieht die Männer weiter vor und lasst sie aus einer Position dicht hinter dem Schildwall schießen", fuhr Hastein fort. „Sobald sie ihre Pfeile lösen, sollten sie Zuflucht hinter uns suchen. Unsere Schilde werden sie diesmal schützen."

Ich fühlte die Erde unter meinen Füßen beben, als die fränkische Armee ein letztes Mal auf uns zu galoppierte. Die Bretonen hatten nicht mehr genügend Krieger, um unsere gesamte Mitte abzudecken. Stattdessen hatten sie die Reiter zusammengezogen und konzentrierten ihre Attacke auf unsere Standarten, wie Hastein vorhergesehen hatte. Ihre angreifende Linie war genauso gerade und gleichmäßig wie beim ersten Angriff. Doch nach dem letzten Mal mussten die überlebenden Bretonen gewusst haben, dass sie in den fast sicheren Tod ritten. Ich schaute sie an und fragte mich, woher sie diesen Mut nahmen. Ich legte ein Pfeil an meine Sehne, wählte ein Ziel aus und machte mich bereit, ihn zu töten.

Tore gab den Befehl zum Schießen erst, als die Bretonen den Hang zu uns heraufkamen und ihre Speere hoben, um sie zu werfen. Obwohl viele Bogenschützen unserer Truppe nie wieder schießen würden, waren die Auswirkungen unserer Salve auf die Bretonen verheerend. Überall in ihrer Reihe fielen Pferde und warfen ihre Reiter zu Boden.

Ich schoss und schaute meinem Pfeil gerade so lange nach, bis klar war, dass er sein Ziel treffen würde, dann hastete ich den Hang hinunter zur hinteren Reihe des Schildwalls. Einen Moment später hörte ich dumpfe Geräusche, das Zersplittern von Holzschilden und Schmerzensschreie, als die Wurfspeere der noch lebenden Bretonen auf die Reihen der Krieger um die Standarten von Ragnar und Hastein trafen.

Dieses Mal drehten die Bretonen nicht ab. Stattdessen zogen sie ihre Schwerter und gaben ihren Pferden die Sporen. Sie ritten gegen unseren Schildwall und hackten und schlugen wie rasend auf die Speere, die auf sie und die Köpfe ihrer Pferde gerichtet waren.

Augenblicke danach galoppierten die Krieger der fränkischen Reserve hinter den Bretonen den Hang hinauf. Es war eine dichte Masse Reiter – fünf Reihen frischer Truppen, die unseren Schüssen noch nicht ausgesetzt waren, und die sich ebenfalls in unseren Schildwall warfen.

Die Speere der Bretonen, die sich auf die Mitte unserer Linie konzentriert hatten, hatten so viele unserer Männer in den ersten beiden Reihen getroffen, dass sich Lücken im Schildwall unterhalb der Standarten auftaten. Andere Krieger drängten sich nach vorne, um die Lücken zu schließen, aber die Franken gaben ihren Pferden die Sporen und stießen dazwischen. Mit ihren Speeren stachen sie links und rechts auf die Krieger herab, die versuchten, sich ihnen in den Weg zu stellen.

Viele Männer auf beiden Seiten fielen. Aber unsere Linie wurde zunehmend labil. Wenn ein Krieger fiel, gab es immer weniger, die seinen Platz einnehmen konnten. Und die Franken hatten fünf Reihen frischer Krieger. Sie drängten immer weiter nach vorne, während ihre Speere nach unten stachen und ihre kampfestollen Pferde mit ihren Hufen traten und schlugen.

Die meisten unserer Bogenschützen standen immer noch unnütz hinter dem Schildwall. Ich schaute mich verzweifelt nach Tore um und erblickte ihn einige Fuß entfernt von mir. Ich sah, wie er Bogen und Köcher hinter sich zu Boden warf, den Schild eines gefallenen Dänen aufhob, sein Schwert zog und sich in eine der schnell wachsenden Lücken in unserem Schildwall stürzte.

Hastein, Torvald und die Krieger, die neben ihnen kämpften, waren fast bis zur Stange der Standarte zurückgedrängt worden. Dort konnte unsere Linie jeden Augenblick unwiederbringlich gebrochen werden. Vier Franken hatten ihre Pferde in die immer größer werdende Lücke in unseren Reihen vor Hasteins Standarte gezwungen, und andere drängten sich dicht hinter ihnen.

Ich lief den Hügel zu einer Stelle kurz hinter Hasteins Standarte hinauf und zog einen Pfeil aus meinem Köcher. Auf ihren Pferden überragten die Franken unsere Männer. Sie hielten ihre Schilde fest gegen ihre Körper, um sich gegen die Stöße von Speer und Schwert zu schützen, die von unten gegen sie geführt wurden, während sie mit ihren langen Speeren mit den breiten Klingen auf die Gesichter und Oberkörper unserer Krieger stachen. Dem einsamen Krieger weiter oben am Hang hinter der Standarte schenkten sie keine Beachtung.

Sie waren so nah, ich hätte sie mit meinem Helm treffen können, wenn ich ihn geworfen hätte. In rascher Folge schoss ich einen, zwei, drei Pfeile in die Gesichter der führenden fränkischen Reiter, die in den auseinanderfallenden Schildwall drängten. Als sie fielen, stürzte sich Torvald an einem der plötzlich reiterlosen Pferde vorbei und stach sein langes Schwert unter dem Schild und durch die Brünne in den Bauch des vierten Reiters, der in die Lücke vorgestoßen war.

„Bogenschützen!" rief ich. „Zu mir!" Ich löste noch einen Pfeil, und ein weiterer Franke, der in die Lücke nachgerückt war, fiel mit einem Pfeil im Auge über die Kruppe seines Pferdes.

Hastein drehte sich um und schaute nach hinten. Als er mich sah, wies er mit seinem Schwert. „Halfdan! Helft Ragnar!"

Ich schaute in die Richtung, in die Hastein zeigte.

Die Franken hatten eine große Bresche in den Schildwall vor Ragnars Standarte geschlagen. Nur Ragnar und ein einziger Huscarl kämpften dort noch dagegen, dass das Banner des Raben fiel. Ein Reiter warf seinen Speer in die Brust des Huscarls und gab seinem Pferd die Sporen. Die Schulter des Pferdes prallte gegen Ragnar und warf ihn zu Boden. Der Franke zog sein Schwert und hackte auf die Stange der Standarte, während Ragnar zur Seite rollte, um den trampelnden Hufen des Pferdes über ihm auszuweichen.

Ich hob meinen Bogen und schoss. Mein Pfeil traf den fränkischen Reiter in den Kopf direkt vor seinem Ohr. Blut sprudelte aus seinem Mund und seiner Nase, als er seitlich von seinem Pferd herunterrutschte.

Ragnar erhob sich taumelnd, schwang seine lange Axt mit beiden Händen und enthauptete fast das Pferd des toten Mannes. Als es fiel, kam ein weiterer Reiter durch das Gemenge und hob seinen Speer, um Ragnar damit in den Rücken zu stechen, doch Ragnar wirbelte herum und schwang wieder seine große Axt. Er traf das Bein des Franken und trennte es ab.

Inzwischen hatten sich mir weitere Bogenschützen am Hang angeschlossen. Aus nächster Nähe ließen wir Pfeile auf die Franken niederregnen.

Hastein rief mir wieder zu. „Wo ist Tore? Wir müssen das Signal geben!"

Aber Tore war irgendwo in der wirbelnden Menge der Krieger, die vor den Standarten aufeinander hieben und stachen. Ich lief den Hang hinunter, wo Tores Köcher auf dem Boden lag, leerte den Inhalt ins Gras und suchte nach dem Brandpfeil. Als ich ihn fand, zog ich meinen Feuerstein und Funkenstahl aus dem Beutel an meinem Gürtel und schlug sie immer wieder zusammen. Funken regneten auf das Bündel aus getrocknetem Gras und Zunder, das Tore mit Leinenstreifen an der Pfeilspitze befestigt hatte. Endlich fingen einige der losen Fäden Feuer und das Bündel begann zu rauchen. Ich blies auf das Glutnest, bis es sich entzündete, dann legte ich den Pfeil an meinen Bogen und schoss ihn hoch über das Schlachtfeld. Funken fielen herunter wie von einer Sternschnuppe.

Einen Augenblick später – sogar über die Schreie von Tieren und Männern und das Klirren der zusammenstoßenden Klingen – hörte ich in der Ferne Ivars Horn.

9

Ein grauenvoller Anblick

Die Schlacht begann mit tapferen und verzweifelten Taten und endete in einem Gemetzel. Ivar und seine Männer strömten aus dem Wald an unserer linken Flanke und fielen über die Nachhut der unorganisierten Menge der fränkischen Reiter her, die vorwärts drängten, um unseren Schildwall zu durchbrechen. Die Krieger hinten in der fränkischen Formation wichen vor Ivars Angriff zurück und kollidierten damit mit den Reihen der Reiter vor ihnen, die wiederum gegen die Hecke aus Speeren im Schildwall geschoben wurden. Am Ende waren die Franken durch den Druck der eigenen Männer und Reittiere so dicht zusammengedrängt, dass sie sich kaum noch bewegen konnten. Sie versuchten tapfer, weiterzukämpfen, aber wir schwärmten um sie herum, stachen und schlugen mit unseren Speeren, Schwertern und Äxten wie besessen auf sie ein, in einer Orgie des Tötens. Mit ihrem Blut tilgten wir die Angst vor dem Tod, die wir alle gespürt hatten, sowie unsere Wut und Trauer wegen der vielen Kameraden, die wir verloren hatten.

Viele Lieder und Erzählungen sind seither über den großen Sieg verfasst worden, den wir an diesem Tag errungen haben. Aber in den Geschichten der Skalden gibt es vieles, das niemals erwähnt wird. Die Schreie der Verwundeten und Sterbenden, und das Blut – das dicke, rote Blut, das auf alle und alles spritzt, sodass der Boden davon aufgeweicht wird und unter den Füßen hervorquillt – solche Dinge kommen in den Liedern nicht vor. Ebenso fehlt das Weinen der Frauen und Kinder, wenn sie erfahren, dass sie ihre Ehemänner und Väter nie wiedersehen. Krieg kann in Erzählungen und Liedern glorreich sein, aber in Wahrheit ist er grauenvoll.

Einige Männer aus der Armee der Franken entkamen, indem sie die Umzingelung auf der Seite zum Fluss hin durchbrachen und verzweifelt vom Feld flohen. Ihr Anführer, Graf Robert, musste wohl unter ihnen gewesen sein, denn seine Leiche wurde nicht gefunden. Einige Hundert weiterer Krieger warfen ihre Waffen zu Boden und wurden gefangen genommen. Aber die meisten Franken – Tausende von ihnen – starben an diesem Tag.

Wir zwangen die fränkischen Gefangenen, die Toten vom Schlachtfeld zu tragen – allerdings nur unsere Toten. Die toten Franken ließen wir liegen, wo sie gefallen waren. Viele unserer Männer gingen über das Schlachtfeld und nahmen den gestorbenen Franken Waffen, Rüstungen und Wertsachen ab. Nach dieser Schlacht war keiner in unserer Armee mehr ohne Brünne und Helm, egal wie arm er war. Auf den Märkten von Haithabu und Ribe würde es noch Monate nach unserer Rückkehr ein Überangebot von erbeuteten fränkischen Rüstungen und Waffen zum Verkauf oder Tausch geben.

Noch Tage nach der Schlacht war der Himmel über uns voll mit Aas fressenden Vögeln, und Füchse und Wölfe verbargen sich am Rand des Waldes, während sie auf die Nacht warteten, damit sie sich am

Fleisch satt fressen konnten.

Wir zwangen die fränkischen Gefangenen auch dazu, im Wald Bäume zu fällen, die Stämme auf die Ebene zu ziehen und einen großen Scheiterhaufen zu errichten. Ragnar gab bekannt, dass wir in drei Tagen eine Bestattungsfeier veranstalten würden, um unsere Toten zu verbrennen.

Die Stimmung in unserer Armee war düster. Jede Schiffsmannschaft hatte schwere Verluste erlitten. Drei der zehn Bogenschützen aus der Besatzung der Möwe waren gestorben – Odd, Hauk und ein weiterer Krieger, der mit einem Speer im Oberschenkel verblutet war. Zwei weitere waren verletzt, einer davon schwer. Vier unserer Männer, die im Schildwall gekämpft hatten, waren ebenfalls gefallen, und fast alle anderen hatten irgendwelche Verletzungen. Einer hatte eine Hand verloren, ein anderer ein Auge und ein Dritter würde wahrscheinlich für den Rest seiner Tage hinken, aber alle unsere Verletzten würden wahrscheinlich überleben, wenn sie kein Fieber entwickelten. Doch unsere Mannschaft, die beim Aufbruch vom Limfjord neununddreißig Mann gezählt hatte, war auf nur noch vierundzwanzig Krieger geschrumpft, und von diesen würden fünf in diesem Feldzug nicht mehr kämpfen können. Wir hatten nicht einmal mehr genügend Männer, um alle dreißig Riemen der Möwe zu besetzen.

Um die Lagerfeuer der Armee klagten die Männer bitter über die Verluste, die wir erlitten hatten, und stellten Ragnars Entscheidung, die Franken ohne Not anzugreifen, in Frage.

Vor allem Tore ließ seiner Wut freien Lauf. „Was

haben wir von dieser Schlacht?" beklagte er sich bei jedem, der bereit war, ihm zuzuhören. „Was haben wir erbeutet? Sind wir durch diesen Sieg reicher geworden? Glaubt wirklich jemand, dass unser Zuhause jetzt sicherer ist, weil wir diese Franken hier getötet haben? Sie sind zu zahlreich. Es wird immer mehr von ihnen geben. Aber wer wird unsere Kameraden ersetzen? Wer wird unsere Krieger ersetzen, die gestorben sind?"

Auch ich war der Ansicht, dass die Schlacht in Anbetracht der schweren Verluste, die wir erlitten hatten, unüberlegt war, aber ich äußerte meine Meinung nicht, wie Tore es tat. Wir hatten in der Tat die Einheit der fränkischen Kavallerie vernichtet, die wir zur Schlacht herausgefordert hatten. Aber sie war nur ein kleiner Teil der Armee, die König Karl versammelt hatte. Und sein Reich war nur eines von drei fränkischen Königreichen. Wie Tore glaubte ich nicht, dass wir die Macht der Franken entschieden beschnitten hatten. Ich konnte nicht erkennen, wie dieser Sieg unser eigenes Land grundlegend sicherer gemacht hatte.

Ragnar war sich der Unzufriedenheit in der Armee bewusst. „Auch wenn niemand sonst ihm davon erzählt hat, hat er es von Ivar gehört", sagte mir Torvald. „Sie sind fast handgreiflich geworden. Ivar ist ein Sohn, der nicht zögert, seinen Vater zu kritisieren, und er sagt offen seine Meinung. Für Ivar bemisst sich der Erfolg eines Feldzugs eher im erbeuteten Silber als im vergossenen Blut, und die Beute, die wir bisher bei den Franken an uns gebracht haben, kann die Männer, die wir verloren haben, nicht aufwiegen. Und seiner Meinung nach ist unsere Armee nun zu schwach, um bei diesem Feldzug weitere Erfolge zu erringen."

„Was ist mit Hastein?" fragte ich. „Was hält er von der Schlacht?"

„Bisher behält der Jarl seine Meinung für sich, obwohl er sehr besorgt darüber ist, wie viele Männer aus der Mannschaft der Möwe wir verloren haben", antwortete Torvald. „Darüber hinaus hat auch Stig in diesem Kampf einige Krieger von der Schlange verloren. Wenn man beide Schiffe zusammennimmt, hat Hastein eine Reihe erfahrener Krieger aus seiner Gefolgschaft verloren."

Zumindest waren Svein und die Besatzung des Seewolfs in Sicherheit in Ruda. Möglicherweise konnte Hastein Männer aus der Mannschaft dieses Schiffs abziehen, damit die Möwe auf der langen Heimreise nicht so unterbesetzt war.

„Wäre Hastein das Risiko dieser Schlacht eingegangen, wenn er den Preis gekannt hätte?" fragte Tore. „Ich glaube nicht. Der Jarl ist zu klug dafür. Ich glaube, er wurde von Ragnar in die Irre geführt."

Torvald zuckte mit den Achseln. „Ich weiß nicht, was der Jarl denkt, und du auch nicht, Tore. Aber du solltest Ragnar nicht so ohne weiteres kritisieren. Immerhin hat sein Plan das erreicht, was er vorhatte: Wir haben die fränkische Armee, die uns gegenüberstand, vernichtend geschlagen. In späteren Jahren werden die Menschen sich nur an den Sieg erinnern. Sie werden den Preis vergessen."

„Ich werde es nicht vergessen", sagte Tore. „Ich werde niemals Odd vergessen. Er war mein Kamerad, seit vielen Jahren und auf vielen Reisen. In etlichen

Schlachten kämpften wir Seite an Seite. Ich werde ihn nicht vergessen und ich werde nie glauben, dass dieser Sieg seinen Tod wert war."

Torvald schüttelte den Kopf, während Tore verärgert davonstapfte. „Er sollte seine Zunge hüten", sagte er. „Obwohl viele mit dieser Schlacht unzufrieden sind, ist Ragnar immer noch unser Kriegsherr, und er ist ein mächtiger und gefährlicher Mann." Er sah mich an. „Hastein möchte mit dir sprechen", sagte er. „Du sollst mit mir zu seinem Zelt kommen."

Als wir Hasteins Zelt erreichten, war ich überrascht, dort auch Ivar und Björn vorzufinden. Sie fläzten sich vor dem Zelt auf dem großen Bärenfell, das Hastein für Gäste ausgebreitet hatte. Alle drei tranken Wein. Nach Björns Aussehen zu urteilen, war er schon länger mit dem Weintrinken beschäftigt.

„Ah, der Held der Schlacht", sagte Ivar bei meiner Ankunft spöttisch und erhob seinen Becher.

Ich runzelte die Stirn; ich wusste nicht, was er meinte.

„Ach, wisst Ihr es noch nicht?" sagte er. „Viele reden derzeit von Euch. Es wird gesagt, wenn Ihr nicht gehandelt hättet, wäre Vater in der Schlacht getötet worden, und vielleicht auch Hastein. Ich bin Euch dankbar, dass Ihr Hastein gerettet habt, aber erwartet nicht, dass ich Dankbarkeit wegen Ragnar zeige."

„Halte den Mund, Ivar." Björns Worte waren undeutlich. „Er ist immer noch unser Vater."

Hastein stand auf und gab mir ein Zeichen, ihm in das Zelt zu folgen. Dort füllte er einen Becher mit Wein und reichte ihn mir. „Achtet nicht auf Ivar", sagte er. „Er ist nur wütend. Aber nicht auf Euch." Ich fragte mich, was Ivar so verärgert hatte. Er kam mir nicht wie jemand vor, der allzu viel Wert auf das Leben gewöhnlicher Krieger legte.

„Habt Ihr nicht die Geschichten gehört, die die Männer über Euch erzählen?" fragte Hastein. Ich schüttelte den Kopf. „Ich vermute, dass Ragnar einige davon selbst in die Welt gesetzt hat. Sie sind nicht unverdient. Hättet Ihr die Bogenschützen nicht um Euch gesammelt und dann Ivar das Signal gegeben, hätten wir die Schlacht wohl verloren. Und möglicherweise hätte es keine erfolgreiche Flussüberquerung und damit keine Schlacht gegeben, hättet Ihr die fränkischen Wachen nicht gefunden und getötet."

Vielleicht wäre es besser gewesen, wenn die Flussüberquerung gescheitert wäre. Viele Männer wären heute noch am Leben.

„Warum sagt Ihr, dass Ragnar die Geschichten in Umlauf gebracht hat?" fragte ich.

„Krieger mögen einen Helden", sagte Hastein. „Sie werden durch Erzählungen von mutigen und kühnen Taten inspiriert. In der Armee herrscht jetzt eine gefährliche Stimmung. Ragnar weiß das und will die Männer ablenken. Die Geschichten von Euren Taten sind wohl ein Versuch dazu. Die Götter sind ein anderer."

„Die Götter?"

„Ragnar verbreitet nun, dass dieser Sieg ein Geschenk der Götter an unser Volk war – vor allem von Odin. Er beschreibt die Schlacht als den Sieg unserer Götter über den Weißen Christus. Für die Begräbnisfeier plant er eine große Opfergabe, um den Göttern zu danken. Er rechnet vermutlich damit, dass unsere Männer seine Entscheidung weniger in Frage stellen, wenn sie glauben, der Sieg über die Franken sei ein Geschenk von Göttervater Odin. Es ist schließlich nicht sehr klug, den Göttern undankbar zu sein.

Aber ich habe Euch nicht hierher gerufen, um dieses Thema zu besprechen. Ich überlege mir, Euch zum Anführer meiner Bogenschützen zu machen."

Ich war verblüfft. Ich wusste nicht, was ich sagen sollte. „Aber Tore ..." stammelte ich.

„Tore hat sich während der Schlacht einen gefährlichen Fehler geleistet", antwortete Hastein. „Er vergaß die Aufgabe, die ich ihm anvertraut hatte. Hättet Ihr den Brandpfeil nicht gefunden und abgeschossen, hätte die Schlacht ganz anders ausgehen können."

Die Bogenschützen zu befehligen, die unter einem so großen Anführer kämpften, war eine Ehre, von der ich noch nicht einmal geträumt hatte. Es war ein weiter Weg für einen ehemaligen Sklaven.

„Ihr habt mir noch keine Antwort gegeben", sagte Hastein. „Was wäre Eure Antwort, wenn ich Euch bitten sollte, meine Bogenschützen zu befehligen?"

Ich erkannte, dass Hastein mich noch nicht aufgefordert hatte, Befehlshaber zu werden – er wollte nur wissen, was ich tun würde, wenn er mir die Position anbot. War das eine Art Test? Oder war er selbst noch unentschlossen?

An dem Tag in Ruda, als Tokes Mann Snorre versucht hatte, mir ein Messer in den Leib zu rammen, hatte Tore mir das Leben gerettet. Er war zwar kein Freund, aber er war ein Kamerad. Ich konnte ihm das nicht antun. Außerdem würde es mich meinem Ziel, Haralds Tod zu rächen, nicht näherbringen, wenn ich Hauptmann von Hasteins Bogenschützen würde. Ich musste einem anderen Weg folgen.

„Ich glaube nicht, dass es Tore gegenüber anständig wäre", sagte ich Hastein. Als ich die Worte aussprach, fragte ich mich, ob Tore auch nur einen Gedanken darauf verwenden würde, ob er sich mir gegenüber fair verhielt, falls unsere Positionen vertauscht wären. Das spielte aber keine Rolle. „Tore sah, wie die Franken unseren Schildwall durchbrachen", fuhr ich fort. „Er stürzte sich in den Kampf, um zu versuchen, sie zurückzuschlagen. Und sobald er darin verwickelt war...."

Ich führte meine Gedanken nicht zu Ende. Ich hatte sagen wollen, dass Tore den Brandpfeil eben vergessen hatte, sobald er in den Nahkampf verwickelt war. Aber genau das war ja wohl Hasteins Vorwurf. Und obwohl ich glaubte, dass Tore zumindest zum Teil aus Trauer und Wut über Odds Tod so gehandelt hatte, fürchtete ich, dass das für Hastein keine Entschuldigung war.

„Ich bin geehrt", sagte ich Hastein. „Aber ich glaube, dass ich nicht die Erfahrung habe, andere Krieger zu führen, vor allem solche, die so altgedient sind wie die Besatzung der Möwe. Es gibt noch zu viele Dinge, die ich nicht kenne und noch nicht getan habe. Tore ist besser geeignet als ich, die Bogenschützen zu führen."

Hastein starrte mich stumm an, als wolle er meine Gedanken lesen und herausfinden, was ich wirklich dachte. „Ich bin nicht sicher, ob ich mit Euch einer Meinung bin", sagte er schließlich. „Aber wir werden vorerst alles beim Alten lassen. Sagt niemandem etwas von diesem Gespräch."

Als ich wegging, konnte ich hören, wie Ivar sich wieder bei Hastein und Björn über die Schlacht beklagte.

„Großer Sieg? Hah!" sagte er. „Zehntausend Menschen. Dutzende von Kirchen und Klöstern. Und ohne Mauer, um das alles zu schützen. So eine Stadt einzunehmen, wäre ein großer Sieg gewesen. Das hier war eher ein Desaster."

Am Tag der Bestattungsfeier hing der Himmel voller dunkler Wolken, aus denen es zu regnen drohte. Ragnar zuliebe hoffte ich, dass der Sturm vorbeiziehen würde. Falls der Scheiterhaufen aufgrund von Regen, der vom Himmel fiel, nicht verbrennen sollte, wäre es schwer, unsere Armee davon zu überzeugen, dass die Götter selbst uns den Sieg geschenkt hatten. Denn in diesem Fall würde der Donnergott Thor uns sicherlich nicht daran hindern, unsere Toten zu ehren.

Der Scheiterhaufen war auf der Ebene errichtet worden, weit weg vom Bergrücken und dem Schlachtfeld. Er bestand aus einem langen, etwa einen Mann hohen Gerüst, das aus Schichten von großen, verschränkt gestapelten Stämmen bestand. Das hohle Innere des Scheiterhaufens war mit totem Unterholz und den Zweigen gefüllt, die von den gefällten Bäumen abgeschnitten worden waren. Die oberste Schicht – die Plattform, auf die unsere Toten gebettet waren – bestand aus kleineren Stämmen, die nebeneinander über den

Rahmen gelegt worden waren, um eine ebene Oberfläche herzustellen.

Es war ein sehr langer Scheiterhaufen. Es gab viele Tote zu verbrennen. Einhundert und elf Langschiffe waren von Ruda aufgebrochen, und jede Mannschaft hatte in der Schlacht Krieger verloren.

Wir stellten uns geordnet nach Schiffsbesatzungen um die lange Plattform auf. Ragnar stand oben auf dem Gerüst, damit alle ihn sehen und hören konnten, und ließ uns wissen, wie glücklich wir uns schätzen konnten, Teil eines so glorreichen Sieges zu sein, und dass unsere heldenhaften Toten bereits in Walhalla mit den Göttern feierten.

Ich konnte mich nicht auf Ragnars Worte konzentrieren. Ich schaute immer wieder über meine Schulter auf das, was hinter uns lag. Eine einsame Eiche, riesig und alt, überragte die Ebene unweit des Scheiterhaufens. Dutzende fränkischer Gefangener saßen oder kauerten in einer großen Gruppe auf dem Boden in ihrer Nähe. Sie waren umgeben von bewaffneten Kriegern aus der Besatzung von Ragnars Schiff, dem Raben.

Eichen waren Odin, dem Gott des Krieges und des Todes, heilig. Opfer für den einäugigen Gott wurden oft in Eichen aufgehängt, obwohl ich noch nie etwas anderes gesehen hatte, als dass Tiere so geopfert wurden. Ich erinnerte mich jetzt mit Entsetzen, wie Hastein gesagt hatte, dass Ragnar eine große Opfergabe für die Götter plante, um ihnen für den Sieg zu danken. Ich konnte meine Augen nicht von den fränkischen Gefangenen abwenden, die sich elend in der Nähe der riesigen Eiche zusammendrängten. Ich fragte mich, ob sie wussten, was sie erwartete.

Der Scheiterhaufen wurde angezündet, und die knisternden Flammen begannen, die Leichen unserer Toten zu verzehren. Eine gewaltige Rauchwolke stieg in den Himmel. Was folgte, war eine Szene, die ich am liebsten aus meiner Erinnerung löschen würde.

Jede Schiffsbesatzung wählte aus den verängstigten fränkischen Gefangenen ein Opfer aus – ein Opfer für Odin zu Ehren der in der Schlacht verstorbenen Mitglieder jeder Mannschaft. Einer nach dem anderen wurden die Franken zu dem alten Baum gezwungen und mit Schlingen fixiert, die ihnen Ragnar als Gode der Opferzeremonie um den Hals legte. Dann wurde ein Gefangener nach dem anderen in die Zweige des Baumes gezogen, wo sie verzweifelt die Luft tretend in den Tod tanzten.

Als es an der Zeit war, um das elende Opfer für die Möwe zu hängen, trat Tore eifrig vor und half dabei, das Seil hochzuziehen. Er bat mich, sich ihm anzuschließen, um Odds Andenken zu ehren, aber ich lehnte ab. Ich konnte nicht. Ich hatte Franken in der Schlacht getötet, aber das war etwas anderes. Der Mann, der vor uns stand, weinte und bettelte um sein Leben. Er hätte sich sicher nicht ergeben, wenn er sein Schicksal gekannt hätte. Das hier war nicht ehrenhaft. Es ekelte mich an.

Ich wandte mich ab und ging in Richtung des Flusses. Ich musste fort. Ich konnte die Schreie der verängstigten Franken nicht mehr hören, die verzweifelte Panik in ihren Augen nicht mehr sehen, während sie darauf warten, dass sie an der Reihe waren zu sterben.

Ich stand am Flussufer gegenüber der Insel, die am weitesten stromabwärts lag, und starrte in die Strömung. Wie viele Tage würde es dauern, bis das Wasser, das jetzt an mir vorbeifloss, das Meer erreichte?

Ich war ziellos losgelaufen, nachdem ich die Opfergabe verlassen hatte, in der Hoffnung, dass der Wald meinem unruhigen Herzen etwas Frieden bringen könnte. Er tat es nicht. Ich bemerkte, dass meine Füße mich in ein Gebiet unweit von dem Ort geführt hatten, wo ich den dritten fränkischen Wachposten getötet hatte. Gab es nirgends eine Stelle, wo ich dem Tod entrinnen konnte?

Ich war erschöpft. Müdigkeit umfing meinen Körper und mein Herz. Jede Nacht seit der Schlacht hatte ich unruhig geschlafen, und durch meine Träume geisterten die spukhaften Gesichter von Männern, die ich getötet hatte. Einige der Gesichter erkannte ich nicht einmal. Aber alle sprachen zu mir in seltsamen, flüsternden Stimmen: „Du hast mich umgebracht."

Letzte Nacht war der Traum anders gewesen. Letzte Nacht war eine Frau erschienen. Sie war sehr, sehr alt. Sie hatte tiefe Falten im Gesicht und ihre Wangen waren eingefallen. Ihr Haar, das lang und ungebunden über ihre Schultern und ihren Rücken floss, war weiß wie Schnee. Doch trotz ihres Alters stand sie aufrecht und stolz, und ihre Züge hatten eine eigentümliche, fast leuchtende Schönheit.

Eine kleine geschwärzte Eisenschere, wie meine Mutter sie früher besaß, hing von einer Schlaufe an ihrem Gürtel. Die alte Frau nahm sie ab und reichte sie mir auf ihrer Handfläche, damit ich sie ansehen konnte.

„Du hast sie nicht getötet", sagte sie. „Ich habe die Fäden ihres Lebens abgeschnitten. Du warst nur ein Instrument." Aber die Gesichter ignorierten sie und flüsterten weiter: „Du hast mich umgebracht, du hast mich umgebracht."

Das Geräusch von Schritten, die sich näherten, riss mich aus meinen Gedanken. Ich trat hinter einen Baum und hoffte, unsichtbar zu bleiben. Ich hatte keine Lust auf Gesellschaft.

Eine Stimme rief: „Halfdan, bist du hier?" Es war Einar. Ich kam wieder hinter dem Baum hervor und zeigte mich.

„Nach der Opferzeremonie habe ich nach dir gesucht", sagte er, als er auf mich zukam. „Torvald sagte, dass du in diese Richtung gegangen bist." Er musterte einen Moment lang mein Gesicht. „Du scheinst bekümmert zu sein."

„Träumst du manchmal von den Männern, die du getötet hast?" fragte ich ihn. „Besuchen sie dich, während du schläfst?"

Er schüttelte den Kopf. „Ich habe nicht sehr viele Männer getötet. Und diejenigen, die von meiner Hand gestorben sind, verdienten den Tod. Es beunruhigt mich nicht, dass sie nicht mehr am Leben sind."

Ich fragte mich, weshalb er glaubte, dass die Wachtposten, die wir getötet hatten, den Tod verdient hatten. Sie hatten nur ihre Pflicht getan und versucht, ihre eigenen Kameraden und ihr Volk zu schützen. Und was war mit den fränkischen Kriegern, die heute erhängt worden waren? Sie hatten ihre Waffen niedergelegt und sich ergeben. Sie glaubten, dass wir ihr Leben verschonen würden, wenn sie es taten. Warum hatten sie es verdient, zu sterben?

„Ich weiß nicht, was ich hier tue", sagte ich Einar. „Ich habe geschworen, den Tod meines Bruders zu rächen. Warum bin ich hier und töte Männer, deren Namen ich nicht kenne, deren Gesichter mir nicht vertraut sind und die nichts mit dem Mord an Harald zu tun hatten? Ich liebte Harald, aber wie kann irgendein Tod – auch seiner – das ganze Blut wert sein, das ich vergossen habe?"

Einar starrte mich lange schweigend an und schaute in meine Augen, als versuche er, die Gedanken dahinter zu lesen. „Du hast dich sehr verändert, seit wir uns kennengelernt haben", sagte er schließlich.

Hatte ich das? Schon damals hatte er mich einen rücksichtslosen Mörder genannt. Irgendwie hatte er wohl schon bei unserem ersten Treffen in mein Herz geblickt und gesehen, was aus mir werden würde.

„Keiner von uns kann sein eigenes Schicksal wählen", fuhr er fort. „Wir sind nur Menschen. Nur selten können wir erahnen, welche Rolle unser Leben im großen Muster der Nornen spielt. Wir können nur den gewundenen Weg unseres Lebens mit so viel Mut und Ehre gehen, wie wir aufbringen können.

Du versuchst, nicht nur einen Tod zu rächen. Mit Harald starben auch andere. Mein eigener Verwandter, Ulf, kämpfte und starb neben ihm. Du hast geschworen, den Tod aller Unschuldigen zu rächen, auch der Frauen und Kinder, denen Toke eidbrüchigerweise freies Geleit versprochen hatte. Du hast dich verpflichtet, die Schandtaten von einem zu rächen, der keine Ehre besitzt. Du hast versprochen, die Welt von diesem Nithing zu befreien – diesem Wesen, das weder Mensch noch Tier ist. Das ist nicht wenig."

Ich schüttelte den Kopf. „Wie rechtfertigt dieser Schwur alles, was ich getan habe? Einen Steinwurf entfernt von hier in dem Dickicht dort drüben habe ich einen Mann getötet, mit dem ich keinen Streit hatte. Wie soll sein Tod der Erfüllung meines Eids dienen?"

„Du bist nur ein Mensch, Halfdan", antwortete Einar. „Wieso erwartest du, dass du das Wesen und die Pläne der Nornen verstehen kannst? Alles hat seinen Grund. Obwohl du in diesem Moment das Gefühl hast, dass dein Weg weit von deinem Ziel abgewichen ist, musst du Vertrauen in dein Schicksal haben. Deine Zeit hier im Frankenland und alles, was du hier getan hast – auch das Töten der drei Franken hier im Wald – sind Schritte, die dich auf deinem Weg zur Rache weiterbringen."

Das Festessen für die Toten wurde nach Einbruch der Dunkelheit mitten auf der Insel in der Seine veranstaltet, auf der wir unser Lager aufgeschlagen hatten. Ich war froh, als es dunkel war und wir die große Eiche auf der Ebene nicht mehr sehen konnten. Bis sie von der Nacht versteckt wurden, konnten wir immer noch die Leichen sehen, die von den Ästen hingen und im Wind schwangen – ein grauenvoller Anblick.

Ein Lagerfeuer war auf dem niedrigen Hügel, der den höchsten Punkt der Insel bildete, entfacht worden, und um das Feuer herum waren für die Anführer einige Tische in verschiedenen Formen und Größen aufgebaut worden, damit sie dort essen konnten. Vermutlich stammten die Tische, Bänke und Stühle aus dem nahe gelegenen fränkischen Dorf, da dessen Bewohner geflohen waren, als die Niederlage ihrer Armee feststand. Der Rest unserer Truppe saß am Fuße des Hügels um kleinere Lagerfeuer auf dem Boden, gruppiert nach Schiffsbesatzungen.

Die Mannschaft der Möwe hatte sich sitzend und liegend um zwei Kochfeuer gesammelt, die wir errichtet hatten. Wir hatten in der Schlacht zahlreiche fränkische Pferde erbeutet, und einige davon waren früher am Tag für frisches Fleisch für das Fest geschlachtet worden. Auch Fässer mit sehr gutem, geplünderten fränkischen Bier aus einem Kloster unterhalb von Ruda wurden allen Mannschaften zur Verfügung gestellt.

„Ragnar hat für die Fässer bezahlt", sagte mir Torvald und klopfte dankbar auf das Fass neben unserem Feuer. „Er hat sie alle den Kriegern abgekauft, die das Kloster, in dem das Bier gebraut wurde, eingenommen hatten. Er hat das Festbier für die ganze Armee gestiftet." Ich fragte mich, ob Ragnar der Meinung war, dass er das Wohlwollen der Armee so leicht zurückgewinnen konnte.

Ich hatte mich sattgegessen und genug getrunken, dass meine Gedanken nicht mehr beherrscht waren von den Bildern der Männer, die in der Luft strampelten und zuckten, während sie stranguliert wurden. Ich war aber immer noch nicht in Feierlaune.

An dem Lagerfeuer vor dem Tisch des oberen Anführers stand Ragnar jetzt auf und richtete das Wort an die Armee. Als er wieder davon sprach, welch große

Gunst die Götter uns erwiesen hatten, hörte ich nicht mehr zu.

Auf einmal merkte ich, dass Ragnar meinen Namen rief. „Halfdan! Wo seid Ihr? Steht auf und kommt nach vorne."

Ich war überrascht und bewegte mich nicht. Vielleicht forderte er einen anderen Halfdan auf, zu ihm zu kommen.

Torvald – mittlerweile weitgehend betrunken – nahm einen Stock und warf ihn nach mir. „Steh auf", sagte er grinsend. „Na los, geh. Oder bist du zu betrunken, um aufzustehen?"

Langsam stand ich auf. Als er mich sah, rief Ragnar: „Kommt nach vorn. Steht hier neben mir, vor der Armee."

Als ich den Hügel erklommen und meinen Platz neben ihm eingenommen hatte, legte Ragnar mir eine Hand auf die Schulter, als wären wir Kameraden. Dann setzte er mit lauter Stimme die Ausführungen fort, die er offensichtlich bereits begonnen hatte.

„Viele von Euch haben vielleicht nicht erkannt, wie gefährlich unsere Lage in der Mitte des Schildwalls war. Dreimal griffen uns dort die starken Bretonen an, und so viele unserer Krieger fielen unter ihren Speeren, dass unsere Linie wankte. Bei ihrem letzten Angriff warfen die Franken ihre gesamte Reserve gegen unsere Mitte und versuchten, unsere Standarte einzunehmen und mich und Jarl Hastein zu töten. Die Anführer der fränkischen Armee wussten, dass nur wenige Armeen weiterkämpfen, wenn ihre Führer getötet wurden.

Eine Zeitlang waren die Franken in der Mitte

dem Sieg so nah wie wir. Die fränkische Kavallerie hatte mehr als eine Bresche in unseren Schildwall geschlagen. Viele tapfere Krieger, Helden, die unsere Kameraden waren, wurden bei dem Versuch getötet, unsere Linie zu halten. Aber so erbittert wir auch kämpften und obwohl viele Franken fielen, drängten doch immer mehr Feinde in die Nähe unserer Standarten vor.

Torgeir, mein Bannerträger, fiel mit einem fränkischen Speer durch das Herz. Ich selbst wurde bei der Attacke eines mächtigen fränkischen Kriegers zu Boden geworfen. Er versuchte, mich unter den Hufen seines Kriegspferdes zu zertrampeln, während er mit seinem Schwert auf meine Standarte hieb bei dem Versuch, das Banner des Raben zu stürzen."

Ragnar hielt einen Augenblick inne und stand still, während er auf die Gesichter herabblickte, die ihm gebannt zuschauten. Ich musste zugeben, dass er ein beschlagener Erzähler war.

„Es gibt eine Vorhersage über mich von einer Hexe", fuhr er in einer so ruhigen Stimme fort, dass die Männer in den hinteren Reihen sich nach vorn lehnten und sich anstrengen mussten, um ihn hören zu können. „Sie besagt, dass ich nicht sterben werde, ehe der Rabe fällt. Ich habe einen Raben, den ich aufgezogen habe, seit er ein Küken war. Er hat mit mir das Haus geteilt und hat mich seit vielen Jahren auf meinen Reisen begleitet. Ich hatte immer geglaubt, dass die Hexe von diesem Vogel gesprochen hatte. Aber als ich sah, wie die lange Klinge des fränkischen Kriegers auf die Standarte des Raben einschlug, hallten ihre Worte in meinem Kopf und ich spürte, wie die Scheren der Nornen die Fäden meines

Lebens berührten. Ich konnte die nahenden Hufschläge der Walküren hören."

Ragnar drehte sich um, nahm etwas von dem Tisch, an dem er gesessen hatte, und hielt es über seinen Kopf, damit es alle sehen konnten. Es war ein Pfeil – einer meiner Pfeile. Ich erkannte ihn an der Farbe und dem Muster des Fadens, mit dem die Befiederung am Schaft befestigt war.

„Ohne diesen dünnen Schaft", erklärte er seinen Zuhörern, „wäre Euer Kriegskönig wohl am heutigen Tag mit unseren anderen Toten auf dem Scheiterhaufen verbrannt worden. Dieser hart und präzise geschossene Pfeil fällte den Franken, der mich zu töten und die Rabenstandarte zu Fall zu bringen suchte. Und derselbe starke Bogen schoss den brennenden Pfeil hoch über das Schlachtfeld, um dem mächtigen Ivar zu signalisieren, dass die Zeit gekommen war, mit seinen unerschrockenen Kriegern über die fränkische Nachhut herzufallen und ihre Armee an unserem Schildwall zu zermalmen.

Halfdan", rief er und wandte sich mir zu. „Das ist Euer Pfeil, nicht wahr?"

„Ja", erwiderte ich.

„Halfdan Starkbogen, nehmt Euren Pfeil zurück, denn wir haben noch Feinde, gegen die wir kämpfen müssen. Nehmt auch dieses Zeichen meiner Dankbarkeit und der Ehre, die Euch gebührt."

Ragnar streifte einen Armring von seinem Oberarm ab. Er bestand aus drei dicken Drähten aus Gold, die wie ein Seil verdrillt waren, und war an beiden Enden mit aufwendig gestalteten goldenen Drachenköpfen verschlossen. Er war viel wertvoller als alle Gegenstände, die ich je gesehen, geschweige denn besessen hatte.

Ragnar schob den Armring auf den Pfeil und reichte mir beide. Als ich sie von ihm entgegennahm und den Armring um meinen eigenen Arm legte, rief er: „Hoch lebe Starkbogen!"

Überall auf dem Hügel skandierten die Krieger der dänischen Armee ihre Zustimmung. „Starkbogen! Starkbogen!"

Während die Armee um uns herum begeistert jubelte, sprach Ragnar mit leiser Stimme zu mir. Ausnahmsweise waren seine Augen weder kalt noch wütend, als sie auf mir ruhten, aber sie hielten auch keine Wärme.

„Ich stehe in Eurer Schuld, junger Halfdan", sagte er. „In vielerlei Hinsicht, mehr als Ihr vielleicht wissen könnt. Das ist nicht wenig. Eines Tages werdet Ihr meine Dankbarkeit womöglich noch wertvoller finden als diesen Armring."

Ich fühlte mich benommen. Mir kamen Hasteins Worte wieder in den Sinn: Ragnar brauchte etwas, um die Armee von ihrem Zorn abzulenken. Mir war klar, dass diese Ehrung sowohl ihm als auch mir nutzte. Dennoch stand fest, dass ich von unserem Kriegskönig vor der ganzen Armee geehrt worden war.

Ragnar setzte seine Geschichte von der Schlacht fort. Hinter mir hörte ich eine Stimme, die meinen Namen rief. Es war Hastein, der mit Ivar und Björn am Tisch der höchsten Anführer saß. Er hielt ein kunstvoll bearbeitetes Trinkhorn, das mit Silber an der Spitze und um die Öffnung verziert war. „Kommt her!" sagte er.

„Ich will, dass die Armee sieht, wie Ihr heute Abend zu meiner Rechten sitzt."

Hastein machte Platz für mich neben ihm auf der Bank. Als ich mich setzte, hielt er das Horn hoch, damit Cullain, der hinter ihm stand, es mit Bier aus dem Fass am Ende des Tisches füllen konnte.

„Auf ein Leben voller Ehre und Ruhm! Ihr habt heute einen guten Anfang gemacht", sagte Hastein. „Ihr habt von einem großen Kriegsherrn einen Namen verliehen bekommen." Er trank einen langen Zug aus dem Horn und reichte es mir.

„Ehre und Ruhm", wiederholte ich und trank aus dem Horn. Ich reichte es Hastein zurück, aber er schüttelte den Kopf.

„Dieses Horn gebührt einem Helden", sagte mir Hastein. „Es gehört Euch – ein Geschenk von mir."

Ivar erhob seinen eigenen Becher. „Hoch lebe der Held", sagte er mit einem verächtlichen Lächeln und einem etwas glasigen Ausdruck in den Augen, bevor er trank.

Hastein fuhr fort. „Es war ein glücklicher Tag für mich, als die Nornen die Fäden unserer Leben überkreuzten. Mir ist durchaus bewusst, dass Ragnar nicht der einzige ist, dessen Leben Ihr wahrscheinlich gerettet habt. Auch ich stehe in Eurer Schuld."

„Auf die vielen Menschen, die in Eurer Schuld stehen", sagte Ivar undeutlich. Er trank erneut.

Björn, der bisher still gewesen war, sah Ivar angewidert an. „Musst du dich über alle und alles lustig machen, Bruder?" sagte er. „Es ist nicht Halfdans Schuld, dass unsere Armee nicht mehr stark genug ist, um Paris anzugreifen."

„Ach ja", sagte Ivar. „Das ist wirklich schade, das eigentlich Bedauerliche an dem Geschehenen. Paris einzunehmen wäre ein großer Sieg, wie ich ihn mir vorgestellt hätte."

Ivars Worte erinnerten mich an das, was Einar mir am Nachmittag gesagt hatte: „Alles hat seinen Grund." Dann erinnerte ich mich auch an das letzte Gespräch, das ich mit Genevieve hatte.

„Vielleicht gibt es noch eine Möglichkeit", sagte ich ihm.

10

Paris

In der Nähe schrie eine Eule, und ihr Ruf wurde von einer anderen in der Ferne beantwortet. Ansonsten waren die Wälder still, bis auf das gedämpfte Geräusch von Hufen auf dem dicken Untergrund aus gefallenen Blättern, die den Waldboden bedeckten, und dem Keuchen der Pferde, die die ganze Nacht hart geritten wurden.

Es waren fünfhundert von uns, und wir ritten fränkische Pferde, die wir in der Schlacht erbeutet hatten. Eine weitere Hundertschaft unserer Krieger, angeführt von Ragnar selbst, ritt auf dem fernen Ufer des Flusses über Land. Wir waren die ganze Nacht so schnell nach Osten geritten, wie die Pferde laufen konnten. Es war wichtig, dass wir vor dem Morgengrauen Paris erreichten.

Drei Tage lang hatten wir Pferde über die Seine zum Südufer des Flusses übergesetzt. Fränkische Kundschafter hatten uns anfangs aus sicherer Entfernung beobachtet – seit der Schlacht und der Opfergabe der Gefangenen hatten sie sich nicht getraut, näher zu kommen. Aber im Laufe des Nachmittags des ersten Tages hatten Ragnar und Hastein große Gruppen berittener Krieger losgeschickt, um die Kundschafter zu vertreiben und eine Absperrung aus Wachen zu Pferde aufgestellt. Danach hatten wir den Transport unbeobachtet von Spähern abgeschlossen und unsere Armee ungestört für den Angriff stromaufwärts bereitgemacht.

Schiffe mit dem Rest unserer Armee sollten so schnell wie möglich folgen. Ragnar hatte Björn mit dem Befehl über die Flotte betraut, und Björn wusste, welch entscheidende Rolle seine Geschwindigkeit spielte. Aber alle Schiffe waren durch die Verluste in der Schlacht und durch die große Anzahl von Kriegern, die zu diesem Überlandangriff abkommandiert waren, unterbesetzt. Es würde mindestens einen Tag nach unserem ersten Angriff dauern, bis die Flotte uns in Paris unterstützen konnte. Daher kam es auf uns an – unsere kleine Truppe aus Reitern musste die Stadt einnehmen und halten. Wenn unser Plan fehlschlug – wenn wir das Überraschungsmoment verloren oder wenn unser Angriff von den Verteidigern von Paris abgewehrt wurde – befänden wir uns tief im Feindesland und wären hoffnungslos unterlegen.

Ich ritt neben Hastein und Ivar an der Spitze der Kolonne. Hastein und die fünfzig Krieger, die er während des Angriffs führen sollte, hatten sich mit fränkischen Rüstungen und Schilden verkleidet, die wir den in der Schlacht getöteten Franken abgenommen hatten. Da ich meine Rüstung schon zuvor von einem Franken erbeutet hatte, den ich getötet hatte, passte ich optisch bereits zu der Rolle, die ich spielen sollte.

Hastein hoffte, dass wir schon in die Stadt eingedrungen sein würden, bevor ihre Bürger erkannten, dass ein Angriff stattfand. Alle, die unter Hastein kämpften, hatten Streifen aus rotem Tuch um ihre Schwertarme gebunden, damit wir unsere Kameraden während des Angriffs erkennen konnten und sie nicht mit Franken verwechselten. Ivar und der Rest unserer Krieger waren nicht verkleidet – sie würden ihren eigenen Angriff erst beginnen, nachdem Hastein in Position war.

Ich fragte mich, ob Genevieve bei unserem Angriff in der Kirche sein würde, von der sie mir erzählt hatte. Es schien mir wahrscheinlich. Sie hatte gesagt, dass die Kirche in der Abtei lag, wo sie und die anderen Nonnen lebten. Wenn sie Dienerinnen ihres Gottes waren, würden sie sicherlich während des Gottesdienstes am Festtag in seinem Tempel sein.

Sie hatte das Fest Ostern genannt. Es war der Tag, an dem die Christen die Auferstehung ihres Gottes, des Weißen Christus, feierten. Glücklicherweise hatte Ragnar nicht alle fränkischen Gefangenen geopfert, die wir in der Schlacht gemacht hatten. Als ich sie befragt hatte, hatten sie uns erzählt, an welchem Tag das Osterfest stattfand.

Die Nacht war noch schwarz, obwohl die Morgendämmerung bald anbrechen würde, als wir südlich an einer weiteren, langen Schleife des Flusses vorbeikamen. Wir waren in der Nacht an einigen solcher Windungen vorbeigeritten, und bei jedem Anblick dieses Flussverlaufs wuchs meine Beunruhigung. Jede Serpentine bedeutete eine längere Fahrdauer für unsere Schiffe, bis sie uns erreichten. Je mehr wir uns Paris näherten, umso mehr befürchtete ich, dass der Plan zu riskant war. Wenn er scheiterte, würde man wahrschein-lich mir die Schuld geben. Ich wünschte mir, ich hätte Ivar und Hastein nicht davon berichtet, was Genevieve mir von dem Osterfest erzählt hatte.

Kurz vor einer weiteren Biegung des Flusses, die

ihn in scharf nördlicher Richtung von uns wegführte, stießen wir auf eine Straße nach Osten, der wir folgten. Bald darauf hörte der Wald auf. Vor uns lag ein breiter Gürtel aus Feldern und Weiden und dahinter erhob sich ein großer Hügel. Selbst im schwachen Licht der Sterne und des Monds waren die eckigen Umrisse von Gebäuden erkennbar, die sich entlang der Hänge des Hügels bis zum Gipfel erstreckten.

Hastein hielt seine Hand hoch und unsere Kolonne hielt an. „Der Morgen wird bald dämmern", sagte er zu Ivar und mir. „Wir müssen unsere Männer und Pferde weiter hinten im Wald verbergen. Halfdan, Ihr wisst, was zu tun ist."

Ja, ich wusste es, aber es gefiel mir gar nicht. Ich musste allein in die fränkische Stadt reiten und auskundschaften, welche Orte geeignete Ziele für unseren Angriff waren. Ein einsamer Reiter, der wie ein fränkischer Krieger gekleidet war und die fränkische Zunge sprach, würde kein Aufsehen erregen. Zumindest glaubte Hastein das. Aber wenn er falsch lag?

Als ich mich näherte, konnte ich sehen, dass sich der Fluss in einer großen Schleife um den Fuß des Hügels und die darauf gebaute Stadt wand. In der Mitte des Flusses gegenüber dem Hügel lag eine große Insel, die durch eine Brücke mit dem Ufer verbunden war. Es war die Festung, die Genevieve beschrieben hatte. Eine Steinmauer umgab die Insel. Dahinter waren die Dächer von mehreren hohen Gebäuden innerhalb der Mauer zu sehen.

Nicht weit stromabwärts von der Insel auf flachem, offenem Gelände in der Nähe des Flusses stand ein großes Gebäude, das vermutlich ein christlicher Tempel war. Es überragte mehrere kleinere Gebäude, Obstgärten und bebaute Felder, die von niedrigen Steinmauern umschlossen waren. Womöglich war die Anlage ein Kloster. Obwohl ich nie zuvor ein Kloster aus der Nähe gesehen hatte, hatte Torvald auf der Reise nach Ruda die Anlagen beschrieben und sie mir am Seine-Ufer gezeigt. Wegen ihres Reichtums und ihrer fehlenden Verteidigung waren sie sein Lieblingsziel, wenn er auf Beutezug war. Ich erinnerte mich, dass Genevieve mehrere Klöster in Paris erwähnt hatte. Dieses hier sah wie ein großes aus. Ivar würde sich freuen.

Aus Genevieves Beschreibung wusste ich, dass die Stadt nicht von Mauern umgeben war. Ich hatte dennoch erwartet, dass an den Straßen, die in die Stadt führten, zumindest Wachen postiert sein würden. Ich hatte mir den Kopf darüber zerbrochen, was ich sagen würde, wenn sie mich anhielten. Wie würde ich mich an ihnen vorbeilügen? Was würden sie von dem ungewohnten Akzent halten, mit dem ich sprach?

Aber es gab keine Wachen. Wie konnten diese Franken nur so nachlässig sein? Glaubten sie, dass sie vor Angriffen geschützt waren, weil das riesige Lager ihrer Hauptarmee kaum mehr als einen Tagesritt westlich lag? Erwarteten sie, dass ihre Armee die Stadt vor uns erreichen würde, wenn unsere Schiffe den Fluss hinaufrudern sollten? Oder vertraute das Volk von Paris darauf, dass die Heilige Genevieve und ihr Gott sie verteidigen würden, wie schon vor Jahrhunderten, als die Hunnen sie bedrohten?

Die Straße stieg nun an. Als ich die Außenbezirke

der Stadt erreichte, war ich überrascht, dass viele der Gebäude, an denen ich vorbeiritt, offensichtlich leer standen und heruntergekommen wirkten. Andere waren jedoch eindeutig bewohnt.

Aber sogar die baufälligen Gebäude waren imposant. Paris hatte überhaupt keine Ähnlichkeit mit Haithabu. Abgesehen davon, dass es viel größer war, waren die meisten Häuser und Bauwerke hier nicht aus Holz oder Flechtwerk und Lehmbewurf mit Dächern aus Stroh. Es war eine Stadt aus Stein – selbst die Straßen waren gepflastert.

Vor einer Tür, die zum Hof eines großen Hauses führte, fing ein angeketteter Hund an, zu bellen und zu knurren, als ich mich näherte. Bei dem Lärm zuckten die Ohren meines Pferdes nervös. Mein erster Impuls war, das Tier mit einem Pfeil zum Schweigen zu bringen, denn der Krach würde sicherlich alle Bewohner in den umliegenden Gebäuden wecken. Aber ich zwang mich dazu, den wütenden Jagdhund, sein bedrohliches Gebell und seine Versuche, mich anzuspringen, die von der Kette zurückgerissen wurden, zu ignorieren. Äußerlich unberührt ritt ich weiter. Irgendwo knarrte eine Tür, und ich spürte, wie Augen mir folgten. Dann wurde die Tür mit einem Fluch zugeschlagen. Ob der Fluch mir oder dem Hund galt, konnte ich nicht sagen.

Innerhalb der Stadt schienen die meisten Straßen einem quadratischen Bebauungsschema zu folgen. Ich befand mich auf einer Straße, die eine Ausnahme bildete. Sie lief schräg auf den Hügel zu, endete aber kurz innerhalb der Grenzen der Stadt an einer Kreuzung mit einer breiten, geraden Durchgangsstraße, die steil eine

Seite des Hügels hinauf verlief. Ich ritt diese Straße entlang, und die klappernden Hufe meines Pferdes auf dem Steinpflaster hallten laut in den menschenleeren Gassen.

Als ich mich der Kuppe des Hügels näherte, führte mein Weg auf ein riesiges Gebäude zu, das größer war als alles, was ich je gesehen hatte. Es ließ sogar den Palast des Grafen in Ruda klein erscheinen. Zuerst hoffte ich, es könnte die Kirche von St. Genevieve sein – das Gebäude, das ich suchte. Aber als ich näher kam, konnte ich sehen, dass ein Großteil der oberen Etagen nur noch aus Trümmern bestand. Auf der Ebene der Straße sah ich eine Reihe kleiner Stände, die in die Außenwand eingelassen waren, und die mit Holzbänken oder Tischen zum Feilbieten von Waren ausgestattet waren. Ich vermutete, dass dies der Marktplatz der Stadt war. Wie hatte er wohl zu Zeiten seiner größten Pracht ausgesehen, als noch die Römer in diesem Land an der Macht waren? Welche Arten von Waren wurden damals verkauft? Mich verwunderte abermals, wie ein so großes Volk mit einem solch gewaltigen Reich fallen konnte.

An beiden Enden des riesigen Marktplatzes liefen breite, gerade Straßen parallel zueinander den Hügel hinunter hinab zum Fluss. Als ich die zweite von ihnen überquerte, sah ich, dass sie direkt zur Brücke und zur Inselfestung führte.

In der Zeit, die ich gebraucht hatte, um die Stadt zu erreichen und den Hügel hinauf in ihr Zentrum zu reiten, war die Dunkelheit der Nacht gewichen und in graue Morgendämmerung übergegangen. Irgendwo in der Nähe läutete eine einzige Glocke und hallte von den

Steinmauern, wohl als in Signal des herannahenden Tages. Hähne krähten, als ob sie antworten würden. Langsam erwachte die Stadt. Ich befürchtete, dass mir die Zeit knapp werden würde. Ich wusste nicht, wann die Franken die Kirche von St. Genevieve besuchen würden, um ihre Gebete zum Osterfest zu sprechen.

Unter den vielen Gebäuden oben auf dem Hügel erkannte ich vier Tempel der Christen, und an den Hängen gab es einige weitere. Mir kam der Eifer der Franken, so viele Tempel zu bauen, etwas übertrieben vor, besonders wenn man bedachte, dass sie nur einen einzigen Gott verehrten. Es wäre wohl klüger gewesen, ihren Reichtum, ihre Arbeit und ihre Steine für eine Mauer zu verwenden, um ihre Stadt zu verteidigen, denn ihr Gott würde sie heute nicht beschützen.

Glücklicherweise war nur einer der Tempel, die ich gesehen hatte, mit einer klosterähnlichen Anlage verbunden. Ich war sicher, dass dies die Kirche und die Abtei von St. Genevieve sein musste. Vielleicht schlief Genevieve in einem der Gebäude, die vor mir lagen. Nachdem ihr Vater sie freigekauft hatte, war ich mir sicher gewesen, dass ich sie nie wiedersehen würde. Ich hatte mich gezwungen, sie aus meinem Kopf zu verbannen. Hatten die Nornen sich jetzt entschieden, die Fäden unserer Leben wieder zusammenzuweben?

„Es gibt eine Straße, die von Süden her in die Stadt führt", berichtete ich Hastein und Ivar, nachdem ich zu dem Versteck zurückgekehrt war, in dem sie mit ihren Männern warteten. „Es wird uns nicht viel Zeit kosten, sie von hier aus über Land zu erreichen. Es ist die gleiche Straße, auf der ich die Stadt verlassen habe."

„Warum sollen wir den Umweg nach Süden machen?" fragte Ivar. „Können wir nicht direkt von hier aus in die Stadt reiten?"

„Wenn wir aus dem Wald kommen, ist zwischen uns und der Stadt nur noch flaches, offenes Gelände", erklärte ich. „Da es jetzt Tag ist, können die Bewohner von Paris uns schon von Weitem sehen, lange bevor wir die Stadt erreichen. Damit würden wir das Überraschungsmoment viel früher aufgeben. Aber in Richtung Süden steigt das Gelände an. Wenn wir aus dieser Richtung kommen, haben wir die Deckung bewaldeter Hügel. Außerdem befindet sich neben der südlichen Straße eine große Grabstätte nahe bei der Stadt. Es ist ein sehr seltsamer Ort und sieht sehr alt aus. Die Franken – oder vielleicht waren es die Römer – haben dort für ihre Toten Häuser aus Stein gebaut und viele steinerne Denkmäler errichtet, die sie ehren. Es gibt sehr viele Häuser der Toten, und sie sind groß genug, um Euch und allen Euren Männern ein Versteck direkt am Rande der Stadt zu bieten, bis die Zeit zum Angriff gekommen ist."

„Und der Rest von uns?" fragte Hastein.

„Ich habe den Tempel gefunden, den Genevieve mir beschrieben hat", sagte ich ihm. „Er liegt in der Mitte der Stadt, auf dem Hügel, wie sie sagte. Wenn wir die Stadt erreicht haben, müssen diejenigen von uns, die als Franken verkleidet sind, unseren Weg in die Stadt möglichst bis zum Tempel fortsetzen. Sobald die Franken merken, dass sie angegriffen werden, werden die Menschen in der Kirche wohl versuchen, zur Insel und in die Sicherheit der Festung zu gelangen. Wir müssen nah genug sein, um sie daran zu hindern."

„Wie werden meine Männer und ich wissen, was der richtige Weg ist?" fragte Ivar.

„Die Straße aus dem Süden, auf der Ihr Euch befindet und die durch die Grabstätte geht, führt direkt durch die Stadt, über die Kuppe des Hügels und hinunter zum Fluss. Es ist die gleiche Straße, die zur Brücke auf die Insel und zu der Festung darauf führt."

Gerade als wir die Grabstätte südlich der Stadt erreichten, fingen zahlreiche Glocken zu läuten an. Ich fürchtete, dass man uns entdeckt hatte und dass unser Plan zum Scheitern verurteilt war.

„Haben sie uns gesehen?" rief ich. „Schlagen sie Alarm?"

Hastein schüttelte den Kopf. „Nein, ich glaube nicht. So etwas habe ich schon einmal gehört. Viele der Tempel der Christen haben Glocken. Obwohl sie manchmal ihre Glocken nutzen, um Alarm zu geben, glaube ich, dass sie jetzt läuten, um das Volk von Paris zum Gottesdienst zu rufen. Ich glaube, wir sind gerade rechtzeitig gekommen."

Die Vorderseite der Kirche von St. Genevieve überblickte einen breiten, offenen Hof, der mit quadratischen Blöcken aus blassem Stein gepflastert war. Durch eine Seitenstraße näherten Hastein und ich uns vorsichtig zu Fuß und spähten um eine Ecke in den Hof. Der Rest von Hasteins Männern – fünfzig Krieger, die als Franken verkleidet waren – wartete zu Pferde außer

Sichtweite hinter einer Biegung der Straße.

Während wir aus sicherer Entfernung beobachteten, begannen die Glocken erneut, zu läuten. Hastein hatte recht gehabt. In diesem Stadtteil kam das Geläut von einem viereckigen, steinernen Turm, der zur Kirche vor uns gehörte. Andere Glocken von anderen Tempeln in der Stadt stimmten mit ein und füllten die Luft mit einem ohrenbetäubenden Lärm. Ich würde nicht gerne in dieser Stadt leben. Ich konnte nicht verstehen, wie die hier lebenden Franken das Getöse aushalten konnten.

Der Platz vor uns war voll mit Menschen, die zu den offenen Türen der Kirche eilten, um dem zweiten Läuten der Glocken des Tempels Folge zu leisten, das sie zum Gottesdienst rief. Die meisten waren zu Fuß, aber eine große berittene Gruppe war offensichtlich wenige Augenblicke zuvor angekommen. Sie stiegen jetzt in der Nähe der steinernen Stufen an der Vorderseite des Gebäudes vom Pferd.

„Schaut", sagte Hastein. „Der Mann dort mit dem Arm in der Schlinge, der der Frau im roten Gewand hilft, von ihrem Pferd abzusteigen. Seht Ihr ihn?"

Ich nickte. Ich hatte ihn gesehen und erkannt. „Es ist Graf Robert", sagte ich. Ich fragte mich, ob sein Arm in der Schlacht verletzt worden war – und ob die Frau an seiner Seite die Mutter von Genevieve war.

„Der Graf trägt keine Rüstung", sagte Hastein. „Das machen nur wenige der Männer hier. Sie sind für einen Festtag gekleidet. Das wird unsere Arbeit erleichtern."

Einige der Männer trugen Schwerter, einschließlich des Grafen. Aber wie Hastein bemerkt hatte, waren die meisten nicht für einen Kampf gerüstet. Nur eine kleine Garde von fünf Kriegern trug Rüstung und Schild.

Der Graf und seine Begleiter warteten, bis alle anderen Menschen auf dem Platz in der Kirche verschwunden waren. Drei christliche Priester in reich verzierten Roben standen vor den offenen Toren der Kirche und begrüßten alle, die hereinkamen. Der am üppigsten gekleidete der drei Priester trug einen sehr großen und unpraktisch aussehenden Hut und hielt einen Stab mit einer aufwändigen, geschwungenen Spitze, die in der Morgensonne leuchtete, als wäre sie aus Gold.

„Das ist ein Bischof", flüsterte Hastein mir zu. „Ein hoher Priester des Weißen Christus. Es muss der Bischof von Paris sein. Die Gefangenen, die wir hier nehmen werden, sind in der Tat eine reiche Beute."

Als die Glocken endlich aufhörten zu läuten, stiegen der Graf und seine Begleiter die Stufen zur Kirche hinauf. Die fünf Krieger, die Rüstung trugen, blieben bei den Pferden. Graf Robert und der Bischof verbeugten sich steif. Dann ging der Graf, begleitet von der Frau im roten Gewand, langsamen und gemessenen Schrittes in die Kirche, gefolgt vom Rest ihrer Gruppe. Als alle eingetreten waren, folgten der Bischof und seine Priester.

„Kommt", sagte Hastein. „Gehen wir zu den Pferden zurück."

Als wir um die Biegung in der Straße kamen, fanden wir Tore mit einem blutigen Schwert in der Hand und den Leichen von drei toten Franken zu seinen Füßen, zwei Männern und einer Frau.

„Was ist hier geschehen?" fragte Hastein.

„Sie kamen die Straße herauf", antwortete Tore. „Zuerst dachte ich, dass sie einfach an uns vorbeigehen würden. Aber dann fing einer der Männer mit irgendeinem Geplapper an. Ich wusste nicht, was er sagte. Ich fürchtete, er würde argwöhnisch werden, wenn ich nicht antwortete, also dachte ich mir, es sei am besten sicherzustellen, dass er keinen Alarm schlagen konnte."

Ich ging hinüber zu den toten Franken auf dem Steinpflaster. Keiner der Männer war bewaffnet, und nach ihrer Kleidung zu schließen gehörten sie zum gemeinen Volk. Die Frau war von hinten niedergestreckt worden. Sie hatte wohl zu fliehen versucht, als Tore sie getötet hatte. Ich fragte mich, ob sie aus Angst oder um Hilfe geschrien hatte, als Tore die Männer angegriffen hatte. Wenn ja, hätten die Glocken ihre Schreie übertönt.

Sie waren vermutlich zum Gottesdienst in der Kirche von St. Genevieve unterwegs gewesen. Ihre Frömmigkeit hatte sie das Leben gekostet. Was hatten sie an diesem Festtag von ihrem Gott erbitten wollen? Wollten sie darum bitten, dass ihre Stadt von den Nordmännern verschont blieb?

„Steh nicht nur so herum", sagte Tore zu mir. „Hilf mir, sie in diese Gasse zu ziehen, damit man sie nicht sofort bemerkt."

Ich bewegte mich nicht. Ich starrte ihn nur an.

„Was?" forderte Tore und blickte mich finster an.

„Lasst sie liegen!" bellte Hastein, als er sich auf sein Pferd schwang. „Steigt auf! Wir müssen los."

Wir ritten in Zweierreihen zum Platz und direkt auf die Garde zu. Sie schauten uns neugierig an, als wir uns näherten, aber sie waren nicht beunruhigt. Ihre Schilde und Speere hingen von ihren Sätteln, und sie hockten im Kreis und würfelten.

„Seid Ihr vom Lager der Armee gekommen?" rief einer von ihnen und stand auf, als wir näher kamen. Vielleicht erkannte er, dass wir nicht aus der Garnison der Stadt kamen. „Wer ist Euer Kapitän? Zu welcher Scara gehört Ihr?"

Hastein holte mit dem Arm aus und schleuderte seinen Speer in die Brust des Franken. Als dieser zurückfiel, trieben andere Dänen ihre Pferde vorwärts. Sie fielen über die überraschten Franken her und stachen mit ihren Speeren auf sie ein. In wenigen Augenblicken war es vorbei.

„Tore", sagte Hastein, „nehmt zwanzig Männer und umzingelt die Kirche. Postiert Krieger auf allen Seiten und an jeder Tür. Lasst niemanden entkommen. Der Rest von Euch soll absteigen und hier eine Reihe bilden." Nachdem er seine Befehle erteilt hatte, hob Hastein ein Horn an die Lippen und blies einen einzigen langen Ton. Es war das Signal an Ivar, das ihm mitteilte, dass wir in Position waren. Einen Augenblick später antwortete Ivars Horn, und wir wussten, dass er gehört hatte.

Die Kirchentür öffnete sich und ein Mann spähte hinaus. Das Horn und der Lärm des kurzen Scharmützels hatten wohl seine Aufmerksamkeit erregt. Beim Anblick der Leichen schlug er die Tür wieder zu. Kurz darauf läuteten die Glocken im Kirchturm wild.

Es brauchte einige Zeit, um die Franken in der Kirche zu überreden, sich zu ergeben. Graf Robert, der die Verhandlungen im Namen der Menschen im Tempel führte, vermutete wohl zu Recht, dass man damit nur die eine Gefahr gegen eine andere eintauschen würde. „Woher weiß ich, dass Ihr uns nicht auch töten werdet, wenn wir uns ergeben?" wollte er wissen. „So wie meine Krieger, die sich Euch nach der Schlacht vor einigen Tagen ergeben haben? Unsere Kundschafter haben uns berichtet, was Ihr getan habt. Wenn ich sterben soll, will ich lieber kämpfend sterben. Dann könnte ich zumindest einige von euch töten, bevor ich umkomme."

„An seiner Stelle würde ich ähnlich empfinden", sagte Hastein, nachdem ich die Worte des Grafen übersetzt hatte. „Wahrscheinlich wird Ragnars Opfer unseren Umgang mit den Franken auf Jahre hinaus erschweren."

Zunächst ließ sich der Graf von Hastein nicht umstimmen, der versprach, bei seiner Ehre zu schwören, persönlich für die Sicherheit der Menschen in der Kirche zu garantieren, wenn sie sich ergaben. Aber letztendlich trug Hasteins Überzeugungskraft den Sieg davon. Es war vermutlich seine Drohung, die Kirche in Brand zu stecken und alle, die sich darin befanden, bei lebendigem Leib zu verbrennen, die den Grafen schließlich Vernunft annehmen ließ. Er kam aus der Kirche, legte sein Schwert auf den Boden und ergab sich.

Kurz darauf kamen Boten von Ragnar. Er und seine Männer hatten mühelos und ohne große Verluste den Turm auf der Nordseite des Flusses erobert, der den Zugang zu der Brücke schützte, die zur befestigten Insel führte. Der steinerne Turm am Südufer der Seine, der dort die Brücke zur Insel schützen sollte, fiel bei Ivars Angriff noch leichter. Nur zwei Franken standen dort

Wache. Sie hatten das Tor des Turms offen gelassen und warteten auf die Rückkehr von Graf Robert und seinem Gefolge vom morgendlichen Gottesdienst. Die Tore der Festung auf der Insel waren allerdings geschlossen, und fränkische Krieger aus der Garnison besetzten die Brustwehr der Mauer über die Brücke, von wo sie unsere Krieger mit Speeren und Pfeilen angriffen, als diese versuchten, den Weg zu erkunden.

Als ich dort mit Hastein ankam, hatten Ragnar und Ivar bereits Bäume zur Verwendung als Sturmböcke gefällt. Sie schleppten die behauenen Stämme an die Enden der beiden Brücken, um einen koordinierten Angriff gegen die Tore der Inselfestung vorzubereiten.

Wir hatten Graf Robert und den Bischof von Paris mitgebracht. Ivar begrüßte uns, als wir auf ihn zu ritten. „Sagt dem Grafen, dass er der Garnison befehlen soll, sich zu ergeben", sagte Ivar. „Er befehligt die fränkische Garnison in Paris, nicht wahr? Es sind seine Männer. Sagt ihm, wenn die Krieger in der Festung sich nicht ergeben, werden wir den Grafen und den Bischof hier vor ihnen töten, während sie zusehen."

„So viel zum Thema der Ehre der Nordmänner", sagte der Graf verächtlich, als ich Ivars Anweisungen an ihn übersetzt hatte. „Unsere Sicherheit sei garantiert, wenn wir uns ergeben? Ich hätte mich hüten sollen, Euch zu vertrauen. Ich werde es nicht nochmal tun, und ich werde Euch nicht helfen, die Krieger in der Festung zu täuschen, damit sie sich ergeben."

Hastein seufzte. „Sagt ihm, dass wir ihn nicht wirklich töten werden. Ich habe ihm mein Wort gegeben, dass er unversehrt bleibt. Ich werde es nicht brechen.

Aber die Krieger in der Garnison wissen das nicht."

„Ich werde meine Männer nicht belügen", fauchte der Graf, nachdem ich es ihm erklärt hatte.

„Wir verschwenden unsere Zeit", sagte Ivar. Er wandte sich an einen seiner Männer. „Findet mir ein Seil", befahl er. „Es muss lang genug sein, um von den Zinnen dieses Turms bis zur Brücke zu reichen."

„Was habt Ihr vor?" fragte ich.

„Eine der beiden Wachen, die diesen Turm bemannten, wurde bei der Verteidigung getötet, aber den anderen nahmen wir lebend gefangen. Niemand hat ihm irgendwelche Versprechungen gemacht."

Ich wandte mich an Hastein. „Wenn die Garnison auf der Insel sich ergibt, werdet Ihr die Sicherheit der Männer ebenso garantieren, wie Ihr es für die Menschen in der Kirche getan habt?"

„Das werde ich", antwortete er.

„Lasst mich versuchen, sie zu überzeugen", sagte ich.

Ich ging auf die Brücke. Ich trug meinen Schild vor mir, blieb aber trotzdem weit genug von den Mauern der Inselfestung entfernt, um außer Reichweite der meisten Speerwürfe zu sein.

„Ich möchte mit dem Befehlshaber der Garnison sprechen", rief ich. Ich konnte die Helme mehrerer fränkischer Krieger sehen, die mich von der Mauer oberhalb des Tors aus beobachteten.

„Wer seid Ihr?" antwortete eine Stimme. „Ich bin der Hauptmann hier."

„Ich heiße Halfdan", rief ich. „Ich bin Däne. Ich spreche für die Anführer unserer Armee."

„Dann sprecht", sagte die Stimme.

„Wir haben die Stadt eingenommen", teilte ich ihm mit. „Wir haben viele Gefangene gemacht. Eurer Anführer Graf Robert und der Bischof von Paris sind unter ihnen. Ihr könnt sie dort sehen." Ich drehte mich um und deutete auf den Turm am Südufer. Daraufhin brachten Hastein und drei weitere Krieger den Grafen und den Bischof auf die Brücke, wo sie gesehen werden konnten.

„Sie wünschen, dass Ihr Euch ergebt, um weiteres Blutvergießen abzuwenden", log ich.

Hinter mir hörte ich den Ruf des Grafen: „Ihr sollt nicht…" Dann folgte ein Schmerzensschrei.

Ich drehte mich wieder um und sah, dass Hastein ihn mit dem Griff seines Schwerts niedergeschlagen hatte.

„Ich glaube Euch nicht, Nordmann", sagte der fränkische Hauptmann. „Offensichtlich will Graf Robert nicht, dass wir uns ergeben."

„Wir werden Euch alle töten, wenn wir diese Festung stürmen."

Er lachte. „Wir lassen es darauf ankommen."

Es lief nicht gerade gut. Hinter mir am Turm ließ Ivars Mann ein Seil von den Zinnen bis zur Brücke herab. Das Ende war zu einer Schlinge gebunden.

„Ich habe Euch gesagt, dass wir viele Gefangene haben", sagte ich dem Franken. „Einen nach dem anderen werden wir sie von der Mauer dieses Turms erhängen, bis Ihr Euch ergebt. Ihr werdet hören müssen, wie sie um ihr Leben flehen. Ihr werdet sehen müssen, wie sie sterben. Wir werden sogar den Bischof von Paris und

Graf Robert selbst hängen, wenn es sein muss." Das war natürlich nicht wahr. Hastein hatte sein Wort gegeben. Aber auch wenn Graf Robert sich weigerte, seine Männer zu belügen, hatte ich in dieser Hinsicht keine Bedenken – besonders wenn meine Lügen Leben retten konnten.

„Ich glaube Euch nicht, Nordmann!" rief der Franke, aber seine Stimme klang nicht mehr so überzeugt.

Ivar packte einen fränkischen Krieger, dessen Hände hinter seinem Rücken gefesselt waren, und zerrte ihn auf die Brücke unterhalb des Turms. Dann streifte er ihm die Schlinge über den Kopf.

„Schnell!" rief ich dem fränkischen Hauptmann zu. „Es steht in Eurer Macht, das Leben dieses Mannes zu retten – und auch viele weitere Leben. Der Mann ist ein Kamerad von Euch. Lasst ihn nicht ohne Grund sterben. Euch und Euren Männern wird nichts geschehen, wenn Ihr Eure Waffen niederlegt und Euch ergebt. Wir schwören es. Wenn Ihr Euch nicht ergebt, werden er und weitere Gefangene getötet, und letztendlich werdet Ihr ebenfalls tot sein."

Zwei weitere unserer Krieger hatten sich inzwischen zu Ivars Mann auf dem Festungsturm gesellt. Als Ivar das Signal gab, fingen sie an, an dem Seil zu ziehen. Der hilflose Franke wurde langsam von der Brücke hochgezogen. Seine Füße zuckten wild hin und her. Der Bischof, der immer noch zwischen zwei von Hasteins Kriegern stand, fiel auf die Knie und begann zu beten.

Bitte, dachte ich und blickte zum fränkischen Hauptmann hoch, der von der Insel aus zusah. *Lasst zumindest an diesem Tag keinen weiteren Eurer Leute unnötig sterben. Verschont diesen Mann, denn es ist sicher, Ivar wird es nicht.*

„Lasst ihn herunter!", rief der Hauptmann. „Ich werde die Festung übergeben."

11

Den Erfolg bewahren

Die Stadt und die Festung waren gefallen, aber unsere Armee musste nun den Sieg absichern und verteidigen. Obwohl sie keine Krieger waren, waren die Bürger von Paris uns zahlenmäßig weit überlegen. Und selbst wenn sie friedlich blieben und keine direkte Bedrohung für unser kleines Heer darstellten, waren viele aus der Stadt geflohen, als sie bemerkt hatten, dass sie angegriffen wurde. Von den Geflohenen würden einige sicherlich bald die fränkische Armee erreichen und sie davon in Kenntnis setzen, dass wir in Paris waren.

Ragnar beauftragte zweihundert unserer Männer, die Inselfestung zu besetzen und die Soldaten dort zu überwachen. Auch Graf Robert und der Bischof sollten in der Festung festgehalten werden. Da ich der einzige unserer Truppe war, der die Sprache der Franken sprach, blieb ich dort, um Ragnar während der Kapitulation der Garnison zu unterstützen.

Während ich Ragnar half, kehrte Hastein zur Kirche von St. Genevieve zurück. Die Priester und einige Adlige, die unter den gefangenen Kirchgängern waren, wurden unter Bewachung ebenfalls in die Festung gebracht, damit sie gegen Lösegeld ausgetauscht werden konnten und damit sie als Geiseln für den Fall dienen konnten, dass wir angegriffen wurden. Die übrigen Franken, die in der Kirche gewesen waren, als wir sie eingenommen hatten, wurden von Hastein und seinen Männern freigelassen. Wir konnten nicht alle einsperren und bewachen.

Berittene Truppen auf Beutezug durchkämmten die Stadt und das Umland und plünderten jede Kirche und jedes Kloster, die sie fanden, um alle Wertsachen einzusammeln, bevor die christlichen Priester sie verstecken konnten. Die Äbte und Mönche der Klöster und die Priester der Kirchen, die noch nicht geflohen waren, als unsere Reiter sie erreichten, wurden ebenfalls gefangen genommen und mit den anderen wertvollen Gefangenen in der Inselfestung festgesetzt.

Als alle Soldaten der Garnison entwaffnet und unter Arrest waren, kam Hastein mit den restlichen Gefangenen aus der Kirche von St. Genevieve zur Insel zurück. Weder Genevieve noch irgendwelche anderen Nonnen oder Priester waren unter ihnen.

„Ist schon ein Trupp zum Plündern in die Abtei von St. Genevieve geschickt worden?" fragte ich ihn.

„Nein", sagte er. „Noch nicht. Wir haben aber die Kirche geplündert. Der Reichtum, den die Priester dort angehäuft haben, war erstaunlich. Der Gott der Christen mag vielleicht nicht so stark sein wie unsere Götter, aber er ist eindeutig sehr wohlhabend – oder zumindest sind es seine Priester."

„Ich möchte helfen, in der Abtei nach Beute zu suchen", sagte ich. „Wenn Ihr Krieger dorthin schickt, würde ich gerne dabei sein."

Während wir miteinander sprachen, war Hastein oben auf der Festungsmauer die Brustwehr entlanggegangen und hatte die Befestigungen der Insel untersucht.

Jetzt blieb er stehen und drehte sich zu mir um, um mich anzusehen. Langsam breitete sich ein Lächeln über sein Gesicht aus.

„Ihr möchtet in der Abtei von St. Genevieve nach Beute suchen?" fragte er. „Ah. Plant Ihr, sie wieder gefangen zu nehmen?"

Ich spürte, wie mein Gesicht rot anlief. „Nein", sagte ich. In Wahrheit war ich nicht ganz sicher, warum ich in die Abtei wollte. Ich sagte mir, dass ich sicher sein wollte, dass Genevieve bei der Plünderung der Abtei nichts geschehen würde. Es könnte gefährlich werden.

„Nehmt zehn Krieger und geht jetzt dorthin", sagte Hastein. „Ihr habt das Kommando."

Es war das erste Mal, dass ich als Befehlshaber fungierte. Ich war nervös und nicht sicher, ob die Krieger, die mir zugeteilt waren, meinen Befehlen auch Folge leisten würden.

„Es handelt sich um eine Gemeinschaft von Frauen, von Priesterinnen", sagte ich den Männern, als wir uns den Toren des Klosters näherten. Einige Männer kamen von anderen Schiffen als der Möwe, und ich kannte sie nicht. Sie grinsten und blickten einander begierig an. „Den Franken gelten sie als heilige Frauen", fuhr ich fort. „Ihr werdet ihnen kein Leid zufügen. Es würde die Bewohner der Stadt unnötig zornig machen."

Einer der Männer, der Augenblicke zuvor gelacht hatte, blickte finster und wurde wütend. „Wollt Ihr damit sagen, dass wir uns mit den Frauen dieser Stadt nicht vergnügen dürfen?"

Es gab Tausende von Frauen in der Stadt. Für die

meisten von ihnen konnte ich nichts tun. Es geht für Frauen häufig übel aus, wenn ihre Stadt an eine feindliche Armee fällt. Aber ich würde nicht zulassen, dass Genevieve etwas zustieß.

„Ich spreche nur von diesen Frauen, diesen Priesterinnen", antwortete ich. „Sie dürfen weder von Euch noch von sonst jemandem in unserer Armee belästigt werden."

„Ihr seid nicht mein Hauptmann", erwiderte der Mann. „Ich weiß nicht einmal, wer Ihr seid. Wieso glaubt Ihr, mir sagen zu können, welche Frauen ich nehmen kann und welche nicht?" Er war stämmig, und obwohl ich ihn noch nie kämpfen gesehen hatte, sah er alt genug aus, um ein erfahrener Krieger zu sein.

Ich konnte seine Dreistigkeit nicht unangefochten stehen lassen. Ich hielt meine Hand hoch, um zu signalisieren, dass wir anhalten sollten. Dann wendete ich mein Pferd und führte es zurück zu dem Mann, der gesprochen hatte, und der mich jetzt von seinem eigenen Reittier mürrisch anstarrte.

„Ihr kennt mich nicht? Mein Name ist Halfdan", sagte ich ihm. „Ragnar Lodbrok und der Rest der Anführer unserer Armee kennen mich allerdings als Starkbogen. Es steht Euch frei, meine Anweisungen zu den Frauen in dieser Abtei zu ignorieren. Aber wenn Ihr es tut, verspreche ich Euch, dass Ihr nicht lange genug leben werdet, um Euch mit irgendeiner von ihnen zu vergnügen. Und Ihr solltet wissen, dass Ihr nicht der erster Krieger in dieser Armee wäret, den ich getötet habe, weil er meine Befehle nicht befolgt hat."

Der Krieger, der mich herausgefordert hatte,

starrte mich zornig an, und ich konnte die Spannung in seinen Halsmuskeln sehen. Seine rechte Hand zuckte, als wolle er nach dem Griff seines Schwerts greifen.

Meinen Schild trug ich an seinem Riemen auf dem Rücken. Ich hielt meinen ungespannten Bogen in der rechten Hand und die Zügel des Pferdes in der Linken. Wenn er nach seinem Schwert griff, wäre ich im Nachteil. Wenn er es tat, würde ich die Spitze meines Bogens in sein Auge stechen. Mit den Knien trieb ich mein Pferd noch näher an ihn heran und verkleinerte den Abstand zwischen uns. Ich fragte mich, ob von den anderen auch jemand an dem Kampf teilnehmen würde, oder alle nur zusehen würden, wer sterben würde.

Aber er wollte nicht kämpfen. Vielleicht konnte er seinen eignen Tod in meinen Augen sehen. Oder vielleicht wollte er nur nicht gegen Ragnars Verordnung verstoßen und dessen Zorn auf sich ziehen. Er zuckte mit den Achseln und wandte seinen Blick ab. „Wie Ihr wollt", sagte er. „Die Priesterinnen werden nicht angerührt."

Das Tor zur Abtei war geschlossen, als wir ankamen. Ich stieg ab und schlug mit der Faust dagegen. Eine kleine Tür, die in das größere Tor eingelassen war, schwang auf. Kurz hinter der Tür stand eine kleine Frau in einer grauen Robe mit einem weißen Umhang und weißer Kapuze, der gleichen Tracht, die Genevieve getragen hatte, als ich sie zum ersten Mal gesehen hatte. Sie hatte einen furchtsamen Gesichtsausdruck. Zwei andere ähnlich gekleideten Frauen standen hinter ihr.

„Ich suche die Person, die dieses Kloster leitet", sagte ich ihnen.

Die Frau stieß einen langen Seufzer aus und schloss einen Augenblick lang die Augen. „Gott sei gelobt!" Ich fragte mich, ob dies die übliche Begrüßung einer fränkischen Priesterin war, wenn sie einen Fremden traf. Ich sah keinen Grund, weshalb sie sich freuen sollte, mich zu sehen.

„Ich bin Äbtissin Adelaide", sagte sie und öffnete die Augen. „Ich bin für das Kloster verantwortlich. Seid Ihr gekommen, um uns zu helfen, den Nordmännern zu entkommen? Ich habe zur heiligen Mutter Jesu für unsere Rettung gebetet. Bestimmt hat sie Euch zu uns geschickt."

Das war eher unwahrscheinlich, obwohl meine Mutter mir einmal gesagt hatte, dass die Wege des Christengottes oft unergründlich waren. Offensichtlich hielt die Äbtissin uns für Franken. Ich und sämtliche Krieger mit mir trugen noch immer die erbeuteten fränkischen Rüstungen, und ich hatte mit ihr in ihrem lateinischen Dialekt gesprochen. Allerdings klang meine Art, die Sprache zu verwenden, in meinen Ohren ganz anders als die Art, wie die Franken sprachen. Vielleicht dachte sie, ich sei ein Bretone oder aus einer anderen fernen Region des Frankenreichs.

„Wart Ihr und die Prie ... die Nonnen des Klosters in der Kirche, als sie eingenommen wurde?" fragte ich sie.

„Nein", sagte sie. „Wir waren auf dem Weg zur Kirche, aber wir hatten uns verspätet. Es war Schwester Helens Schuld. Ich war sehr verärgert über sie und befürchtete, der Bischof würde ungehalten sein. Aber jetzt sehe ich, dass es Gottes Wille war. Er – oder vielleicht war es die heilige Genevieve – hat uns beschützt."

„Seid Ihr jetzt alle hier in der Abtei?"

Sie nickte. „Wir hatten gerade das Tor zur Kirche erreicht, als ich bewaffnete Krieger sah, die sie umstellten. Ich wusste, dass etwas Schlimmes im Gang war. Wir kehrten sofort um und zogen uns hierher zurück. Inzwischen haben wir erfahren, dass es die Nordmänner waren. Bisher sind sie nicht hierher-gekommen, aber ich befürchte, dass es unvermeidlich ist. Ich glaube, wir werden erst dann sicher sein, wenn wir aus Paris entkommen können. Die Nordmänner sind Piraten und Wilde. Es ist nicht wahrscheinlich, dass sie Rücksicht auf unsere Stellung als Bräute und Diener Christi nehmen."

„Ihr habt Recht, Euch Sorgen zu machen, dass die Nordmänner Euch heimsuchen. Nun ist es aber früher statt später passiert", sagte ich ihr. „Meine Männer und ich sind Dänen."

Sie riss die Augen auf und versuchte, mir die schmale Tür vor der Nase zuzuschlagen. Ich stoppte die Tür mit der flachen Hand und schob sie wieder auf, sodass die Äbtissin rückwärts stolperte. Ich trat hinein und hob die Stange, die das Haupttor sicherte.

„Fürchtet Euch nicht", sagte ich. „Wenn Ihr keinen Widerstand leistet, wird Euch nichts geschehen. Ich habe meine Männer angewiesen, dass sie keine von Euch anrühren dürfen. Aber ich möchte, dass Ihr diese beiden Frauen mitnehmt und alle Nonnen in einem Raum versammelt. Geht jetzt und tut es. Ihr werdet sicherer sein, wenn Ihr alle zusammen seid, während meine Männer das Kloster durchsuchen."

„Durchsuchen?" sagte sie. „Wonach sucht Ihr?"

Nach allem von Wert, dachte ich, egal was es it. Ich hatte schon Beute aus anderen fränkischen Kirchen und Klöstern gesehen, und Hastein hatte recht. Der Reichtum, der im Namen des Christengottes angesammelt worden war, war erstaunlich: Teller und Kelche aus Silber und Gold, silberne Leuchter mit großen, dicken Kerzen aus feinem weißem Wachs, reich verzierte Roben, die von den Priestern getragen wurden, und aufwendig gestickte Tücher, die die Altäre ihres Gottes bedeckten. Viele hatten auch große Bestände an feinstem Wein und Bier, und reiche Mengen des besten Fleisches und anderer Vorräte. Dienern des Weißen Christus fehlte es an nichts. Wir würden das alles mitnehmen.

„Tut einfach, was ich sage", befahl ich. „Jetzt."

Die Äbtissin wandte sich den beiden Nonnen zu. „Schnell", sagte sie mit zitternder Stimme. „Sammelt die Schwestern und bringt sie zur Kapelle."

Ich entdeckte sie, sobald ich die Kapelle betrat. Genevieve und die anderen Nonnen drängten sich vor der gegenüberliegenden Wand zusammen und schauten nervös zur Tür. Die Äbtissin ging direkt vor mir. Sie hatte mich hierher geführt.

Eine der Nonnen rief zu ihr, als wir den Raum betraten. „Ist es wahr, ehrwürdige Mutter? Sind die Nordmänner hier in der Abtei?"

Ich hielt das für eine törichte Frage. Konnte sie mich nicht hinter der Äbtissin sehen? Dann fiel mir wieder die Rüstung ein, die ich trug. Für diese Frauen sah ich wohl wie ein Franke aus.

„Es ist wahr", sagte die Äbtissin.

Auf einmal plapperte die ganze Frauenschar mit ängstlichen Stimmen. „Ruhe!" sagte die Äbtissin. „Wir müssen alle gemeinsam für Gottes Barmherzigkeit beten. Und wir müssen uns dafür bedanken, dass er die bereits gesprochenen Gebete gehört hat. Dieser Mann ist der Offizier, der die Nordmänner hier befehligt. Er hat mir versprochen, dass keiner von uns etwas zuleide getan wird."

Alle Augen waren jetzt auf mich gerichtet. Als Genevieves Blick meinen traf, hob sie die Hand an ihren Mund, und ihr Gesicht wurde so bleich wie ihr Umhang. Sie stolperte zurück und wäre hingefallen, wenn die Frau neben ihr sie nicht aufgefangen hatte.

Ich wusste nicht, welche Reaktion ich bei unserem Wiedersehen von ihr erwartet – oder vielleicht erhofft – hatte. Diese war es allerdings sicherlich nicht. Hatte mein Anblick sie wirklich so entsetzt?

Ich starrte Genevieve an, während die anderen Nonnen ihr halfen, sich auf einen Stuhl in der Nähe zu setzen. Ich fühlte mich betäubt und leer. Dann wurde mir bewusst, dass die Äbtissin Adelaide mit mir sprach.

„Die arme Schwester Genevieve", sagte sie. „Sie wurde von Euren Leuten gefangen genommen. Es war eine schreckliche Erfahrung für sie. Sie musste zusehen, wie ihr eigener Cousin getötet wurde. Ihr Vater zahlte ein Lösegeld, und sie ist erst seit kurzem wieder frei und zu uns zurückgekehrt. Nach dem, was sie durchgemacht hat, muss es sie in große Angst versetzt haben, Euch zu sehen."

„Das wusste ich nicht", log ich. „Ich möchte weder sie noch irgendwelche anderen Nonnen beunruhigen. Ich wollte nur sichergehen, dass Ihr alle hier in Sicherheit seid, während meine Männer die Abtei durchsuchen. Ich werde mich ihnen jetzt anschließen."

Ragnar war vorsichtiger als die Franken – er ließ sämtliche Straßen nach Paris von berittenen Posten abriegeln und überwachen. Am späten Morgen des Tages nach unserer Eroberung der Stadt erhielten wir die Warnung, dass ein großes Heer berittener fränkischer Truppen sich von Westen her näherte. Inzwischen waren die meisten unserer Krieger mit Ausnahme der Posten in den Schutz der Festung zurückgekehrt und hatten ihre Beute mitgebracht. Falls die Franken in großer Zahl angreifen sollten, konnten wir uns hoffentlich auf der Insel verschanzen, bis unsere Flotte eintraf.

Während Ivar in der Festung blieb und unsere Krieger darauf vorbereitete, sie falls nötig zu verteidigen, ritten Hastein und Ragnar hinaus, um sich mit den herannahenden Franken zu treffen. Ich begleitete sie als Dolmetscher. Mit uns war eine Truppe von hundert Kriegern – eine ausreichende Zahl, damit wir kämpfend den Rückzug zur Insel antreten konnten, falls die Franken die weiße Fahne ignorierten, die wir trugen, und doch klein genug, um zu zeigen, dass wir nicht den Kampf suchten.

Die fränkische Armee war auf der gleichen Straße von Westen nach Paris unterwegs, auf der unsere Truppen erst gestern geritten waren, als wir die Stadt zum ersten Mal gesichtet hatten. Als wir Paris hinter uns ließen und die flache, gerodete Ebene zwischen der Stadt und dem Wald erreichten, strömten die Franken bereits in Scharen auf der Straße aus dem Wald und ins Flachland vor uns. Es waren Tausende von ihnen. Wenn die Kavallerieeinheiten den Wald verließen, schlugen sie eine nach der anderen unterschiedliche Richtungen ein. Manche ritten nach Norden Richtung Fluss, während andere Richtung Süden zogen. Allmählich bildeten sie eine lange Linie aus berittenen Truppen, die sich in einem weiten Bogen um den Fuß des Hügels erstreckte.

„Sie haben vor, die Stadt zu umzingeln", sagte Hastein.

„Das spielt keine Rolle", antwortete Ragnar. „Wenn wir sie verlassen, wird es auf dem Fluss sein."

Ich hoffte, dass er recht hatte, und dass Björn mit der Flotte eintreffen würde, bevor die Franken angriffen.

Ein kleiner fränkischer Trupp aus fünf berittenen Kriegern verließ die Menge und ritt mit einer Friedensfahne auf uns zu. Ragnar, Hastein und ich hoben unsere eigene weiße Fahne hoch und ritten ihnen entgegen. Zwei unserer Krieger begleiteten uns. Wir hielten einige Schritte voneinander entfernt an.

„Mein Name ist Lothar", gab uns einer der fränkischen Krieger bekannt. „Ich habe eine Botschaft von König Karl für den Anführer Eurer Armee."

„Sagt ihm, dass er bereits mit dem Anführer spricht", sagte mir Ragnar. „Sagt ihm, dass ich Ragnar heiße, und ich unser Kriegskönig bin."

Nachdem ich Ragnars Worte übersetzt hatte, antwortete der Franke und sah Ragnar an, als er sprach: „Dann teilt Eurem Kriegskönig Folgendes mit: König Karl marschiert mit seiner gesamten Armee auf Paris zu. Die Truppen, die Ihr hier seht, die Kavallerie, die gerade die Stadt umzingelt und Euch an der Flucht hindert, ist nur die Vorhut. Viele Tausend Fußsoldaten folgen. Doch auch diese Vorhut der berittenen Truppen hier zählt viel mehr Krieger als die Armee, mit der Ihr zuvor gekämpft habt."

Wir hatten wohl endlich den schlafenden Riesen geweckt. Und jetzt stürmte er auf uns zu, wütend und begierig nach unserem Blut.

„Wie Ihr bereits selbst bemerkt habt, ist Paris leicht anzugreifen, aber schwer zu verteidigen. Wenn Ihr töricht genug seid, um hier zu bleiben und gegen uns zu kämpfen, ist es ausgeschlossen, dass Ihr den Sieg davonträgt. Seid versichert, dass wir Euch keine Gnade zeigen werden. Keiner von euch wird unser Land lebend verlassen.

Aber Ihr müsst nicht sterben, obwohl Ihr es verdient hättet. König Karl hat mich bevollmächtigt, Eurer Armee dieses Angebot zu machen." Sein Gesichtsausdruck beim Verkünden der Bedingungen des fränkischen Königs vermittelte den Eindruck, als schmeckten die Worte in seinem Mund bitter. Ich hatte keinen Zweifel, dass sein eigener Wunsch war, dass wir das Angebot ablehnen und uns entscheiden würden, zu kämpfen.

„Lasst alle Gefangenen frei, die Ihr genommen habt", sagte er uns. „Verursacht keine weiteren Schäden in dieser Stadt und in Rouen. Ihr müsst auch versprechen, Paris und unser Land unverzüglich zu verlassen. Stimmt Ihr diesen Bedingungen zu, wird König Karl Euch sicheres Geleit die Seine hinab bis zum Meer geben. Er wird auch ..." Der Franke hielt kurz inne, und so, wie seine Kiefermuskeln zuckten, sah es aus, als würde er die Zähne zusammenbeißen. „Er wird Euch auch erlauben, die Beute zu behalten, die Ihr bereits geraubt habt.

Das ist ein großzügiges Angebot", resümierte der Franke. „Viel großzügiger als Ihr verdient. Akzeptiert es oder riskiert, alles zu verlieren. Wenn Ihr dem Angebot von König Karl heute nicht zustimmt, wird es zurückgezogen und wir werden angreifen."

Ich war mit dem Franken einer Meinung. Ich hielt es für ein sehr großzügiges Angebot. Wir hatten schon viel Reichtum angehäuft. Wenn wir die Bedingungen des fränkischen Königs akzeptierten, konnten wir alles behalten, würden keine weiteren Männer mehr verlieren und konnten sicher nach Hause zurückkehren.

Ragnar war nicht einverstanden. Widerwillig teilte ich dem Franken seine Antwort mit. „Ragnar, unser Kriegskönig, gibt diese Antwort an Euren König Karl. Wir akzeptieren die Bedingungen Eures Königs nicht. Er ist es, der hoffen muss, dass wir ihm Bedingungen anbieten.

Wir halten sehr viele Geiseln, darunter Graf Robert und seine Familie sowie den Bischof von Paris und viele Adlige und Priester. Wenn Ihr uns angreift, werden wir sie alle töten. Ragnar sagt, dass Euch klar sein muss, dass er mit seiner Drohung die Wahrheit spricht, denn Ihr kennt das Schicksal der mehr als einhundert Krieger Eurer Armee, das sie ereilt hat, nachdem wir sie in der Schlacht besiegt hatten.

Wenn Ihr angreift, werden wir außerdem diese Stadt in Brand setzen und bis auf die Grundmauern niederbrennen. Wir werden sämtliche prächtigen Gebäude zerstören, alle großen Kirchen. Dann, wenn die Stadt eine Ruine ist und die Geiseln tot sind, werden wir unsere Beute nehmen und den Fluss hinunter zum Meer fahren. Wir brauchen Euer sicheres Geleit nicht, um Euer Land zu verlassen. Wir werden es tun, wann immer wir es für richtig halten."

„Ihr folgt einem Narren, Nordmann. Einem Narren oder einem Wahnsinnigen", sagte der Franke zu mir, als ich fertig war. Ich fürchtete, dass er recht hatte. „Ich werde die Nachricht des Kriegskönigs an König Karl überbringen. Ich für meinen Teil bin froh, dass Ihr Euch entschieden habt, zu kämpfen. Wir haben in unserer Armee viele Tote zu rächen. Und während Ihr auf den Sturm unseres Zorns wartet, bedenkt Folgendes: Ihr habt keine Schiffe hier. Wie wollt Ihr uns entkommen?"

Ragnars Gesicht war rot angelaufen, und sein Bart zuckte. Er zitterte am ganzen Körper, so wütend war er.

„Ich bin der Kriegskönig!", donnerte er. „Ich habe die Entscheidung für unsere Armee getroffen. Wenn die Franken angreifen, werden wir die Gefangenen töten und die Stadt abbrennen. Wir können keine Schwäche und keinen Mangel an Entschlossenheit zeigen."

„Ich habe mein Wort gegeben", antwortete Hastein. „Ich werde es nicht brechen. Wenn die Franken angreifen, müssen wir unsere Entschlossenheit und unsere Stärke zeigen, indem wir gegen sie kämpfen, und nicht dadurch, dass wir unbewaffnete Gefangene abschlachten. Ich werde es niemandem – auch dir nicht –

erlauben, meinen Namen zu entehren. Die Gefangenen, die wir gemacht haben, haben sich ergeben, weil ich ihnen persönlich einen Eid geschworen habe, dass sie unversehrt bleiben. Ich werde kein Eidbrecher sein. Ich werde nicht zulassen, dass du mich dazu machst."

„Es sind Franken. Sie sind unsere Feinde!" rief Ragnar. „Es ist Krieg."

„Hastein hat recht, Vater", sagte Ivar. „Es geht um unsere Ehre. Wir hätten es nicht verdient, uns ,Männer' zu nennen, wenn wir die Ehre preisgeben würden, auch im Krieg. Die Stadt kannst du niederbrennen, wenn du willst. Aber diese Gefangenen dürfen wir nicht töten. Es wäre Niddingsvaark, unseren Eid ihnen gegenüber zu brechen." Er seufzte und schüttelte den Kopf. „Das Angebot des fränkischen Königs hätte uns nichts gekostet. Wir hätten den Sieg ohne Kampf davongetragen. Ich verstehe nicht, wieso du es ausgeschlagen hast."

Die Debatte dauerte schon den ganzen Nachmittag, seit wir von der Unterredung mit den Franken zur Inselfestung zurückgekehrt waren. Hastein hatte mich gebeten, bei ihm zu bleiben, falls die Franken wieder verhandeln wollten.

Meiner Meinung nach verschwendeten wir wertvolle Zeit. Es würde nicht leicht sein, eine aus Stein gebaute Stadt niederzubrennen. Die Gebäude, besonders die größeren, mussten mit brennbarem Material gefüllt werden. Unsere Männer sollten eigentlich bereits in der Stadt sein, um sich darum zu kümmern. Sobald die Franken angriffen, war es zu spät. Wir müssten dann alle unsere Krieger auf die Insel zurückziehen. Aber während unsere Führer sich stritten, saß unsere Armee untätig herum.

„Ich frage mich, wieso die Franken uns noch nicht angegriffen haben", sagte Ivar.

Ich war auch überrascht. Durch Warten hatten sie nichts zu gewinnen und viel zu verlieren. Früher oder später würde Björn mit unseren Schiffen die Stadt erreichen. Die Franken hatten sicherlich unsere Flotte gesichtet, wie sie stromaufwärts ruderte, um sich mit uns zu vereinigen. Sobald Björn Paris erreichte, wären wir zahlenmäßig viel stärker, und wir hätten auch die Möglichkeit, zu entkommen, falls wir uns dazu entschlossen.

„Es liegt daran, dass sie Angst vor unserer Drohung haben", fauchte Ragnar. „Sie wissen nicht, dass wir nicht die Willensstärke besitzen, sie wahrzumachen."

„Der Meinung bin ich nicht", sagte Hastein. „Ich denke nicht, dass sie angreifen werden, wenn ihr König es vermeiden kann. Ich glaube nicht, dass er die Nerven dafür hat. Der fränkische König Karl ist ein sehr vorsichtiger Mann. Er wird einen Weg suchen, der weniger gefährlich ist."

„Gefährlich?" fragte Ivar. „Welche Gefahr besteht für den König der Franken? Er hat Tausende von Kriegern gegen unsere sechshundert aufgestellt. Wir sind diejenigen, die in Gefahr sind."

„König Karl ist einigen Gefahren ausgesetzt", erklärte Hastein. „Wir müssen es aus seiner Sicht sehen. Ein König kann nicht regieren, wenn sein Volk ihm nicht mehr vertraut und ihm nicht mehr folgt. König Karl weiß das. Aber er hat bereits einige schwere Fehler gemacht, seit wir sein Land angegriffen haben. Er hat seine Armee aufgeteilt, in der falschen Annahme, das sei der beste Weg, um sein Volk zu beschützen. Er hat erwartet, dass wir den Kampf mit seinen heranziehenden Truppen scheuen und den Rückzug antreten. Stattdessen hat er Tausende seiner Krieger verloren, als wir angegriffen haben. Viele in seinem Volk – Verwandte von denen, die gestorben sind, und Soldaten seiner Armee, die etliche Kampfgefährten verloren haben – werden ihm anlasten, dass seine unüberlegte Entscheidung so viele Soldaten ihr Leben gekostet hat.

König Karl hat sich auch geirrt, indem er Paris nicht beschützt hat. Er hat falsch eingeschätzt, wie schnell und wirkungsvoll wir angreifen können. Falls sein Irrtum zur Zerstörung der Stadt und zum Tod der Geiseln führt, darunter wichtiger Geiseln wie dem Bischof von Paris und Graf Robert, wer weiß, wie seine Untertanen reagieren? Vergesst nicht, dass es derzeit drei fränkische Könige gibt, die oft untereinander streiten. Wenn Karl zu schwach wird, weil sein Volk kein Vertrauen mehr in seine Führung hat, könnte einer seiner Brüder versuchen, sein Reich zu übernehmen."

„Was glaubst du, was er tun wird?" fragte Ivar.

„Ich vermute, er wird die Macht des Silbers der Macht des Stahls vorziehen", antwortete Hastein.

In dieser Nacht war Paris still. Die meisten Bewohner wollten nicht in der Stadt eingeschlossen sein, wenn der Kampf losging, und waren zu den wartenden Linien der fränkischen Armee geflohen. Wir hatten nicht genügend Truppen, um sie zu stoppen – und das wollten wir eigentlich auch gar nicht. Wenn wir gezwungen sein sollten, die Stadt niederzubrennen, wäre sie leichter zu zerstören, wenn ihre Bewohner nicht anwesend waren, um die Brände zu bekämpfen.

Fast zweihundert unserer Krieger behielten die fränkische Armee die ganze Nacht aus der Deckung zwischen den Gebäuden am Stadtrand im Auge, damit sie keinen unbemerkten Angriff im Schutz der Dunkelheit starten konnten. Aber die Franken griffen nicht an. Als ich auf die zahlreichen Lagerfeuer blickte, die auf den offenen Feldern um die Stadt flackerten, fragte ich mich, ob die Führer der fränkischen Armee sich wie unsere darüber stritten, welche Strategie sie am nächsten Morgen verfolgen sollten.

Am nächsten Tag war die Sonne auf halbem Weg zwischen Morgengrauen und Mittag, als sich eine Handvoll Reiter mit einer weißen Fahne aus den fränkischen Linien löste, um eine weitere Unterredung mit uns zu suchen. Ich ritt wieder mit Ragnar und Hastein, um sie zu treffen.

Der fränkische Offizier Lothar, der gestern die Bedingungen der Franken überbracht hatte, war einer der Männer, die sich mit uns trafen. Heute hatte aber eindeutig ein anderer Mann das Sagen. Er trug einen dunkelroten und mit weißem Pelz geschmückten Umhang über seinem Kettenhemd, und sein Schwertkoppel und das Pferdegeschirr waren reich mit Silber verziert. Er trug keinen Helm; stattdessen saß auf seinem Kopf eine schwere Krone aus massivem Gold, die mit farbigen Steinen und Juwelen besetzt war.

Als unsere Gruppe die Pferde vor ihnen zügelte,

sprach der gekrönte Franke zu Lothar. „Welcher ist Ragnar, ihr Kriegskönig?"

„Er", antwortete Lothar und zeigte auf Ragnar. „Und dieser", fügte er hinzu und deutete auf mich, „spricht für ihn. Er spricht unsere Sprache."

Der fränkische Führer sah mich neugierig an. Er hatte ein langes Gesicht, umrahmt von einem sorgfältig gestutzten Bart, der am Unterkiefer zu einem dünnen Streifen rasiert war, der nicht breiter war als der Gurt eines Helms. Seine Haare waren hellbraun und spärlich, und er trug sie an den Seiten kürzer als die meisten Krieger, die ihn begleiteten.

„Mein Name ist Karl", sagte er zu mir. „Ich bin König hier im Lande der westlichen Franken. Wie heißt Ihr?"

„Ich heiße Halfdan. In meinem Volk werde ich Starkbogen genannt." Bei diesen Worten blickte König Karl kurz auf den Bogen, den ich in einer Hand hielt und dessen Ende auf dem Knauf meines Sattels lag, bevor er mir wieder ins Gesicht schaute. Etwas in seiner Miene – eine Arroganz, ein Hochmut – missfiel mir, und ich empfand eine unmittelbare Abneigung gegen ihn.

„Ich möchte, dass Ihr Grüße von mir an den Anführer Eurer Armee richtet", sagte er und nickte mit dem Kopf zu Ragnar. „Sein Name ist Ragnar, nicht wahr? Mein Kapitän sagte, sein Titel sei Kriegskönig. Was regiert er? Ist er von königlichem Blut?"

Ich fragte mich, ob dieser Franke es besser fände, mit einem König zu verhandeln. Wäre sein Stolz mehr verletzt, wenn er von einem bloßen Piraten besiegt worden sein sollte?

„Ragnar ist der Kriegskönig, der uns kommandiert", erklärte ich. „Er wurde von unseren Führern gewählt, um unsere Armee zu befehligen und mit ihr in den Krieg zu ziehen. Er wurde wegen seiner Fähigkeiten gewählt und nicht aufgrund von Familie oder Herkunft. Dennoch ist er blutsverwandt mit Horik, dem König der Dänen."

„Ist das der König der Franken?" fragte Ragnar. „Was sagt er?"

„Das ist König Karl", erklärte ich ihm. „Er bittet mich, seine Grüße an Euch zu richten."

„Sagt Ragnar, ich spreche mit ihm, König zu König", sagte König Karl. „Sagt ihm, ich respektiere und ehre seine Kriegskunst. Sagt ihm, ich wünsche Frieden zwischen unseren Völkern. Sagt ihm, es wird notwendig sein, dass er mein Land verlässt."

Nachdem ich die Worte des fränkischen Königs übersetzt hatte, sprach Hastein. „Wenn ein König sich dem anderen unterwirft, ist es üblich, einen Tribut zu bezahlen. Fragt König Karl, ob er bereit ist, diesen Tribut an Ragnar und unsere Armee zu entrichten, wenn wir uns bereit erklären, das Land zu verlassen."

Ich sah Ragnar an, und er nickte zustimmend.

„Wer ist der Mann, der gesprochen hat?" fragte König Karl, nachdem ich Hasteins Forderung übersetzt hatte.

„Er heißt Hastein. Er ist einer der Anführer unserer Armee. Er ist ein Jarl – er regiert über viele Gebiete und Menschen im Namen von König Horik."

„Also das ist Hastings", sagte Karl und sah Hastein prüfend an. „Ich habe von ihm gehört. Es ist nicht das erste Mal, dass er mein Land angreift."

Der König der Franken wandte sich wieder an mich. „Tribut? Ja, das hat einen besseren Klang. Es ist ehrenhafter, einem mächtigen Feind Tribut zu zollen, als sich von Piraten, Mördern und Dieben freizukaufen."

„Was sagt er?" fragte Ragnar.

„Ich glaube, Hastein hatte recht", sagte ich. „Er wird wohl zahlen, damit wir sein Land verlassen."

12

Eine Zeit des Friedens

Die Letztendlich liefen die Verhandlungen nicht viel anders ab als beim Feilschen um den Preis eines Pferdes – obwohl die Details weitaus komplizierter waren. Allen war natürlich klar, dass König Karl einen Preis entrichtete, damit unsere Armee sein Reich verließ. Aber damit sein Volk die Abmachung akzeptierte, brauchte er zusätzliche Zugeständnisse von uns.

Ragnar und Hastein stimmten zu, alle unsere Gefangenen freizulassen. Wir würden keinen einzigen gefangenen Franken, nicht einmal einen von niedrigster Geburt, mitnehmen und in die Sklaverei verkaufen. Sie versprachen darüber hinaus auch, weder Paris noch Ruda und auch keines der vielen Klöster und keine der Kirchen zu zerstören, die unsere Armee überrannt hatte.

Im Gegenzug würden unsere Krieger die gesamte Beute behalten, die sie bereits in ihren Besitz gebracht hatten, und wir würden einen Tribut – einen sehr großen Tribut – als Anerkennung unseres Sieges erhalten. Man konnte es wahrlich nicht Lösegeld nennen, denn die Summe war zu groß. Die Franken würden uns siebentausend Pfund Silber bezahlen, um den Frieden zu erkaufen.

König Karl machte geltend, dass er Zeit bräuchte, um die Mittel aufzubringen, damit er eine solche Summe zahlen könnte – mindestens einige Wochen, wenn nicht sogar bis weit in den Hochsommer. Der Säckel des

Königs allein, so wurde uns gesagt, reiche nicht aus, um uns zufriedenzustellen. Die Kirchen des Landes, die nicht schon durch uns von ihrem Reichtum getrennt worden waren, würden dazu beitragen müssen, mit der Begründung, dass damit auch ihre Sicherheit gewährleistet werden würde. Und die Adligen und das gemeine Volk sollten besteuert werden.

Bis wir den Tribut erhielten, würden wir die wichtigsten Gefangenen weiterhin nicht aus der Hand geben, da sie als Garanten für die Erfüllung von König Karls Seite der Abmachung dienten: Graf Robert, die Bischöfe von Paris und Ruda und drei Äbte, die wir in Paris und in einem Kloster unterhalb von Ruda gefangen genommen hatten. Die anderen Gefangenen in Paris und auch in Ruda würden sofort freigelassen. Während wir warteten, würde unsere Armee weiterhin in Paris auf der Inselfestung untergebracht sein. Damit wir keine Höfe in der Region überfallen mussten, um Vorräte für unsere Männer zu finden, willigten die Franken ein, uns mit Rindern, Bier, Wein und anderen Lebensmitteln zu versorgen. So würden unsere Krieger wohlgenährt sein – und hoffentlich bis zu ihrer Abreise zufrieden und friedlich bleiben.

Als Zugeständnis an die Franken erließen Hastein und Ragnar ein Dekret, demzufolge kein Däne einen Bürger von Paris verletzen oder seine Besitztümer antasten durfte, solange wir auf die Zahlung des Tributs warteten. Bei einem Verstoß gegen diesen Befehl würde der Täter von den Führern unserer Armee verurteilt und bestraft und mögliche Geldstrafen müssten an die geschädigten Franken gezahlt werden. Wenn ein Däne einen Franken ohne Grund tötete, würde er gehängt werden. Letzteres war drakonisch – in unserem eigenen Land wurden Tötungen oft durch die Zahlung von Wergeld und nicht durch den Tausch eines Lebens für ein Leben geahndet. Aber niemand wollte, dass willkürliche Gewalt den Frieden oder die Zahlung des Tributs gefährdete.

„Außerdem", sagte Ivar, als er erfuhr, was Ragnar und Hastein versprochen hatten, „wird es Vater sehr gefallen, dass er jetzt die Gelegenheit hat, unsere Krieger zu mehr Disziplin zu zwingen."

Björn und die Flotte erreichten Paris am Abend des Tages, an dem die Friedensverhandlungen abgeschlossen wurden. Sie hatten erwartet, dass sie sich möglicherweise einer Schlacht stellen oder vielleicht eine eilige Evakuierung unserer Truppen aus der Stadt ausführen mussten, denn eine große Anzahl fränkischer Kavalleristen hatte sie auf der gesamten Reise flussaufwärts beschattet. Stattdessen fanden sie uns bei bester Laune, als wir unseren leichten Sieg feierten und uns über den Reichtum freuten, den wir von den Franken im Gegenzug für den Frieden erhalten würden.

Ich war bei den Verhandlungen über alle Details des Friedensabkommens beteiligt, weil für die Verständigung zwischen unseren Führern und König Karl und seinen Beratern ein Dolmetscher benötigt wurde. In der Tat fand ich es aufregend, Teil eines so wichtigen Ereignisses zu sein. Es war erhellend zu sehen, wie große Männer über das Schicksal von Armeen, Städten und so vielen Menschen entschieden. Vor einem Jahr war ich noch ein Sklave. Jetzt war ich in der Gesellschaft von Königen.

Nach Abschluss der Verhandlungen wurden meine Dienste aber nicht mehr benötigt. Ich hatte keine Aufgabe mehr und viel Zeit. Ich wusste nicht, was ich damit anfangen sollte.

„Ich werde weitere Pfeile anfertigen", sagte Tore, als ich ihn fragte, wie er die Wochen zu verbringen gedachte, bis der Tribut bezahlt wurde. „Ich habe viele in der Schlacht verloren. Jetzt habe ich nicht einmal genug übrig, um einen Köcher ganz zu füllen. Wir können nicht wissen, wann wir wieder kämpfen müssen."

„Ich habe vor, so viel zu essen und zu trinken wie ich kann", antwortete Torvald, als ich ihm die gleiche Frage stellte. „Bis ich zum Platzen voll bin. Die Franken haben den besten Käse, den ich jemals gekostet habe, und die Butter! Es muss am Gras hier im Frankenreich liegen, das ihr Vieh frisst. Und ihr Brot und der Wein ...."

„Wir sollten einen Plan entwickeln, um Snorre zu töten", schlug Einar vor, als ich mit ihm sprach. „Eine Nachricht ist flussabwärts geschickt worden, um den Rest unserer Schiffe aus Ruda hierher zu beordern. In wenigen Tagen wird Snorre hier in Paris sein. Der Friedensvertrag verbietet es uns, Franken etwas anzutun, aber Snorre ist kein Franke."

Ich fand Einars Vorschlag am reizvollsten. Nun, da der Krieg mit den Franken vorbei war, war es an der Zeit, Schritte zum Erfüllen meines Eids zu unternehmen. Ich wollte die Angelegenheit mit Hastein besprechen, aber nur zwei Tage nach Abschluss des Friedensabkommens geschah etwas Unerwartetes, das mich von meinem Vorhaben ablenkte.

Ich war in dem riesigen Palast in der Inselfestung, in dem Graf Robert und seine Familie gelebt hatten, bevor die Stadt fiel. Auch die Garnison der Stadt war normalerweise dort untergebracht, aber jetzt hatte unsere Armee den Palast besetzt. Zwei Zimmer wurden von Hastein und der Besatzung der Möwe als Quartier genutzt – ein kleines Zimmer für Hastein selbst und ein größeres für den Rest von uns. Ich war in unseren neuen Räumen und half Torvald und Cullain, die Kochgerätschaften des Schiffes vor einer tiefen Feuerstelle aus Stein aufzubauen, die an einer Seite des Raumes in die Wand eingelassen war. Ich fand die Feuerstelle erstaunlich. In die Steinmauer war direkt oberhalb der Stelle, an der das Feuer entzündet wurde, ein Abzug für den Rauch eingebaut. Das war eine wesentlich bessere Lösung, als den Rauch einfach nur durch den Raum zu einem Loch in der Decke aufsteigen zu lassen, denn die Luft im Raum blieb dadurch viel besser.

Ein Krieger, den ich nicht kannte, betrat unser Quartier, und ein zweiter Mann folgte ihm. „Ich suche einen Krieger namens Halfdan", rief er. „Ich glaube, er ist ein Gefolgsmann von Jarl Hastein."

„Ich bin Halfdan", sagte ich.

Er zeigte auf den Mann hinter ihm. „Dieser Franke kam an das Tor in Richtung der Stadt und hat nach Euch gefragt. Oder zumindest glauben wir das. Außer den Namen von Euch und dem Jarl konnten wir nicht verstehen, was er sagte."

Das Gesicht des Franken hellte sich auf, als er

mich sah. Als er auf mich zu eilte, wandte der Wächter, der ihn gebracht hatte, sich ab und ging. Offensichtlich erkannte mich der Franke, aber das beruhte nicht auf Gegenseitigkeit. Obwohl er mir irgendwie bekannt vorkam, konnte ich ihn keiner Erinnerung zuordnen.

„Wer seid Ihr?" fragte ich.

„Ich bin Gunthard", antwortete er. Als ich immer noch verwirrt dreinschaute, fügte er hinzu: „Ich diene Graf Robert. Ich war bei der gnädige Frau Genevieve, als Ihr sie gefangen genommen habt."

Jetzt erinnerte ich mich an ihn. Er war der Franke, den ich an der Schulter verletzt und in der alten Festung mit der Dienerin Clothilde zurückgelassen hatte. Er schien ein anständiger und mutiger Mann zu sein. Ich war froh, dass er überlebt hatte.

„Wie geht es Eurer Schulter?" fragte ich ihn.

Er zuckte mit den Achseln und fuhr dabei leicht zusammen. „Sie heilt."

„Weshalb seid Ihr hier?"

Gunthard blickte sich um und beugte sich vor. Obwohl es völlig unnötig war, flüsterte er mir verschwörerisch ins Ohr, aber auch wenn er laut gerufen hätte, gab es niemanden im Raum, der seine Worte hätte verstehen können. „Ich komme von Frau Genevieve."

„Ich verstehe", sagte ich, tat es aber nicht. „Weshalb seid Ihr hier?" fragte ich wieder.

„Frau Genevieve will, dass ich Euch eine Nachricht überbringe. Sie möchte sich mit Euch treffen."

Nun war ich wirklich verwirrt.

„Warum?" sagte ich. „Wann?"

„Jetzt", antwortete Gunthard. „Sie wartet in der

Kirche von Sankt Severin. Diese Kirche befindet sich in der Stadt auf der anderen Seite des Flusses, kurz hinter dem Brückenturm."

Das ergab überhaupt keinen Sinn. Ich hatte den Ausdruck in Genevieves Gesicht gesehen, als sie mich in der Abtei erkannt hatte. Sie hatte nicht so ausgesehen, als wollte sie mich wiedersehen. Damals nicht und auch nie wieder.

Es musste ein Trick sein. Jemand musste vorhaben, mich von der Insel und in die Stadt zu locken. Aber wer würde diesen Franken und den Namen Genevieves verwenden, um mir eine solche Falle zu stellen?

Ich ging im Gedächtnis die ständig wachsende Zahl von Feinden durch, die ich mir gemacht hatte, aber nur eine Person schien zu den Umständen zu passen. Genevieves Bruder hatte geschworen, mich zu töten. Er war wohl impulsiv und hitzköpfig genug, um es zu versuchen. Ich fragte mich, ob er jetzt in Paris war. Er war schon zuvor wütend auf mich gewesen, weil ich seine Schwester entführt und seinen Cousin Leonidas getötet hatte. Zweifellos würde die erniedrigende Gefangennahme seines Vaters seinen Zorn gesteigert und seinen Stolz noch mehr verletzt haben. Mir fiel niemand anders ein, der für eine Falle dieser Art in Frage kommen könnte. Obwohl ich in unserer eigenen Armee auch einige Feinde hatte, wusste keiner von ihnen von Gunthard oder wäre überhaupt dazu imstande, ihn zu überzeugen, in seinem Namen zu handeln.

Am Vernünftigsten wäre es, nicht hinzugehen. Aber meine Neugier – und zweifellos die Langeweile und Ungeduld, die bereits die Aufregung des Feldzugs verdrängten – setzten sich letztlich gegen die Weisheit durch.

„Wartet einen Augenblick", sagte ich Gunthard. Ich ging zu meiner Seekiste hinüber, zog mein gepolstertes Wams und Kettenhemd an und nahm dann mein Koppel, mein Schwert und meine kleine Axt aus der Kiste. Nach kurzem Zögern griff ich noch nach Köcher, Bogen und Schild.

Schon seit Gunthards Ankunft hatte Torvald mich neugierig beobachtet. „Was hast du vor?" fragte er jetzt.

„Ich gehe in die Stadt", sagte ich.

„Erwartest du Probleme?"

Das tat ich, aber ich wollte nicht allzu nervös erscheinen. „Nicht unbedingt. Kein Mann sollte sich ohne seine Waffen aus dem Haus wagen", antwortete ich und versuchte, unbekümmert zu wirken. „Man weiß nie, wann man einen guten Speer braucht." Ich hatte die Redewendung bei Hastein gehört, und ich fand, dass sie sich gut anhörte.

„Hmm. Oder wohl einen Bogen", sagte Torvald. „Dein Speer scheint die einzige Waffe zu sein, die du nicht trägst. Ich denke, ich werde mit dir kommen, wenn du nichts dagegen hast. Mir wird es langweilig hier." Er ging zu seiner Seekiste und holte sein eigenes Schwert heraus, ließ aber seine Rüstung und seinen Schild zurück.

„Wer ist dieser Mann?" fragte Torvald, als wir Gunthard durch den Palast folgten. Ich bemerkte, dass der Franke sich hier auskannte und wusste, wohin er ging – viel besser als ich. Vermutlich hatte er hier gelebt, bevor unsere Armee den Haushalt des Grafen vertrieben hatte.

„Er dient Graf Robert", antwortete ich.

Torvald sah überrascht aus. „Wohin bringt er uns?"

„Zu einem fränkischen Tempel gleich auf der anderen Seite des Flusses. Er sagt, dass dort jemand wartet, der mich sehen will."

„Ein Franke?" fragte Torvald.

Ich nickte. „Er sagt, dass Genevieve dort ist, die Tochter des Grafen."

Torvald schwieg eine Zeitlang, als würde er über meine Worte nachdenken. „Das verstehe ich nicht", sagte er schließlich. „Warum bist du so schwer bewaffnet? Sie ist eine kleine Frau und schien mir kein sonderlich kämpferisches Gemüt zu haben."

„Sie wird nicht da sein. Ich glaube, es ist eine Falle. Eigentlich bin ich mir sicher", sagte ich ihm. „Ich danke dir, dass du mit mir gekommen bist." Ich war wirklich froh, dass ich seine Unterstützung hatte, denn ich wusste nicht, wie viele Feinde auf mich warteten. „Wenn wir heute gezwungen sind, Franken zu töten, glauben Hastein und Ragnar eher, dass wir keine andere Wahl hatten, wenn du es bist, der es ihnen berichtet."

Aber als wir die Kirche erreichten, war im Inneren nur eine einzige Person zu sehen. Torvald schritt die gesamte Länge der Kirche von der Tür im hinteren Teil zum Altar ab, um sicher zu sein, dass sich niemand sonst versteckte. Dann sagte er mir mit einem Grinsen: „Ich glaube, ich werde jetzt zur Festung zurückkehren. Du brauchst meine Hilfe hier wohl doch nicht."

Genevieve hatte Torvald mit einem verwirrten Ausdruck beobachtet, seit wir die Kirche betreten hatten. Keiner von uns hatte bisher etwas gesagt. Ich war bei ihrem Anblick so verdutzt, dass ich nicht wusste, was ich sagen sollte.

Schließlich brach sie das Schweigen, nachdem Torvald gegangen war. „Was hat Euer Freund der Riese gesucht? Und warum seid Ihr bewaffnet? Was habt Ihr hier erwartet?"

„Feinde", antwortete ich. Sobald ich es gesagt hatte, fühlte ich mich töricht.

Genevieve sah Gunthard mit verwirrtem Stirnrunzeln an. Auch er schien sich keinen Reim darauf machen zu können. „Was hat Gunthard Euch erzählt?"

„Er hat gesagt, dass Ihr in dieser Kirche seid und mich sehen wollt." Sie blickte in die Richtung, in die Torvald gegangen war, sagte aber nichts. Nach einem Augenblick fügte ich hinzu: „Ich habe ihm nicht geglaubt. Ich hatte nicht damit gerechnet, dass Ihr hier sein würdet."

„Warum?" fragte sie.

„Ich habe Eure Reaktion gesehen, als Ihr mich im Kloster erkannt habt."

Bei meinen Worten schaute Genevieve weg. Nach einem Augenblick wandte sie sich mich wieder zu. „Warum seid Ihr an jenem Tag gekommen?" fragte sie. „Warum seid Ihr zur Abtei gekommen?"

„Ich wusste, dass unsere Krieger sie plündern würden. Sie durchkämmten jede Kirche und jedes Kloster in Paris. Ich habe mir Sorgen um Eure Sicherheit gemacht."

„Das war der Grund?" Ich konnte ihren Gesichtsausdruck nicht deuten – er sagte mir nichts. Ich zuckte mit den Schultern. Das war tatsächlich der Grund, zumindest teilweise. Aber ich hatte Genevieve einfach auch wiedersehen wollen. Das würde ich ihr gegenüber allerdings sicherlich nicht zugeben.

Meine Antwort war ihr offenbar nicht genug. „Warum sollte es Euch interessieren?" drängte sie. „Warum habt Ihr Euch um meine Sicherheit Gedanken gemacht? Ihr habt Euer Versprechen gehalten. Während ich Eure Gefangene war, habt Ihr Wort gehalten und mich nie angerührt. Aber mein Vater hatte mich bereits freigekauft. Ich war wieder bei meinem eigenen Volk. Ihr wart mir nichts schuldig." Nach einer kurzen Pause fügte sie hinzu: „Wir sind Feinde."

Ja, wir waren Feinde. Das war wohl der Knackpunkt. Ich hatte mich nicht geirrt, als ich sagte, Feinde würden hier in dieser Kirche auf mich warten. Für sie war ich nur ein Nordmann und ein Pirat. Ich war ein Mörder – ein rücksichtsloser, grausamer Mörder. Alle diese Bezeichnungen hatte sie mir schon an den Kopf geworfen. Warum war ich überrascht gewesen, als sie entsetzt war, mich wiederzusehen?

„War das der Grund, warum Ihr mich darum gebeten habt, Euch hier zu treffen?" fragte ich. Ich konnte nicht anders, als brüsk zu klingen. „Um zu erfahren, weshalb ich zur Abtei gekommen bin? Ich wollte nur sichergehen, dass Ihr sicher seid. Das ist alles. Wenn Ihr mich jetzt entschuldigt, muss ich zur Festung zurückkehren."

Ich drehte mich um, zu gehen. „Wartet", sagte

sie. „Ich wollte nicht undankbar erscheinen. Ich danke Euch, nicht nur für mich, sondern für alle Schwestern im Kloster. Wenn Ihr nicht gewesen wäret, wer weiß, was mit uns geschehen wäre. Sogar die Äbtissin sagte, Ihr seiet ganz anders, als sie sich einen Nordmann vorgestellt hätte."

Das war ein schwaches Lob. „Gern geschehen", sagte ich und wollte wieder gehen.

„Als ich Euch in der Abtei sah", sagte Genevieve. Ich wandte mich wieder zu ihr. Ihr Gesicht war sehr bleich, aber als unsere Blicke sich trafen, errötete sie. Sie drehte sich weg, damit Ihr Mantel ihre Gesichtszüge verdeckte. „Ich hatte gedacht, Ihr seiet tot", murmelte sie.

Ich versuchte, ihre Worte zu verstehen, konnte es aber nicht. „Ich verstehe nicht", sagte ich ihr.

„Die Schlacht", erklärte sie. „Mein Vater wurde verwundet und ist gerade noch mit dem Leben davongekommen. Mein Bruder Drogo wurde getötet, oder zumindest glauben wir das. Er war auf jeden Fall nicht unter den Soldaten von uns, die entkommen sind. Wir haben gehört, dass auf beiden Seiten sehr viele Männer gestorben sind. Ich weiß nicht warum, aber ich hatte geglaubt, Ihr wäret einer davon. Ich hatte geglaubt, Ihr wäret tot. Und dann habe ich Euch gesehen."

Ich verstand immer noch nicht.

„Ich dachte, Ihr seiet tot", sagte sie wieder mit stockender Stimme. „Und dann wart Ihr da und habt vor mir gestanden."

Ich schüttelte überrascht den Kopf. „Warum hat es Euch gekümmert?"

„Warum seid Ihr in die Abtei gekommen?" hielt sie dagegen und sah mir in die Augen. „Wieso hat es Euch interessiert, was mit mir geschieht?"

Keiner von uns beantwortete die Fragen des anderen, zumindest nicht an diesem Tag. Es gibt Dinge, die zu zerbrechlich sind, zu zart, um sie in Worte zu fassen. Sie sind wie dünnes Eis. Sich hinauszuwagen birgt die Gefahr, es zu zerstören.

In den folgenden Wochen fand Genevieve fast jeden Tag einen Grund, sich aus der Abtei zu entfernen. Sie besuchte häufig ihre Mutter und ihren Vater – um sie zu trösten, sagte sie. Sie waren nach der Übernahme des Palastes durch unsere Armee wegen des Status ihres Vaters als Geisel gezwungen, unter stark eingeschränkten Bedingungen in der Inselfestung zu leben. Nach dem, was ich über ihre Beziehung wusste, fragte ich mich, ob Genevieves Besuche ihre Eltern überraschten. Vielleicht dachten sie, dass Genevieves Rolle als Dienerin des Weißen Christus in ihr eine neue Wertschätzung für sie hervorrufen hatte.

Obwohl die Bestimmungen des Vertrages es jedem Dänen untersagten, die Bewohner von Paris zu belästigen oder den Frieden zu brechen, war es dennoch kein Ort, wo eine attraktive junge Frau unbehelligt alleine durch die Straßen gehen konnte, selbst wenn sie eine Nonne war. Auf ihren täglichen Spaziergängen von der Abtei zur Festung wurde Genevieve immer von Gunthard begleitet. Es wurde zur Gewohnheit, dass ich mit Genevieve zum Kloster zurückging, während Gunthard einige Schritte hinter uns folgte.

Für mich stellten unsere Spaziergänge eine angenehme Abwechslung dar, während unsere Truppe wochenlang zur Untätigkeit gezwungen war, solange sie auf die Zahlung des Tributs wartete. Sie gaben mir zum ersten Mal in meinem Leben die Gelegenheit, eine gleichaltrige Kameradin zu haben – nein, mehr als das, eine Freundin, denn das wurde Genevieve. Und obwohl wir in sehr unterschiedlichen Verhältnissen aufgewachsen waren, erkannte ich, dass Genevieve und ich mehr gemeinsam hatten als nur unser Alter. Keiner von uns hatte jemals das eigene Leben wirklich selbst bestimmen können.

Ich war den Großteil meines Lebens ein Sklave gewesen. Und jetzt war ich an meinen Eid gebunden, den Tod von Harald und den anderen zu rächen. Ich hatte geschworen, nicht zu ruhen, bis Toke und seine Männer für ihren Verrat mit ihrem Leben bezahlt hatten.

Und Genevieve? Ihr Vater hatte sie nur als wertvolle Ware betrachtet, die er in einem Tauschhandel zu seinem eigenen Vorteil einsetzen wollte. Als sie versucht hatte, sich zu wehren und ihr eigenes Leben zu leben, war sie den christlichen Priestern und Priesterinnen übergeben worden, als wäre sie ein Gegenstand. Sie hatte nun ein langes und einsames Leben als Dienerin des Weißen Christus vor sich.

Aber während der kurzen Zeit des Friedens, in der die dänische Armee in Paris untergebracht war, stahlen sie und ich jeden Tag ein paar Stunden für uns.

Selten gingen wir auf direktem Weg zurück in die Abtei. Stattdessen wanderten wir gemeinsam in der Stadt umher. Es war eine Gelegenheit für mich, etwas über Paris zu erfahren – einem faszinierenden Ort, der ganz anders als alle anderen war, die ich je gesehen hatte. Mir bot sich ein Fenster in eine ferne Vergangenheit, in die Geschichte ganzer Völker und in alte Zeiten, als mächtige Reiche aufgestiegen und untergegangen waren. Und Genevieve war eine begeisterte Führerin, die viel über die Geschichte der Stadt wusste und mich gern daran teilhaben ließ.

Sie erzählte mir von den Parisii, dem alten Stamm, der vor der Ankunft der Römer auf der Insel im Fluss gelebt hatte. Sie erklärte, wie die Römer hier nach der Eroberung Galliens eine Stadt erbaut und sie im Stil des fernen Roms gestaltet hatten. Sie hatten die Stadt mit gewaltigen Denkmälern und Gebäuden gefüllt, wie etwa dem Forum – so nannte sie den sie den großen, halb verfallenen Marktplatz, an dem ich an meinem ersten Morgen in Paris vorbeigegangen war – riesigen öffentlichen Badehäusern und einer Arena.

„Was ist eine Arena?" fragte ich.

Sie nahm mich dorthin mit. Außerhalb der Stadt, unten am östlichen Hang des Hügels, den sie trotz seiner geringen Höhe den Berg zu St. Genevieve nannte, war eine gewaltige, runde und mit Steinen ausgekleidete Grube mit schräg ansteigenden Seiten gebaut worden. Die zerklüfteten Überreste dicker Mauern ragten über dem mit Steinen gesäumten Krater auf und deuteten an, dass hier einst ein mächtiges Bauwerk gestanden hatte. Gleichmäßig abgestufte Reihen von Steinbänken säumten die inneren Seiten der Grube.

„Die Zuschauer saßen auf diesen Bänken", erklärte Genevieve. „Und bevor die Arena verfiel, gab es viele weitere Sitzreihen über uns. Tausende Menschen gleichzeitig konnten hier die Aufführungen sehen." Sie schauderte. „Den Römern gefielen blutige Spektakel. Für ihre Unterhaltung zwangen sie Menschen, gegeneinander – oder gegen wilde Bestien – auf Leben oder Tod zu kämpfen."

Bevor es verfiel, musste das Bauwerk riesig gewesen sein. Genevieve hatte recht – es war schauer-lich, ein Gebäude dieses Ausmaßes nur zu dem Zweck zu bauen, Menschen dabei zuzuschauen, wie sie sich gegenseitig töteten. Das Töten sollte nicht als Unterhaltung dienen.

Ich sah auf die bröckelnden Mauern. „Was ist damit passiert?"

„Unter der Herrschaft der Römer herrschte jahrhundertelang Frieden in diesem Land. Städte wie Paris hatten keine Mauern, weil sie sie nicht brauchten. Dann griffen Stämme von Barbaren die Grenzen des Reichs an, und Roms Armeen konnten sie nicht zurückdrängen. Paris wurde mehrmals von Barbaren geplündert, die in Gallien eindrangen. In ihrer Verzweiflung verwendeten die Bürger der Stadt die Steine dieser Arena und des Forums in der Stadtmitte, um die ummauerte Festung auf der Insel zu bauen, wo sie bei Gefahr Zuflucht finden konnten."

„Aber sie haben nie versucht, eine Mauer um die Stadt selbst zu bauen?" fragte ich.

Sie schüttelte den Kopf. „Nachdem die Franken Gallien erobert hatten, herrschte wieder Frieden im Land. Seit Jahrhunderten hat kein Feind mehr Paris bedroht."

Oder geplündert, dachte ich. Deshalb konnten wir so reiche Beute machen.

„Haben die Franken die Barbaren vertrieben, die Paris geplündert haben? Haben sie mit ihnen Krieg geführt und sie besiegt?" Das wäre wohl gut zu wissen. Wenn es die Franken schon einmal geschafft hatten, fremde Eindringlinge zu bezwingen, die ihr Land bedroht hatten, könnten sie es wieder tun.

„Nein", sagte Genevieve. "Es waren die Franken, die Gallien überfallen und Paris geplündert haben. Sie selbst waren die Barbaren. Zur Zeit von Chlodwig, einem der größten fränkischen Könige, eroberten sie schließlich Gallien und ließen sich hier nieder. Es war König Chlodwig, der die Franken zum Christentum bekehrte. Er errichtete die Kirche St. Genevieve hier in Paris, und er ist dort begraben. Seit der Zeit Chlodwigs sind die Völker Galliens vereint, und Römer, Gallier und Franken lebten seither in Frieden zusammen."

Das war eine erstaunliche Geschichte. Ich fragte mich, ob Ragnar davon wusste. Es machte seinen Traum, ein Königreich zu erobern und dort zu herrschen, fast plausibel.

Es war eine unbeschwerte Zeit, die glücklichste, die ich jemals gekannt hatte – sogar glücklicher, als damals, während ich mit Harald und Sigrid als Familie zusammengelebt hatte. Den Großteil meines Lebens war das einzige Gefühl der Zugehörigkeit, das ich erlebt hatte, meine Rolle als Eigentum Hroriks, meines Vaters, dem ich gehörte. Nachdem ich befreit worden war – und bevor Harald getötet wurde – war ich zum ersten Mal

Teil einer echten Familie. Ich hatte einen Bruder und eine Schwester, die mich mochten und die sich um mich kümmerten. Abgesehen von meiner Mutter hatten sie mir mehr Freundlichkeit gezeigt, als ich je zuvor gekannt hatte.

Dennoch war mir immer bewusst, dass Haralds und Sigrids Gefühle für mich zum großen Teil auf dem beruhten, *was* ich war, und nicht, *wer* ich war. Schließlich hatte ich mein ganzes Leben lang im selben Haushalt mit ihnen gelebt und sie hatten sich nicht für den Sklaven Halfdan interessiert. Erst als ich ein legitimes Mitglied ihrer Familie wurde und ich als Hroriks Sohn und ihr Bruder anerkannt wurde, veränderten sich ihre Gefühle für mich.

Mit Genevieve war es anders. Die Gefühle, die sie anfangs für mich empfunden hatte – die Angst und das Misstrauen – hatten sich gewandelt, obwohl ich immer noch ein Nordmann war, ein Pirat und ein Feind. Was sie für mich fühlte, lag daran, wer ich war: an dem Menschen Halfdan.

Eines Tages fragte ich sie danach. "Findet Ihr es nicht seltsam, dass wir Freunde geworden sind?"

„Was meint Ihr?"

„Es ist nicht nur, dass wir verschiedenen Völkern entstammen – dass Ihr Fränkin seid und ich Däne bin. Ich habe Euch aus Eurer eigenen Umgebung geraubt und für Lösegeld festgehalten." Und nicht nur das, dachte ich, ich habe Euren Vetter umgebracht, als er mich aufhalten wollte. Das sagte ich aber nicht laut. Ich wollte sie nicht daran erinnern.

Sie schwieg einige Augenblicke und dachte wohl

über meine Worte nach. „Das ist wahr. Aber es gibt auch eine andere Seite. Niemand hat sich jemals so um mich, um mein Wohlbefinden und meine Sicherheit gekümmert, wie Ihr es getan habt. Mein Vater und meine Mutter, von denen ich einmal glaubte, dass sie mich liebten und umsorgten, hätten mich mit einem von mir verachteten Mann vermählt, in der Hoffnung, dass Vater eines Tages seine Ländereien zu den eigenen machen konnte. Sollten nicht Väter und Mütter mehr für ihr eigenes Kind fühlen? Ihr dagegen solltet mein Feind sein. Ihr seid mir nichts schuldig, doch immer wieder habt Ihr mich ehrenhaft behandelt und beschützt. Ich kann nicht ganz verstehen, warum, aber ich bin dankbar dafür."

Bei der Wärme in Genevieves Augen, als sie sprach, konnte ich fast glauben, dass sie meinem Verhalten mehr als nur Unverständnis entgegenbrachte. Sie gab mir das Gefühl, dass sie meine Anwesenheit genoss und schätzte. Ich wiederum war dankbar für ihre Zeit und Aufmerksamkeit. Sie hätte keine täglichen Ausflüge aus der Abtei machen müssen, um ihre Familie zu besuchen. Das wurde sicher nicht von ihr erwartet. Ich wusste, dass sie es tat, damit sie Zeit mit mir verbringen konnte. Ich fühlte mich deswegen gleichzeitig glücklich und unbehaglich. Ich war es nicht gewohnt, die Gesellschaft einer Frau dermaßen zu genießen.

Meine gemischten Gefühle traten eines Tages zutage, als sie mich zu einem weiteren imposanten Gebäude der Römer in der Stadt führte. Wie die meisten der alten Steinbauwerke war es sehr groß, mit hohen Bogenfenstern und gewölbten Decken. „Zur Zeit der Römer war das ganze Gebäude ein großes Badehaus", erläuterte sie mir. Ich war beeindruckt. Ich hatte das niedrige, kleine Badehaus, das mein Vater Hrorik an der Seite seines Langhauses gebaut hatte, als passenden und bequemen Raum zum Baden empfunden. Dieses Gebäude sah so aus, als könnte die Hälfte der Bewohner von Haithabu gleichzeitig darin baden.

„Später benutzte König Chlodwig es als seinen königlichen Palast", fuhr sie fort. Es war auf jeden Fall groß und herrlich genug, um als Palast zu dienen. Mir war aufgefallen, dass viele Franken – besonders unter dem gemeinen Volk – nicht allzu oft badeten. Es überraschte mich daher nicht, dass ein fränkischer König ein solch prächtiges Gebäude als einfaches Badehaus als vergeudet betrachtete.

Als ich ans Baden dachte, kehrten meine Gedanken zurück zu dem Vorfall am Fluss unterhalb von Ruda. Ich blickte auf Genevieve und erinnerte mich daran, wie sie im Fluss ausgesehen hatte; wie ihr dünnes, nasses Unterkleid ihre Schönheit bloßlegte, wie ihr langes Haar im Wasser um uns schwebte.

Sie merkte wohl, wie ich sie anstarrte. „Was ist los?" fragte sie. „Wieso schaut Ihr mich so an?"

Ich errötete verlegen. „Ich war ... es war ... nichts", stammelte ich. „Ich habe gerade nachgedacht. Meine Gedanken waren woanders."

„Ich glaube Euch nicht", sagte sie. „Die Röte in Eurem Gesicht zeigt, dass Ihr nicht die Wahrheit sagt. Ich dachte, wir wären Freunde geworden. Gibt es etwas, das Euch beschäftigt?"

Ich nahm meinen ganzen Mut zusammen. „Als Ihr mir sagtet, dies sei ein Badehaus, dachte ich an den Tag, an dem ich Euch zum Baden an den Fluss in der Nähe von Ruda begleitet habe."

Jetzt war sie mit dem Erröten an der Reihe. „Ihr solltet nicht an solche Dinge denken", sagte sie. „Es ist nicht richtig."

„Ich kann nicht anders", gestand ich ein. „Ich kann nicht vergessen, wie Ihr an diesem Tag im Wasser ausgesehen habt..." Und wie sie sich in meinen Armen angefühlt hatte, während ihr Körper an meinen gepresst war, als ich sie rettete. Das sprach ich allerdings nicht aus. „Ich glaube nicht, dass ich damit etwas Falsches tue."

Sie errötete wieder und wandte sich ab. Sie sah aufgewühlt aus.

„Es wird spät", sagte Genevieve und ging schnell den Hügel hinauf. „Ich muss jetzt zur Abtei zurückkehren."

13

Das Geschenk

Ich wartete am Festungstor zur Stadt auf Genevieve. Sie war wieder auf die Insel gekommen, um ihre Eltern zu besuchen. Einar hatte mich am Tor stehen sehen und sich zu mir gesellt, um zu reden. Ich war allerdings abgelenkt und wünschte, dass er weggehen würde.

„Hast du Snorre schon gesehen?" fragte er. Ich schüttelte den Kopf. Ich hatte in letzter Zeit nicht einmal an ihn gedacht. Meine Gedanken kreisten nur noch um Genevieve.

„Die Schiffe aus Ruda sind gestern angekommen. Er und seine Männer sind hier auf der Insel im Palast untergebracht. Du solltest vorsichtig sein."

Ich wusste Einars Warnung zu schätzen, aber ich wollte jetzt nicht an Snorre denken. Ich musste mir meine Worte an Genevieve überlegen, bevor ich sie wiedersah.

„Es ist sicher Schicksal, dass Snorre ins Frankenland gekommen ist", fuhr Einar fort. „Es ist ein Zeichen dafür, dass die Nornen dir helfen wollen, deinen Racheeid zu erfüllen."

Mein Eid. Ich verspürte Schock und Scham, dass ich ihn in den letzten Wochen völlig vergessen hatte. Ich hatte vergessen, dass ich geschworen hatte, den Tod meines Bruders Harald, seiner Männer und aller, die bei Tokes Angriff auf das Anwesen am Limfjord gestorben waren, zu rächen. Als ich den Eid geschworen hatte, hatte ich sogar zu Odin gebetet und um seine Hilfe gebeten. Mein Gebet fiel mir jetzt wieder ein: „Lass nicht zu, dass mein Herz Frieden findet, bis mein Eid erfüllt ist."

Es war falsch von mir, sehr falsch, durch die Freude an Genevieves Gesellschaft meine Pflicht aus den Augen zu verlieren.

Ich wollte nicht, dass Einar merkte, wie ich meinen Eid vernachlässigt hatte. Ich musste vermeiden, dass er Respekt vor mir verlor. Daher murmelte ich ein paar Ausreden und versprach, dass ich zwar jetzt keine Zeit hätte, aber dass wir später miteinander sprechen würden. Wir verabredeten uns für den späten Nachmittag in meinem Quartier.

Als Genevieve schließlich erschien, sah sie betrübt aus.

„Was ist los?" fragte ich sie. „Ihr scheint beunruhigt zu sein."

„Mein Vater hat mir heute erzählt, dass König Karl das Silber gesammelt hat, das er braucht, um Eurer Armee den Tribut zu zahlen. Die Männer des Königs werden es in den nächsten Tagen nach Paris bringen." Sie sah mich mit einem krampfhaften Lächeln an. „Ich bin wohl etwas traurig. Bald wird mein Freund für immer davonziehen."

Die Neuigkeiten, die sie von ihrem Vater erfahren hatte, überraschten mich. Am Morgen hatte ich noch mit Torvald gesprochen, und er hatte nichts davon gesagt. Ich war mir sicher, wenn Hastein davon gewusst hätte, wäre die Nachricht auch zu Torvald vorgedrungen

– und er hätte es mir gesagt. Obwohl wir Graf Robert in der Inselfestung festhielten, hatte er offenbar noch irgendwie Zugang zu fränkischen Spionen und zu den Nachrichten, die sie von ihrem König brachten.

Genevieve und ich überquerten die Brücke und gingen die lange, gerade Straße hinauf, die zum Gipfel des Hügels führte. Normalerweise hätten wir eifrig miteinander gesprochen und geplant, welche Sehenswürdigkeiten wir auf Genevieves weitläufigem Weg zur Abtei besuchen würden. Aber an diesem Tag herrschte gedankenverlorene Stille.

Endlich wandte sich Genevieve an mich. „Es tut mir leid, Halfdan", sagte sie. „Aber ich möchte jetzt zur Abtei zurückkehren. Mein Herz ist aufgewühlt. Es gibt Dinge, über die ich alleine nachdenken muss und über die ich beten möchte."

Ich widersprach nicht. Heute schien sich alles geändert zu haben. In ihrer Anwesenheit spürte ich gerade mehr Schmerz als Vergnügen.

„Morgen bin ich wieder die Alte", versprach sie. Ich wusste nicht, ob auch ich der Alte sein würde. Ich hatte mich an meinen Eid erinnert. Es war mir wieder eingefallen, dass ich ein Mörder war. Es war mein Schicksal. Ich hätte es nie vergessen dürfen.

Ich war tief in Gedanken versunken und achtete wenig auf meine Umgebung, als ich zur Inselfestung zurückging. Aber als ich die Brücke betrat, die von der Stadt zum Tor der Festung führte, wurde meine Aufmerksamkeit abrupt wieder ins Jetzt zurückgerissen. Aus dem Schatten des Torbogens traten Snorre und ein anderer Krieger hervor. Sie gingen die Brücke hinunter auf mich zu.

Snorre und sein Mann trugen beide Brünnen, und an ihren Gürteln hingen Schwerter. Obwohl auch ich mein Schwert trug und mein Dolch in meinem Gürtel steckte, trug ich keine Rüstung. Ich blieb stehen, dann wich ich einen Schritt zurück und noch einen. Es gibt Zeiten, in denen Flucht die bessere Wahl darstellt.

Ich merkte, dass der Mann neben Snorre mit einem gehässigen Grinsen auf etwas hinter mir schaute. Ich blickte über meine Schulter und sah zwei weitere bewaffnete und gepanzerte Krieger, die sich mir auf der Brücke vom Ufer her näherten. Sie mussten sich im Torturm versteckt haben, während ich das Tor passiert hatte. Ich hatte keine Ausweichmöglichkeit. Es war entweder Kampf oder ein Sprung in den Fluss. Als Snorre und seine Männer näher kamen, trat ich an das Brückengeländer und schaute hinunter auf das darunter strömende Wasser.

„Ich weiß, dass du gut laufen kannst", höhnte Snorre. „In der Nacht, als wir deinen Bruder getötet haben, warst du der einzige, der schnell genug war, um zu entkommen. Aber wie sieht es mit dem Schwimmen aus?"

Ich konnte nicht glauben, dass Snorre so dreist war, mich hier gut sichtbar auf der Brücke anzugreifen. Ich schaute auf das Tor hinter ihm. Wo waren die Wachen?

„Dort ist niemand, der dir helfen wird", sagte Snorre. „Heute Nachmittag bewachen meine Männer das Tor. Ich habe sie als Freiwillige für diese Aufgabe gemeldet. Ich hielt es für das Mindeste, was wir tun konnten, da wir nicht in der Schlacht oder bei der Eroberung von Paris helfen konnten."

Sie waren jetzt sehr nahe und hatten sich so aufgestellt, dass ich eingekesselt war. Ich konnte es mir nicht leisten, länger zu warten, um zu sehen, was Snorre tun würde. Seine Absichten waren offenkundig. Mit dem Rücken zum Brückengeländer und dem Wasser darunter zog ich mein Schwert und meinen Dolch aus den Scheiden. Ich hielt das Schwert vor mir, damit ich schnell stoßen oder parieren konnte, während ich den Dolch in meiner linken Hand bereithielt.

„Er hat seine Waffen gezogen", sagte Snorre zu seinen Männern. „Ihr habt es alle gesehen. Ihr seid jetzt Zeugen. Ich habe nur versucht, mit diesem Jungen zu sprechen, aber er hat sein Schwert gezogen und bedroht mich jetzt damit. Ich habe das Recht, mich zu verteidigen. Das haben wir alle."

Snorre und seine Männer griffen nach ihren Schwertern, doch bevor die Klingen ihre Scheiden verlassen konnten, flog ein Pfeil zwischen Snorres Beinen hindurch und blieb in den Brettern der Brücke vor ihm stecken. Wäre der Schuss eine Handbreithöher gewesen, hätte er ihn entmannt.

„Lass deine Klinge stecken, Einauge", rief eine Stimme. „Das gilt für dich und alle deine Männer, oder ich schwöre dir, mein nächster Pfeil wird dich töten."

Es war Einar. Er stand über dem Tor auf dem Festungswall. Während ich zusah, legte er den nächsten Pfeil an den Bogen, den er hielt.

Mit seiner Hand immer noch auf dem Schwertgriff wirbelte Snorre herum, und schaute zur Festungsmauer hinauf, aber weder er noch seine Männer zogen ihre Waffen. Es war nur eine kurze Schussdistanz vom Wall bis zur Brücke, und jeder erfahrene Bogenschütze konnte von dort aus mühelos sein Ziel treffen.

„Du!" rief Snorre, als er Einar sah. „Ich fand es schon immer verdächtig, dass Tokes Männer bei der Jagd auf diesen Jungen getötet wurden, während du unverletzt in dein Dorf zurückgekehrt bist. Jetzt weiß ich die Wahrheit – der Hund war mit dem Fuchs im Bunde. Du wirst für deinen Verrat damals genau wie für deine Einmischung heute bezahlen. Ich werde dein Blut an meinem Schwert sehen."

„Rechne nicht mit dem Ableben deiner Feinde, bevor du sie getötet hast, Einauge", sagte Einar. „Und ausgerechnet du solltest andere nicht des Verrats beschuldigen. Du bist im Dienst eines Mannes, der seinen eigenen Bruder ermordet hat. Halfdan, komm hierher. Mach einen großen Bogen um sie, damit ich eine offene Schussbahn auf diesen knurrenden Hund habe."

Ich hielt meine Waffen bereit und schob mich vorsichtig an Snorre und dem Krieger neben ihm vorbei. Als ich ihn passierte, spottete Snorre: „Schon wieder rennst du weg, Junge. Das kannst du nicht ewig tun. Sei ausnahmsweise ein Mann. Nehmen wir zwei Pferde, nur du und ich, und reiten wir hinaus aufs Land. Weg von der Stadt, weg von deinen Kameraden und meinen. Dort legen wir unseren Streit wie Männer bei."

„Der Streit zwischen uns wird beigelegt", sagte ich. „Darauf kannst du dich verlassen." Aber ich hatte vor, es auf meine Weise zu tun.

Einar erzählte mir, dass er Snorre im Auge behalten hatte, seit sein Schiff aus Ruda eingelaufen war. „Nicht nur du hast eine Blutrache zu erfüllen. Toke und dieser einäugige Hund sind für den Tod von Ulf, dem Sohn meiner Schwester, verantwortlich. Ich bin Snorre gefolgt, um mehr über seine Gewohnheiten zu erfahren und seine Kameraden zu identifizieren. Wenn man den Tod eines Mannes plant, ist es immer gut, so viel wie möglich über ihn zu wissen. Aber als ich gesehen habe, dass er und seine Leute die Bewachung des Tors übernommen hatten, habe ich vermutet, dass er nichts Gutes im Schilde führte, und habe meinen Bogen geholt. Es ist gut, dass ich das getan habe."

Ich stimmte ihm zu. Gemeinsam gingen wir zu Hastein. Wir fanden ihn in seinem Quartier, wo er eine Partie Hnefatafl mit Ivar spielte.

„Ich muss mit Euch reden", sagte ich ihm.

Die Unterbrechung schien Hastein zu ärgern. Der Position der Figuren auf dem Brett nach zu urteilen, war er am Verlieren.

„Falls Ihr es noch nicht bemerkt habt, bin ich beschäftigt", sagte er gereizt.

„Es ist wichtig", sagte ich.

Er starrte mich an. „Dann sprecht. Sprecht oder verschwindet jetzt."

Ich hätte es vorgezogen, die Angelegenheit nicht vor Ivar anzusprechen. Als ich sah, dass er dort war, hätte ich warten sollen. Ich hätte gehen und später zurückkommen können. Aber das hatte ich nicht getan, und jetzt wartete Hastein ungeduldig auf meine Erklärung, was denn so wichtig war. Ich musste fortfahren.

„Es ist Snorre", sagte ich. „Ich kann nicht länger warten. Es ist Zeit. Ich muss ihn töten."

„Ich fange an, Gefallen an deinem Mann zu finden", sagte Ivar. „Es wird nie langweilig, wenn er da ist."

Am nächsten Tag, kurz nach Mittag, erschien Gunthard am Eingang des Raums im Palast, in dem die Besatzung der Möwe untergebracht war. Ich stand in der Nähe der Feuerstelle und sah zu, wie Cullain das Abendessen vorbereitete, und sprach mit Torvald und Tore über die Neuigkeiten, die Hastein und Ragnar gerade erfahren hatten. Ein Bote von König Karl war eingetroffen. Mit dem Tribut beladene Wagen waren auf dem Weg nach Paris.

„Ich habe eine Nachricht für Euch von der gnädigen Frau Genevieve", sagte Gunthard und reichte mir ein gefaltetes Blatt Pergament. Als ich es öffnete, fand ich eine kurze Notiz in Genevieves Handschrift. Schweigend dankte ich meiner Mutter dafür, dass sie mich gegen meinen Willen gezwungen hatte, Latein nicht nur zu sprechen, sondern es auch zu lesen und zu schreiben. Ich tat mich schwer, aber ich konnte ihre Botschaft entschlüsseln.

„Mein liebster Freund", schrieb sie. „Ich möchte mit Euch noch eine Sache hier in Paris teilen, bevor Ihr gehen müsst. Und es gibt auch etwas, worum ich Euch bitten möchte. Ich kann nicht zur Festung kommen. Bitte folgt Gunthard. Er wird Euch zu mir bringen."

Ich war versucht, nicht zu gehen. Ich musste

wieder mit Hastein sprechen. Gestern Abend hatten wir begonnen, einen Plan zu schmieden, um das Problem mit Snorre zu regeln. Wir hatten allerdings noch einiges daran zu feilen. Aber dies könnte meine letzte Gelegenheit sein, Genevieve zu sehen.

Ich faltete das Pergament zusammen, steckte es in den Beutel an meinem Gürtel und holte mein Schwert aus meiner Seekiste.

Torvald sah mir zu. „Bist du wieder von dieser Fränkin einbestellt worden?"

Ich nickte. „Wenn Hastein mich sehen will, sag ihm bitte, dass ich vor Einbruch der Dämmerung zurück bin."

„Muss ich mitkommen, um dich zu beschützen?" fragte Torvald. Ich sah ihn scharf an. Er grinste. „Wie das letzte Mal?" fügte er hinzu.

„Ist Halfdan in Gefahr?" fragte Tore.

„In sehr großer Gefahr", sagte Torvald zu ihm. „Er geht zu dem fränkischen Mädchen, das seine Gefangene war." Ich errötete, als sie beide laut loslachten. Es hatte keinen Sinn, ihnen die Situation zu erklären. Sie würden es ohnehin nicht verstehen. Genevieve war nur ein Freund. Sie konnte niemals mehr sein. Das war nicht mein Schicksal.

Gunthard führte mich in einen Teil der Stadt, den ich zuvor noch nicht mit Genevieve erkundet hatte. Ich fragte mich, was sie vorhatte. Hier gab es keine imposanten Gebäude wie sonst in der Stadt, nur einfache Häuser. Bei einigen der größeren war es möglich, dass sie aus der Römerzeit stammten, aber andere schienen neueren

Datums und jetzt schon baufällig zu sein.

Wir hielten an der Tür eines der Letzteren an. Es war ein schmales Haus, das sich zwischen zwei andere drängte. „Warum sind wir hierhergekommen?" fragte ich Gunthard.

„Frau Genevieve wartet drinnen auf Euch", antwortete er.

Ich verstand nicht. „Was ist dies für ein Ort?"

„Es ist das Haus, in dem ich aufgewachsen bin", erklärte er mir. „Es war das Haus meiner Eltern, aber sie sind seit vielen Jahren tot. Es gehört jetzt meinem Bruder und seiner Frau. Sie sind zurzeit nicht in Paris. Sie sind in Dreux bei der Familie seiner Frau. Sie hatten Angst, zurückzukehren, bevor Eure Armee die Stadt verlässt."

Er klopfte einmal an die Tür, und sie schwang sofort auf. Genevieve stand dort. „Ich werde Euch jetzt verlassen", sagte er.

Genevieve sah bleich und besorgt aus. Sie hielt die Hände zusammengepresst vor ihrem Körper, während sie sie nervös rang. „Bitte kommt herein", sagte sie. „Bleibt nicht auf der Straße stehen."

„Warum ...", begann ich, als ich durch die Tür trat. Ich wollte nach dem Grund fragen, warum wir hier waren, aber sie legte ihre Fingerspitzen an meinen Mund, um mich zum Schweigen zu bringen.

„Bitte", sagte sie. „Lass mich sprechen. Ich habe viel darüber nachgedacht, was ich dir sagen möchte, aber wenn du mich unterbrichst, fürchte ich, dass die Worte aus meinem Kopf verschwinden und ich sie vergesse.

Du hast mir von deinem Glauben an das Schicksal erzählt. Mein eigenes Schicksal, ein Leben des Glaubens und der Hingabe an meinen Gott zu führen, wurde mir aufgezwungen. Doch ich habe geschworen, es zu akzeptieren. Ich habe mich verpflichtet, Gott für den Rest meiner Tage zu dienen. Ich kann und werde keine Schande über einen solchen Eid bringen, nachdem ich ihn einmal abgelegt habe. Ich weiß, dass du als ehrenwerter Mann das verstehen kannst. Ich werde mein Leben meinem Gott widmen.

Aber du hast mich einmal gefragt, ob ich jemals den Wunsch hatte, einen lebenden Ehemann zu haben, anstatt eine Braut Christi zu sein. Ich habe dir gesagt, dass es eine Zeit gab, in der ich davon geträumt habe. Ich habe dir aber nicht alles erzählt. Dieser Traum, den ich einst hatte und von dem ich weiß, dass er für immer verloren ist, ist so viel schmerzhafter geworden, seit ich dich kenne. Mir lässt die Frage keine Ruhe, wie anders und wie süß mein Leben vielleicht gewesen wäre, hätte ich es mit jemandem wie dir verbringen können."

Ich konnte nicht glauben, was meine Ohren vernahmen – was Genevieve von den Gefühlen in ihrem Herzen preisgab.

„Ich kann es nicht ertragen", fuhr Genevieve fort, und ihre Stimme stockte. „Ich möchte nicht den Rest meines Lebens damit verbringen, mich zu fragen, was hätte gewesen sein können. Ich werde von nun an meinem Gott dienen, weil ich es geschworen habe. Aber ich muss etwas haben, was mir durch die Tausende einsamer Nächte, die vor mir liegen, helfen kann. Ich muss mehr als nur einen verlorenen Traum haben. Ich muss eine süße Erinnerung haben, an der ich mich festhalten kann."

Ihre Lippen zitterten und ihre Augen sahen feucht aus, obwohl sie keine Tränen vergoss. Sie zog ihren Umhang über den Kopf, ließ ihn auf den Boden fallen und schüttelte ihr langes Haar aus.

„Was ich vorhabe, ist eine große Sünde", flüsterte sie und trat auf mich zu. „Aber es ist mir egal. Hilf mir, Halfdan. Hilf mir, diesen Tag zu einer Erinnerung zu machen, die ich immer im Herzen bewahren kann; eine, die mich in den langen und einsamen Jahren trösten wird, die vor mir liegen."

14

Der Weg

Ich hatte sparsam gegessen und nur Wasser getrunken. In dieser Nacht musste ich flink auf den Beinen und klar im Kopf sein.

Es war der letzte Tag unserer Armee in Paris. Der Tribut der Franken war gewogen, gezählt und auf unsere Männer aufgeteilt worden. Alle Schiffe waren beladen und bereit zur Abfahrt. Morgen würden wir flussabwärts zum Meer fahren und unsere lange Heimreise antreten. Heute Abend veranstaltete Ragnar ein letztes großes Fest für alle unsere Krieger, bevor die Armee sich auflöste.

„Vater wird sichergehen wollen, dass jeder den Ruhm und Reichtum zu schätzen weiß, den ihr mächtiger Kriegskönig für sie gewonnen hat", erklärte Ivar.

Ein geeigneter Ort, an dem sich alle versammeln konnten und wo Ragnar die ganze Armee ansprechen und von ihr gehört werden konnte, war gesucht worden. Ich hatte Hastein die alte römische Arena vorgeschlagen. Ragnar war mit dem Standort sehr zufrieden, da die Arena für seine Bedürfnisse gut geeignet war. Sie war auch für meine und Hasteins Pläne passend. Immerhin war sie zu dem Zweck gebaut worden, dass ein Publikum Männern beim Kampf auf den Tod zuschauen konnte.

Eine breite, erhöhte Plattform verlief an einer Seite der Arena. Genevieve hatte es eine Bühne genannt. Sie hatte mir erzählt, dass den Stadtbewohnern während der Römerzeit manchmal Geschichten vorgespielt wurden. Es fiel mir schwer, mir das vorzustellen. Geschichten mussten erzählt werden. Was Geschichten ihre Macht verlieh, war der Klang der Stimme des Erzählers, seine Worte, und das Geschick des Skalden, Bilder zu erschaffen, die jeder Zuhörer sich selbst ausmalen konnte. Es kam mir unwürdig und charakterschwach vor, stattdessen durch posierende und sich verstellende Männer Geschichten vorgespielt zu bekommen.

Die Plattform erwies sich allerdings als günstig für Ragnars Fest. Lange Tische waren darauf aufgestellt worden, und alle Anführer und Kapitäne der Armee saßen dort. Fackeln brannten um sie herum, damit alle sie sehen konnten. Snorre war unter ihnen, am linken Ende der Bühne. Stig und Svein, die beiden Kapitäne, die Hastein folgten, saßen in seiner Nähe.

Der Rest der Armee versammelte sich um Feuerstellen, die über den Innenraum der Arena verstreut waren. Die Besatzung der Möwe sowie die Krieger von Hasteins anderen beiden Schiffen hatten einen Platz direkt vor der Mitte der Plattform. Torvald hatte ihn auf Anweisung von Hastein früh für uns belegt.

Ragnars letzte, eintönige Ansprache an die Männer dauerte jetzt schon eine ganze Weile. Vor ihm hatten auch andere, weniger wichtige Anführer gesprochen. Ich hatte vor langer Zeit aufgehört zuzuhören. Ich erinnerte mich an meine letzten Stunden mit Genevieve. Während ich an sie dachte und an das, was wir miteinander geteilt hatten, hielt ich ein kleines goldenes Kreuz in der Hand, das an einer dünnen Kette aus demselben Metall befestigt war. Sie hatte es mir gegeben, als wir uns verabschiedet hatten.

„Ich möchte dir dieses kleine Geschenk geben." Sie hatte es von ihrem Hals genommen und mir fest in die Hand gedrückt. „Es ist das Symbol meines Gottes. Des Gottes, dem ich diene und dem ich mein Leben widme. Ich werde beten, dass er dich beschützt. Und ich werde hoffen, dass es dich in den kommenden Jahren gelegentlich an mich erinnert."

Ich brauchte nichts, um mich an Genevieve zu erinnern. Ich würde sie nie vergessen.

Ich hatte ihr ebenfalls ein Geschenk gemacht, obwohl es verglichen mit ihrem armselig und geringwertig aussah. Um das Kreuz zu ersetzen, das sie mir gegeben hatte, gab ich ihr das kleine, abgenutzte, einfache Silberkreuz, das ich an einem Lederriemen um meinen eigenen Hals trug. Bevor ich es ihr überreichte, benutzte ich die Spitze meines Dolches, um ein Symbol in die Rückseite des Kreuzes einzuritzen:

᛭

Als ich es tat, erinnerte ich mich an das letzte Mal, als ich mein Messer benutzt hatte, um diese Rune zu schreiben. Ich hatte es als Zeichen in das Gesicht eines Mannes geschnitten, den ich getötet hatte.

„Dieses Symbol", sagte ich ihr, „ist der erste Buchstabe meines Namens in der Schrift meines Volkes. Wenn du es siehst, erinnere dich an mich. Erinnere dich vor allem an diesen Tag, aber auch an all die Tage, die wir zusammen hatten." Eine schöne Erinnerung hatte sie von mir gewollt, und eine Erinnerung war alles, was ich ihr geben konnte.

Sie nahm das Kreuz. „Woher hast du das und warum trägst du es? Es ist ein Symbol meines Gottes und seines Sohnes, Jesus Christus. Er ist nicht dein Gott."

„Meine Mutter hat mir dieses Kreuz geschenkt, an dem Tag, an dem sie starb", sagte ich ihr. „Es stammt aus Irland, wo sie geboren wurde. Sie sagte mir, wenn ich es trüge, würde ihr Gott – dein Gott – möglicherweise über mich wachen und mich beschützen. Ich gebe es jetzt dir und hoffe, dass er auf dich aufpasst." *Jetzt, wo ich es nicht mehr kann*, dachte ich.

„Ich kann das nicht akzeptieren", beteuerte Genevieve. „Behalte es, damit du etwas hast, das dich an deine Mutter erinnert. Sie hatte gehofft, dass es dich beschützen wurde."

Ich glaubte nicht, dass ihr Gott mir beistehen wollte. Mein Schicksal lag in den Händen meiner Götter und der Nornen. Und wenn ihr Gott es doch täte, würde ihr Kreuz ihn an mich binden. „Meine Erinnerungen an meine Mutter leben in meinem Herzen", sagte ich ihr. „Dort werden auch meine Erinnerungen an dich leben. Ich möchte, dass du es als Andenken an mich hast."

Ragnar war endlich fertig mit seiner Ansprache. Ich legte Genevieves Kette um meinen Hals und steckte das Kreuz in meine Tunika. Es war an der Zeit, an andere Dinge zu denken. Es war an der Zeit, eine Schuld zu begleichen.

Nachdem Ragnar zu seinem Platz am Tisch zurückgekehrt war, stand Hastein auf und trat auf der Plattform vor. Während die Armee in Paris untätig auf die Übergabe des Tributs gewartet hatte, hatte er seine Zeit damit verbracht, das feinste Tuch, das beste Leder und die kunstfertigsten Gewandmacher der fränkischen Stadt aufzuspüren. Er trug jetzt eines seiner neuen, prunkvollen Gewänder und sah prächtig aus. Er hatte sogar für sein Lieblingsschwert einen neuen Gürtel und eine neue Scheide, die mit aufwendigen silbernen Beschlägen verziert war, anfertigen lassen.

Ein Stück trug Hastein, das nicht neu war. Um seinen Schwertarm trug er ein dickes Band aus massivem Gold – den Eidring eines Goden.

Ich fand, er sah mehr wie ein König aus als der fränkische König Karl, und auf jeden Fall majestätischer als Ragnar. Er sah aus wie ein Mann, der zum Regieren bestimmt war; einer, dem andere auf Anhieb vertrauten und dem sie folgen wollten. In dieser Nacht würde er versuchen, die Herzen und Gedanken der Armee zu lenken.

„Dies ist eine Gelegenheit, die nicht wiederkehren wird", hatte er mir erklärt. „Denkt daran, Ihr seid nicht nur hinter Snorre her. Toke ist derjenige, den Ihr letztendlich vernichten müsst, und er ist ein sehr gefährlicher Mann, denn er ist ein mächtiger Anführer, den viele respektieren. In dieser Nacht werden wir versuchen, Tokes Ruf zu zerstören. Wenn sich die Armee auflöst, werden sich ihre Krieger über die Länder der Dänen und darüber hinaus verteilen. Wir wollen, dass sie alle von Tokes Verrat erfahren und die Geschichte mitnehmen. Wenn wir erfolgreich sind, wird Toke an allen Orten, an die Krieger dieser Armee ziehen, nur noch wenige Freunde finden. Mutige und ehrenhafte

Männer meiden die Gesellschaft eines Nithings. Er wird als der bekannt sein, der er wirklich ist, und es wird viel schwerer für ihn, Verbündete zu finden."

Hastein stand nun am vorderen Ende der Plattform und ließ den Blick über die Arena und die Gesichter der dort sitzenden Krieger schweifen. Er hielt die Hände hoch als Zeichen, dass sie ruhig sein sollten. „Ich heiße Hastein", sagte er. „Ich bin Jarl über das Gebiet am Limfjord. Die meisten von Euch kennen meinen Namen, auch wenn Ihr mein Gesicht nicht kennt.

Dies ist eine Nacht zum Feiern, und so soll es sein. Heute Nacht feiern wir, um das, was wir gemeinsam erreicht haben, zu ehren, denn morgen werden sich unsere Wege trennen. Zusammen haben wir diese große Armee gebildet und sind in das Land unserer Feinde gesegelt, weit weg von der Sicherheit unserer Heimat. Wir haben hier zusammen gekämpft und große Siege errungen. Aber viele unserer Kameraden haben hier auch ihr endgültiges Schicksal gefunden. Schaut Euch um und seid stolz. Dies ist eine Gemeinschaft von Kriegern, die Ruhm und Ehre erlangt haben und die es verdienen, in den Liedern und Geschichten besungen zu werden, die es in Zukunft über unsere Taten hier geben wird."

Die Arena brach in Jubel aus. Als der Lärm nachließ, fuhr Hastein fort.

„Viele unserer Anführer und sogar unser Kriegskönig, Ragnar selbst, haben Euch für das gepriesen, was wir hier im Land der Franken erreicht haben. Ich kann keine schöneren Worte über Euch und die Erfolge unserer Armee finden, als die, die heute bereits gesprochen wurden. Deshalb werde ich es gar nicht erst versuchen. Stattdessen möchte ich Euch unterhalten. Esst, trinkt und genießt den Abend, während ich eine Geschichte von tapferen Taten und dunklem Verrat, von mutigen Kriegern und bösen, feigen Männern erzähle – nein, nicht Männern, weniger als das: Nithings. Lasst mich heute Eurer Skald sein, während Ihr feiert."

Und so begann Hastein seine Erzählung: die Geschichte von Harald und Toke – und mir.

„Es waren einmal zwei Brüder, so verschieden wie Tag und Nacht. Einer war hell und tapfer, ein Krieger, der von allen geliebt und bewundert wurde. Der andere war dunkel und grüblerisch. Er war ein Berserker und von vielen gefürchtet.

Ihr Vater war ein mächtiger Anführer unter den Dänen. Irland, England, das Frankenreich – alle zitterten vor Angst, wenn seine Schiffe gesichtet wurden. Begierig waren seine Krieger im Angesicht der Schlacht. Und ihre edlen, mit Silber verzierten Schwerter, vergoldeten Schwertgürtel und Armringe aus Gold und Silber zeugten von ihrem Können und Erfolg."

Mir war nicht klar gewesen, dass Hastein ein so guter Geschichtenerzähler war. Er ließ seine Figuren wie legendäre Helden aus alten Zeiten klingen. Hätte ich nicht gewusst, von wem er sprach, hätte ich weder meinen Vater noch seine Männer erkannt. Obwohl sie zweifellos tapfere Krieger waren, gehörten goldene und silberne Armringe und vergoldete Schwertgürtel nicht unbedingt zu den Dingen, die für gewöhnlich im Langhaus meines Vaters gesehen wurden.

„Der helle Sohn begleitete seinen Vater bei vielen

Beutezügen und gewagten Reisen in die Ferne und erlangte viel Ruhm", fuhr Hastein fort. „Er war ein loyaler Sohn und ein tapferer Kamerad, und sein Vater vertraute ihm und war ihm mehr zugeneigt als allen anderen. Der dunkle Sohn, eifersüchtig und verärgert über die Liebe, die sein Vater seinem Bruder schenkte, verließ sein Zuhause, um sein eigenes Glück und Schicksal zu suchen. Mit der Zeit wurde er selbst zu einem angesehenen Anführer.

Die Lebensfäden aller Menschen, selbst der größten, werden früher oder später von den Nornen abgeschnitten, denn kein Mensch lebt ewig. Während eines großen Raubzugs in England wurde der mächtige Anführer, der Vater der beiden Söhne, in einer erbitterten Schlacht niedergestreckt. Da er wusste, dass sein Vater im Sterben lag, brachte ihn der helle Sohn nach Hause. Dort, auf seinem Sterbebett, teilte der Anführer sein Land und seinen Reichtum auf. Und er vertraute seinen jüngsten Sohn – der noch nicht alt genug war, um seinem Vater als Krieger zu folgen – seinem hellen Bruder an. ‚Unterrichte ihn in allen Dingen', sagte der sterbende Vater. ‚Hilf ihm, ein Krieger zu werden, der so beschlagen und berühmt ist wie du.'"

Ich war sehr erfreut darüber, wie Hastein die Geschichte erzählte. Besonders gefiel mir, dass er die Tatsache ausließ, dass ich im Haushalt meines Vaters einmal Sklave war.

„An dieser Stelle fängt die Geschichte erst richtig an", sagte Hastein. „Denn die Aufteilung des Besitzes des Anführers führte zu den Taten von Mut und Verrat, von denen ich jetzt erzählen werde."

Hastein hielt inne und streckte den Arm nach hinten aus. Cullain, der hinter Hasteins Stuhl hockte, stand auf und reichte ihm einen silbernen Becher Bier. Hastein leerte ihn und reichte Cullain den leeren Becher zum Nachfüllen, bevor er fortfuhr.

„Aber zuerst sollte ich den Männern Namen geben, von deren Taten ich Euch erzähle. Denn diese Männer sind keine Helden aus alten Zeiten, die nur aus Legenden oder Liedern von Skalden bekannt sind. Es sind Krieger, die unter uns sind – und die einige von Euch vielleicht kennen oder neben denen Ihr gekämpft habt.

Der Name des großen Anführers war Hrorik, Sohn von Offa. Einige von Euch erinnern sich vielleicht an ihn als Anführer des ersten großen Überfalls auf Dorestad, als diese reiche Stadt geplündert und viel Beute genommen wurde. Ich selbst kannte Hrorik gut und kämpfte neben ihm. Hrorik starb Anfang des Jahres an Wunden, die er während seines Kampfes in England erlitten hatte."

Oben auf der Plattform starrte Ragnar Hastein an und runzelte die Stirn. Ivar, der neben ihm saß, hatte die Andeutung eines Grinsens im Gesicht. Ragnar wusste nicht, was Hastein vorhatte, aber Ivar war von unserem Plan in Kenntnis gesetzt worden und würde uns helfen.

„Der helle Sohn", fuhr Hastein fort, „hieß Harald. Ich kannte auch ihn; einige von Euch möglicherweise auch. Sein Können mit dem Schwert wurde weithin bewundert. Und der Name seines Bruders, des dunklen Sohnes, ist Toke."

Ich hatte Snorre im Auge behalten, der auf der

erhöhten Plattform saß. Bisher hatte er zurückgelehnt in seinem Stuhl gesessen, während er mit dem Anführer neben ihm plauderte und lachte. Er hatte nicht darauf geachtet, was Hastein sagte. Aber als er den Namen Tokes hörte, setzte er sich gerade hin und horchte mit einem verblüfften Gesichtsausdruck auf.

„Als Toke vom Tod seines Vaters erfuhr – Hrorik war in Wahrheit sein Ziehvater – kehrte er in das Land der Dänen zurück, um herauszufinden, welches Erbe ihn erwartete. Er war außer sich, als er erfuhr, dass Hrorik ihm nichts hinterlassen hatte. Der Großteil von Hroriks Landbesitz und Reichtum war an seinen Sohn Harald übergegangen – bis auf ein kleines Anwesen am Limfjord im Norden Jütlands, das Hrorik seinem jüngeren Sohn namens Halfdan hinterlassen hatte."

Ragnars verwirrtes Stirnrunzeln war inzwischen einem finsteren Blick gewichen. Er beugte sich über den Tisch vor und sprach laut genug zu Hastein, dass ich seine Worte an meinem Sitzplatz in der Nähe der Plattform hören konnte. „Was tust du da, Hastein? Ich dachte, du wolltest die Armee mit einer Geschichte unterhalten."

Hastein antwortete ihm leise: „Glaubst du, sie werden nicht unterhalten? Wir werden sehen was passiert. Das Beste kommt noch."

Ragnar warf sich in seinen Stuhl zurück und blickte unruhig hin und her.

„Ich finde die Erzählung sehr unterhaltsam, Vater", sagte Ivar zu ihm.

Hastein ignorierte sie beiden und fuhr fort. „Ich habe Halfdan Anfang des Jahres kennengelernt und ihn in die Besatzung meines Schiffes, der Möwe, aufgenommen. Sein Bruder Harald hat ihn bestens unterwiesen. Er ist ein furchterregender Krieger, der hier im Frankenreich als Teil unserer Armee tapfer gekämpft hat. Obwohl er nur ein junger Mann ist, hat er bereits viel Ansehen gewonnen. Unser Kriegskönig selbst hat Halfdan geehrt. Er ist Euch, den Kriegern dieser Armee, vielleicht besser unter dem Namen Starkbogen bekannt."

Tore, der neben Torvald auf dem Boden saß, sah mich an. „Die Geschichte des Jarls handelt von dir", sagte er überrascht.

„Dein Verstand ist so scharf wie immer", bemerkte Torvald.

„Es gibt verschiedene Möglichkeiten, Reichtum und Land zu erben", sagte Hastein. „Harald und Halfdan reisten nach Norden zum Limfjord, um das Anwesen zu besichtigen, das ihr Vater Halfdan vermacht hatte. Sie erwarteten keine Schwierigkeiten und wurden nur von einigen von Haralds Huscarls begleitet. Toke folgte ihnen mit allen Kriegern seines Gefolges. Er wollte mit Mord das Erbe gewinnen, das sein Ziehvater Hrorik ihm nicht hinterlassen hatte.

In der Nacht schlug Toke heimlich zu, zweifellos in der Hoffnung, Harald und Halfdan im Schlaf zur Strecke bringen zu können. Aber sein feiger Mordversuch scheiterte. Obwohl sie hoffnungslos unterlegen waren, schlugen Harald und Halfdan und ihre Handvoll Männer Tokes Angriff zurück und verbarrikadierten sich im Langhaus.

In der Hoffnung, diejenigen zu schützen, die nicht am Kampf beteiligt waren, rang Harald Toke das

Versprechen ab, dass die Frauen, Kinder und Sklaven des Anwesens vor dem nächsten Angriff sicheres Geleit aus dem Langhaus haben würden. Toke legte einen Eid ab – einen Eid auf seine Ehre –, dass ihnen nichts geschehen würde. Aber wenn ein Eid auf die Ehre eines Mannes geschworen wird, der keine hat, ist er bedeutungslos."

Während er sprach, war Hastein an den Rand der Plattform getreten. Er nickte jetzt zu mir herunter: „Ihr solltet von jemand hören, der dabei da war, als Toke seinen Eid ablegte. Sagt uns, Halfdan. Sagt den edlen Kriegern dieser Armee, was geschah, als die Frauen, Kinder und Sklaven die Sicherheit des Langhauses verließen."

Hastein beugte sich hinunter und streckte mir seinen Arm entgegen. Wir ergriffen unsere Handgelenke, und er zog mich auf die Plattform.

Ich drehte mich um und blickte auf die Armee von Kriegern, die auf dem beleuchteten Boden der Arena saßen, ein Meer aus Gesichtern, die mich alle anstarrten. So laut und deutlich wie möglich sagte ich: „Die Geschehnisse jener Nacht werden mir für den Rest meines Lebens im Gedächtnis bleiben. Ich sah, wie Toke in unser Blickfeld vor dem Langhaus trat. Er hielt eine Fackel und rief die Frauen und Kinder zu sich. Er forderte sie auf, das Langhaus zu verlassen und zum Licht und in Sicherheit zu kommen. Im Vertrauen auf das Versprechen, das er gegeben hatte, gingen sie zu ihm. Dann, als alle außer Reichweite jeder Hilfe von uns waren, rief Toke zu seinen Männern: 'Tötet sie alle! Es darf niemand überleben, um diese Geschichte zu erzählen.'"

Wütendes Gemurmel fegte durch die Arena.

„Das ist eine schwere Anschuldigung, die Ihr macht", sagte Hastein.

„Aber sie ist wahr", sagte ich. „Ihr seid ein Gode. Ihr tragt den Eidring. Lasst mich den Ring halten, damit ich darauf schwören kann."

Hastein zog den goldenen Ring von seinem Arm und hielt ihn mit festem Griff in einer Hand vor sich. „Schwört Ihr bei Thor, dem Gott der Schwüre, der Kraft und der Ehre, dass Ihr die Wahrheit sprecht?"

Ich ergriff die andere Seite des Rings und antwortete mit einer Stimme, die laut genug war, um in der gesamten Arena hörbar zu sein. „Ich schwöre es. Ich schwöre bei diesem ungebrochenen Ring und bei meiner Ehre, dass alles, was ich sage, wahr ist. Möge Thor mich niederstrecken, wenn ich lüge. Toke und seine Männer ermordeten unschuldige Frauen, Kinder und Sklaven, nachdem er meinem Bruder, Harald, einen Eid geleistet hatte, dass sie sicher sein würden. Und es gibt noch mehr. Nachdem sie diese dunkle Tat begangen hatten, zündeten Toke und seine Männer das Langhaus an und versuchten, die Krieger, die sie nicht mit Waffengewalt bezwingen konnten, bei lebendigem Leib zu verbrennen.

Wir versuchten, uns aus dem brennenden Langhaus herauszukämpfen und in die Sicherheit des umliegenden Waldes zu gelangen, aber im Freien waren wir zu wenige angesichts der Überzahl von Tokes Kriegern. Am Ende waren nur noch Harald und ich übrig. Harald starb, als er einen Weg durch die auf uns einstürmenden Krieger hieb, um mich zu retten. 'Jemand muss überleben, um uns zu rächen', sagte er mir. Ich habe überlebt.

Und ich habe geschworen, die mörderischen Taten dieser Nacht zu rächen."

Ragnar konnte sich nicht länger zurückhalten. Er schob seinen Stuhl so heftig zurück, dass er krachend umkippte, stand auf, und schlug mit der Faust auf den Tisch.

„Was ist hier los, Hastein? Was soll das Gerede von Schwüren und Anschuldigungen? Dies ist ein Festmahl. Wir sind hier, um den Sieg unserer Armee zu feiern. Das ist kein Thing."

Hastein hatte mich gewarnt, dass Ragnar wütend sein würde und Ivar war derselben Meinung gewesen. „Dieses Fest ist Vaters letzte Gelegenheit, die Krieger unserer Armee daran zu erinnern, welchen Nutzen seine Führung ihnen gebracht hat. Es wird ihm nicht gefallen, wenn Ihr davon ablenkt."

Hastein wandte sich an Ragnar. „Du hast recht, Ragnar. Das ist kein Thing. Und weder ich noch Halfdan erheben eine Klage. Nicht hier, nicht jetzt."

Hastein wandte sich wieder den Kriegern in der Arena zu, die jetzt alle aufmerksam zusahen. „Warum habe ich dies alles geschildert, meine Kameraden? Warum habe ich Euch heute Abend diese Geschichte vorgetragen – eine, die noch kein Ende hat? Durch Eure Taten hier im Frankenland habt Ihr bewiesen, dass Ihr tapfere und ehrenwerte Männer seid. Für den Rest Eures Lebens werdet Ihr Respekt und Ehre dafür genießen, dass Ihr hier gekämpft und gesiegt habt.

Aber es gibt einen unter Euch – vielleicht mehr als einen –, der diese Ehre und diesen Respekt nicht verdient. Einige verdienen es nicht, Teil dieser Gemeinschaft von Männern zu sein. Wissend, dass Halfdan in dieser Nacht am Limfjord entkommen konnte und als einziger Zeuge seines Verrats überlebt hat, schickte Toke einen seiner vertrauenswürdigsten Anhänger, um Halfdan zu finden und zu töten. Er schickte einen Mann, der ihm geholfen hat, den unschuldigen Frauen und Kindern am Limfjord das Leben zu nehmen; der ihm geholfen hat, Harald und seine Männer zu ermorden. Dieser Mann hat genauso viel Interesse daran, unseren Kameraden Halfdan zum Schweigen zu bringen, wie Toke selbst.

Ich habe Euch diese Geschichte dargelegt, meine Waffengefährten, weil es einen Mörder unter uns gibt – einen, der des Niddingsvaark schuldig ist. Es ist an der Zeit, ihn zu entlarven, damit alle hier ihn kennen und wissen, was er und sein Anführer Toke für Menschen sind."

Während Hastein die letzten Worte sprach, ging ich die Plattform hinunter, bis ich vor Snorre stand. „Ich klage Euch an, Snorre. Ihr wart in jener Nacht dabei. Ich beschuldige Euch des Mordes. Ihr habt Toke geholfen, meinen Bruder Harald und seine Männer sowie die Frauen, Kinder und Sklaven des Anwesens zu töten, denen sicheres Geleit versprochen worden war. Ich beschuldige Euch, Teil dieser Armee geworden und ins Frankenreich gekommen zu sein, nicht um unsere Feinde zu bekämpfen, sondern um mich zu ermorden. Heute Nacht werdet Ihr dafür bezahlen."

Für einige Momente war alles still. Niemand in der Arena sprach. Snorre sah fassungslos aus, als könne er nicht begreifen, was sich gerade abgespielt hatte.

Dann kehrte sein Verstand zurück. Mit einem wütenden Schrei sprang er auf und riss sein Schwert aus der Scheide. Sofort waren auch Stig und Svein auf den Beinen. Sie packten Snorres Arme, drehten sie ihm auf den Rücken und rissen ihm das Schwert aus der Hand.

Ragnar, der immer noch stand, donnerte Hastein an. „Sieh, was du getan hast! Hast du vergessen, dass ich unseren Kriegern verboten habe, gegeneinander zu kämpfen, solange wir im Frankenreich sind?"

„Die Armee löst sich morgen auf, und wir segeln nach Hause", sagte Hastein zu ihm. „Ein Duell heute Nacht wird keinen Schaden anrichten – vor allem wenn es von dir genehmigt wird."

„Und denk nach, Vater", fügte Ivar hinzu. „Dies wird zu den Geschichten beitragen, die die Menschen über deinen Feldzug hier im Land der Franken erzählen werden. Dadurch wird das Abschiedsfest, das du heute veranstaltet hast, noch lange in Erinnerung bleiben. Außerdem solltest du an unsere Krieger denken und daran, was ihre Wünsche wären. Hastein versprach ihnen Unterhaltung. Was wäre besser geeignet als eine schöne Darbietung von Blut und Tod?"

Ich ging die Plattform hinunter bis ich vor Ragnar stand. „Ich habe das nicht getan, um Euch zu ärgern", sagte ich zu ihm. „Aber es ist mein Schicksal, mich an denjenigen zu rächen, die meinen Bruder getötet haben, und ich werde mich nicht davor drücken. Ihr habt mir vor kurzem gesagt, dass Ihr in meiner Schuld steht. Ich bitte Euch jetzt um diese Gunst, lasst mich gegen Snorre kämpfen."

„Das habt ihr zusammen ausgeheckt, nicht wahr?

Alle drei von euch", knurrte Ragnar. „Ihr wart heute Nacht sehr unklug, junger Halfdan. Ihr habt viel gewonnen, als Ihr Ragnar Lodbroks Dankbarkeit erworben habt. Das hättet Ihr nicht so leichtfertig verspielen sollen."

Während ein Läufer zu Snorres Schiff eilte, um seine Waffen und seine Rüstung zu holen – ich hatte meine zum Fest mitgebracht, da ich wusste, was kommen würde – zogen die Krieger unserer Armee auf die Steinbänke mit Blick auf die Mitte der Arena um. Ihrer Lautstärke und ihrem Lachen nach zu urteilen, war ihre Laune bestens. Ivar hatte recht gehabt – die Aussicht auf ein Duell bereitete ihnen definitiv Freude.

Ich hingegen wurde immer nervöser. Ich konnte nur hoffen, dass es nicht offensichtlich war. Hatte ich in meiner Ungeduld, einen Schlag gegen Toke zu führen, einen schrecklichen Fehler gemacht? Wie hatte ich mir jemals einbilden können, ich könnte Snorre im Zweikampf besiegen?

Torvald und Hastein halfen mir, mich zu bewaffnen. Ich hatte bereits mein gepolstertes Wams und meine Brünne angezogen, aber als ich nach meinem Helm griff, hinderte Hastein mich daran.

„Noch nicht", sagte er. „Das Gewicht ermüdet Hals und Schultern. Zieht ihn erst dann an, wenn Ihr ihn braucht. Ihr müsst mit Euren Kräften haushalten. Ihr werdet sie brauchen. Ein Duell ist ganz anders als alle andere Arten des Kämpfens."

Hasteins Bemerkungen waren zweifellos hilfreich gemeint, aber sie hatten den gegenteiligen Effekt. Mein

Magen fühlte sich flau an – hätte ich eine volle Mahlzeit gegessen, wäre sie bestimmt wieder hochgekommen –, und mir war schwindelig und ich hatte Atemnot. Wenn das so weiterging, würde ich beim Duell kaum gehen können, und schon gar nicht kämpfen.

„Hast du schon einmal ein Duell ausgefochten?" fragte Torvald und sah mich genau an. Ich schüttelte den Kopf. „Hmm", sagte er. Dann, nach einer langen Pause, als fiele ihm nichts anderes ein, fügte er schließlich hinzu: „Nun, es ist gut, dein erstes hinter dir zu haben." Ich fragte mich, ob er dachte, es würde wahrscheinlich auch sei mein letztes sein.

„Denkt daran, Schnelligkeit ist sehr wichtig in einem Duell", sagte Hastein und fuhr mit seinen besorgniserregenden Ratschlägen fort. „Nur wenige Duelle dauern lange. Anders als in einer Schlacht habt Ihr und Euer Gegner nur miteinander zu tun. Der kleinste Vorteil kann entscheidend sein; der kleinste Fehler tödlich. Ich persönlich mag es nicht, beim Duellieren den Schultergurt meines Schilds zu benutzen. Ohne ihn bin ich schneller und beweglicher, obwohl es letzten Endes anstrengender ist."

Ivar schlenderte zu uns hinüber. „Seid gegrüßt, mächtiger Starkbogen", sagte er. „Ihr seid heute Abend bei der Armee in aller Munde. Wenn das Duell gut läuft, könnt Ihr Eurer Reputation sicher sein. Doch wenn Snorre Euch tötet, hat die schöne Geschichte, die Hastein mit so viel Mühe erzählt hat, natürlich nicht das gewünschte Ende.

Aber hat Hastein vielleicht Teile der Geschichte weggelassen? Auch ich kannte Harald und Hrorik. Jetzt, wo ich darüber nachdenke, kann ich mich nicht daran erinnern, dass Harald jemals einen jüngeren Bruder erwähnt hätte oder Hrorik einen jüngeren Sohn. Und Snorre sagt allen, die ihm zuhören wollen, dass Ihr ein Sklave seid, oder dass Ihr zumindest als Sklave geboren wurdet."

Ich fragte mich, ob Hastein diese Wendung vorausgesehen hatte. Ich auf jeden Fall nicht.

„Gibt es sonst nichts, was du jetzt tun musst, Ivar?" fragte Hastein.

Ivar ignorierte ihn und fuhr fort. „Ein Sklave, der ein berühmter Krieger wird und Blutrache übt. Die Skalden werden diese Geschichte lieben – wenn sie nicht heute Nacht ihr Ende findet."

Einar gesellte sich zu uns. „Ich habe mit einigen Kriegern gesprochen, die viel Zeit in Irland verbracht haben", sagte er. „Einige von ihnen behaupten, Snorre schon in Duellkämpfen erlebt zu haben."

„Was sagen sie?" fragte ich.

„Sie wetten auf ihn", antwortete er. Das war nicht gerade ermutigend zu hören. Was könnten meine Kameraden sonst noch tun, um meine Stimmung zu verbessern? „Sie sagen, dass er mit einer großen Axt kämpft und dass er damit umzugehen weiß."

Hastein runzelte die Stirn. „Interessant", sagte er. Ich dachte, ‚alarmierend' wäre passender gewesen. „Er hat sicherlich die Größe dafür, und mit seinen langen Armen hat er eine beachtliche Reichweite." Er wandte sich an mich und fragte: „Hast du schon einmal gegen eine Großaxt gekämpft?"

Ich schüttelte den Kopf. „Nein." Es war die Lieblingswaffe meines Vaters gewesen, aber während meiner Ausbildung durch Harald hatten wir nie mit Äxten trainiert, da Harald nicht damit kämpfte.

„Ich selbst habe noch nie gesehen, wie jemand eine Axt in einem Zweikampf eingesetzt hat", sagte Hastein. „Wegen der großen Wucht der Schläge können Äxte tödliche Waffen im Kampf sein, aber die meisten Männer finden, dass sie für ein Duell im Vergleich zu einem Schwert viel zu langsam sind. Aber Snorre ist ein großer Mann. Seid besonders vorsichtig, wenn er die Axt ganz am Ende des Griffes fasst, denn mit der gesamten Spanne der Axt und der Länge seiner Arme kann er Euch außerhalb der Reichweite Eures Schwertes treffen. Und Ihr müsst sehr vorsichtig sein, wie Ihr seine Schläge mit Eurem Schild pariert. Eine große Kriegsaxt kann einen Schild leicht zerschmettern." Er schwieg einen Augenblick und dachte nach. „Habt Ihr Übung mit einem Speer?" fragte er.

Zu diesem Zeitpunkt wäre die einzige Waffe, mit der ich mich wohlgefühlt hätte, mein Bogen gewesen. Aber Duelle werden im Nahkampf ausgetragen.

Ich nickte. Harald hatte mich auch im Speerkampf trainiert.

„Gut", sagte Hastein. „Benutzt heute Nacht einen Speer. Damit kann man zumindest Snorres Reichweite ausgleichen."

„Einige von Snorres Männern stehlen sich bereits aus der Arena und bereiten ihr Schiff vor", bemerkte Einar. „Vermutlich sind sie um ihre Sicherheit besorgt, unabhängig davon, wie der Zweikampf ausgeht. Jarl Hastein hat deine Geschichte sehr überzeugend erzählt."

Torvald schlug mir mit der Hand auf die Schulter. „Da ist Snorre", sagte er. „Es ist Zeit."

Ich schnallte meinen Helm fest und hob meinen Speer und mein Schild auf. Ich folgte Hasteins Ratschlag, kürzte den Riemen des Schilds und steckte ihn beiseite. Atme, sagte ich mir. Vergiss nicht zu atmen.

Einar nahm meine Schultern in beide Hände und schaute mir in die Augen. „Vergiss nicht, mein Freund", sagte er. „Vertraue dem Schicksal."

Hastein ging mit mir hinaus in die Mitte der Arena. Zusätzliches Holz war auf die verstreuten Feuerstellen geworfen worden. Sie brannten jetzt hell und beleuchteten den Platz, wo Snorre und ich kämpfen würden.

Snorre wartete in der Mitte. Ich blieb in sicherer Entfernung stehen. Es gab keine höflichen Rituale, die in einem solchen Kampf zu beachten waren. Wir waren hier, um uns gegenseitig zu töten.

„Dies ist ein Duell auf Leben und Tod!" rief Hastein laut genug, damit alle in der Arena ihn hören konnten. „Es wird weder um Gnade gebeten, noch wird Gnade gewährt." Er flüsterte mir zu: „Das Glück sei mit Euch, Halfdan." Er machte mit der Faust das Zeichen des Hammers. „Kraft und Ehre." Dann drehte er sich um und verließ den Kampfplatz.

„Jetzt sind es nur noch wir beide, Junge", sagte Snorre. „Nur du und ich. Du kannst nicht mehr weglaufen, und niemand kann dir helfen." Er hob seinen Schild und kam auf mich zu.

Er führte mit dem linken Fuß, während er sich Schritt für Schritt vorwärtsbewegte; dabei hielt er seinen

Schild gerade vor sich, und seine Axt hing locker nach unten und war leicht nach hinten abgewinkelt. Wie Hasteins Warnung vorhergesehen hatte, hielt er sie am äußersten Ende des Griffs.

Was waren seine Schwächen? Da war natürlich das blinde linke Auge. Das war offensichtlich. Aber er hielt seinen Kopf leicht nach links, um dieses Defizit auszugleichen, damit sein rechtes Auge das Blickfeld nach vorne besser erfassen konnte. Trotzdem war es etwas, mit dem ich arbeiten konnte. Ich bewegte mich nach rechts, um zu seiner Linken zu sein, während ich parallel zu seinem Vorrücken zurückwich, um weiterhin die Distanz zu ihm zu wahren. Ich war noch nicht bereit, einen Scheinangriff zu machen, um ihn zu testen. Ich wusste nicht, wie schnell er seine Axt schwingen konnte.

Plötzlich machte Snorre mit seinem linken Bein einen Ausfallschritt und schwang dabei seine Axt im Bogen über den Kopf und in meine Richtung. Ich sprang gerade noch weit genug zurück, um zu vermeiden, dass er mich traf. Sobald seine Axt an mir vorbeigerauscht war, stürzte ich mit meinem Schild vor dem Oberkörper vor, während ich versuchte, mit dem Speer einen Stich in sein linkes Bein zu setzen.

Ich hatte angenommen, dass er länger brauchen würde, um sich von dem fehlgeschlagenen Angriff zu erholen, aber er blockierte meinen Stoß mühelos mit seinem Schild. Gleichzeitig benutzte er die Schwungkraft seiner Axt, um sie in einem kompletten Kreis herumzuschwingen. Sie schlug hart in meinen Schild ein.

Der Aufprall riss mir beinahe den Griff aus der Hand. Ich wich hastig zurück und blickte auf die Vorderseite meines Schilds hinunter. Er hatte eine tiefe Scharte direkt links vom eisernen Buckel. Wenn ein weiterer Schlag nahe der gleichen Stelle treffen sollte, würden die Planken sicher zersplittern.

Snorre nahm seinen langsamen, stetigen Angriff wieder auf, und sein Mund verzog sich zu etwas, das wie ein grimmiges Lächeln aussah. Andererseits war sein Gesicht so vernarbt, dass es auch eine böse Grimasse sein könnte. „Es ist anders, Mann gegen Mann zu kämpfen, nicht wahr, Junge? Es ist nicht wie mit einem Bogen." Ich blickte kurz hinter mich und erkannte, dass er mich in Richtung eines der Lagerfeuer drängen wollte.

Ich konnte diesen Kampf nicht gewinnen, wenn ich in der Defensive blieb. Ich wechselte meinen Griff am Speer, sodass ich den Schaft weiter hinten in der Nähe des Endes hielt und ihn gegen meinen Unterarm abstützte. Mit dieser Haltung so weit hinter dem Gleichgewichtspunkt fühlte sich der Speer schwer und unhandlich an, aber ich brauchte die zusätzliche Reichweite.

Ich führte schnell nacheinander einige fintierende Stöße mit der Speerspitze gegen Snorres Gesicht aus. Daraufhin stoppte er seine Vorwärtsbewegung und hob leicht den Schild, aber er überreagierte nicht und eröffnete mir keine Gelegenheit zum Angriff. Er hob nur seine Axt, hielt sie bereit und wartete, um zu sehen, was ich als nächstes tun würde.

Er hat mehr Erfahrung als ich, dachte ich. Es war offensichtlich. Snorre schien kein bisschen angstvoll zu sein, ja nicht einmal beunruhigt. Mein eigenes Herz hämmerte in meiner Brust. Ich holte tief Luft und atmete langsam aus. Ich wiederholte Einars Worte in meinem

Kopf: Vertraue dem Schicksal, vertraue dem Schicksal. Wenn es mein Schicksal ist, ein Mörder zu sein – um Haralds Tod und Tokes Verrat zu rächen – dann wird es Snorres Schicksal sein, in dieser Nacht durch meine Hand zu sterben.

Ich musste ihn irgendwie dazu bringen, sich festzulegen. Er musste entweder seinen Schild so weit anheben, dass er seine Sicht für einen Augenblick blockieren würde, oder mit der Axt einen Hieb auf mich oder meinen Speer führen. Beides würde genügen. Er musste sich eine Blöße geben.

Auf einmal stieß Snorre einen wortlosen Kampfschrei aus – ein alter Trick, der mich trotzdem zusammenfahren ließ – und stürzte sich wie bei seinem ersten Angriff auf mich. Er hob seine Axt, um zuzuschlagen. Ich schnellte zurück, während ich mit meinem Speer gegen sein Gesicht stieß. Im gleichen Moment erkannte ich meinen Fehler und versuchte, meinen Stoß zu stoppen und meine Waffe zurück-zuziehen.

Snorre hatte seine Axt nicht geschwungen, als er gesprungen war, sondern erst nach meinem Stoß. Er hatte den Angriff nur mit der Schulter vorgetäuscht, um mich aus der Reserve zu locken. Dann, als ich auf sein Gesicht zielte, hieb er mit der Axt nach unten auf meinen Speer. Die Klinge der Axt traf den eisernen Speerfuß und drückte die Spitze nach unten, richtete aber keinen Schaden an. Hätte sie den Holzschaft getroffen, wäre er durchgeschnitten worden.

Aber jetzt war ich aus dem Gleichgewicht und meine Waffe war nicht mehr in Position. Snorre stürzte mit gebeugtem Arm und schlagbereiter Axt wieder nach vorn, während ich rückwärts stolperte.

Ich konnte nicht so schnell zurückweichen, wie er angriff. Ich war in seiner Todeszone. Seine große Axt schwang nach oben, und als sie zu sinken begann, hob ich meinen Schild, um mich zu schützen, und versuchte, mich auf den Schlag vorzubereiten, der auf jeden Fall kommen würde.

Die Klinge zertrümmerte die bereits beschädigten Planken, verfehlte knapp mein Handgelenk und ließ einen Regen aus Splittern auf mich niedergehen. Snorre riss die Axt zur Seite und versuchte, den zerschmetterten Schild aus meinem Griff zu ziehen. In seinen Augen sah ich ein triumphierendes Blitzen.

Ich ließ es zu. Ich ließ ihn den zerstörten Schild aus meiner Hand winden und beiseite werfen. Doch währenddessen stieß ich meinen Speer mit aller Kraft nach unten und stach die lange Spitze durch seinen linken Fuß bis in den Boden.

Er schrie auf. Es klang eher wie das Heulen eines verwundeten Tieres als die Stimme eines Menschen. Die meisten Männer wären nach einer solchen Verletzung zu Boden gegangen – die breite, scharfe Klinge des Speers hatte Knochen und Sehnen durchtrennt und den vorderen Teil seines Fußes fast abgerissen.

Aber irgendwie blieb Snorre stehen und schlug wild mit seinem Schild nach mir. Der Rand traf mich ins Gesicht. Der Nasenschutz meines Helms verhinderte Schlimmeres, aber die Kante seines Schilds riss mir Stirn und Wange auf, und das Blut, das aus den Wunden strömte, lief mir in die Augen, sodass ich nichts sehen konnte. Durch den Aufprall betäubt, taumelte ich zurück, ließ meinen Speer los und wischte meine Augen verzweifelt mit beiden Händen, um wieder sehen zu können. Dann erinnerte ich mich an die Axt.

Obwohl ihm das Gleichgewicht fehlte, holte Snorre zu einem tiefen, ausladenden Schlag gegen meine Beine aus. Wäre nicht ein Fuß durch meinen Speer auf dem Boden angeheftet gewesen und hätte er sich frei bewegen können, hätte seine Axt wahrscheinlich meine Beine durchtrennt. Aber ich warf mich nach hinten und entkam nur knapp. Als die Axt rasend schnell an mir vorbeizischte, prallte ich auf dem Boden auf, rollte aus dem Gefahrenbereich und erhob mich mühsam wieder.

Um eine Hand frei zu haben, ließ Snorre seinen eigenen Schild fallen und zog meinen Speer aus seinem Fuß. Er ächzte dabei vor Schmerzen, und Blut spritzte aus der klaffenden Wunde. Wieder wunderte ich mich, dass er nicht fiel. Dann benutzte er meinen Speer wie einen Gehstock, um laufen zu können, und humpelte auf mich zu.

Ich schüttelte den Kopf, um ihn wieder klar zu bekommen, und ging einige Schritte zurück, um in sicherer Entfernung zu bleiben. Ich konnte mich jetzt viel schneller bewegen als er. Snorre blieb stehen und stützte sich keuchend auf den Speer, während er mich im Auge behielt.

Die Zeit arbeitete jetzt für mich. Snorre war schwer verletzt und würde nur schwächer werden. Solange ich mir keine ernsthaften Fehler erlaubte, gehörte er mir.

Mit der rechten Hand zog ich mein Schwert aus der Scheide und mit der linken meinen Dolch. Es war der Dolch, den Harald mir in der Nacht seines Todes gegeben hatte.

„Snorre", sagte ich, „jetzt sind es nur noch wir beide. Nur du und ich. Mann gegen Mann. Es ist ganz anders, als wenn du mit einem Trupp von Tokes Männern im Rücken kämpfst, nicht wahr? Es ist ganz anders, als Frauen und Kinder zu töten. Du kannst nicht weglaufen, und niemand kann dir helfen. Ich werde dich töten, Snorre. Und du bist nur der Erste. Eines Tages werde ich auch Toke töten."

Was auch immer Snorre war, ein Feigling war er nicht. Er versuchte, sich auf mich zu zu bewegen, während er den Speerschaft fest in seiner linken Hand hielt und ihn benutzte, um seinen verstümmelten Fuß zu entlasten. Er hatte seine Grundhaltung geändert, damit sein rechtes Bein vorne war und den Großteil seines Gewichts trug. Seinen verwundeten Fuß zog er hinter sich her und hinterließ eine breite Blutspur. Der lange Griff der Axt glitt durch seine Hand, bis er sie hoch am Schaft weit oberhalb der Mitte hielt. So konnte er den Griff viel fester halten und kurze, schnelle Schläge ausführen, auch wenn sie weniger stark waren.

Ich ließ ihn näherkommen, damit er seine Kräfte aufbrauchte. Er hatte ohnehin nicht viel übrig. Die Schmerzen und das Blut, das aus seinem Fuß strömte, ließen seine Kraft versickern, wie Wasser das aus einem durchlöcherten Wasserschlauch fließt.

Als er fast in Reichweite war, bewegte ich mich nach links und ging schnell im Kreis um ihn herum. Als er versuchte, sich zu drehen und mir zu folgen, verlagerte sich sein Gewicht auf seinen verletzten Fuß, und er keuchte. Für einen Augenblick verlor er das Gleichgewicht. Ich sprang vor und stieß die Spitze meines Schwertes in die Nähe seines Gesichts, um zu sehen, wie er reagieren würde. Er riss den Speerschaft zur Seite und benutzte ihn, um die Klinge des Schwerts zur Seite zu schlagen.

Damit konnte ich arbeiten. Ich tanzte vor ihm hin und her und täuschte nach links und rechts an. Snorre stand da und beobachtete mich, während er sich auf den Speer stützte und keuchte. Er hielt ihn wie einen Schild vor seinem Körper und wartete. Dann stieß ich erneut mit dem Schwert auf sein Gesicht.

Es war ein Täuschungsmanöver. Wieder schwang er den Speerschaft vor seinem Körper, um die Klinge meines Schwerts abzuwehren, doch sie war nicht da. Ich hatte das Schwert zurückgezogen und riss dann die Spitze mit einem schnellen Hieb wieder nach vorne. Die Klinge traf seine Hand, wo sie den Speer umklammerte, und trennte sie fast zur Hälfte ab.

„Das war für Harald", sagte ich, aber es war nicht die ganze Wahrheit. Ihn zu töten, war für Harald. Die Tat hinauszuzögern, ihn in Stücke zu schneiden und ihm Schmerz zu bereiten, das war für mich. Ich wollte, dass jemand für alles bezahlte, was ich erlitten hatte.

Snorre atmete schwer. Er sah auf die klaffende Wunde hinab, die seine Hand spaltete, ließ den Speer fallen und breitete die Arme aus, um seine Brust freizulegen.

„Beende es", sagte er.

Als ich näher trat und mein Schwert hob, warf er sich auf mich, klammerte seinen verwundeten Arm um meinen Körper und hob seine Axt mit seinem unversehrten Arm, um sie in meinem Kopf zu begraben. Ich fing den Schlag mit meinem Schwert ab und hielt die Axt, deren gekrümmte Unterseite des Stahlkopfs sich mit meiner Klinge verhakt hatte, über uns.

„Das ist für Harald", wiederholte ich und stach die lange Klinge meines Dolchs mit der linken Hand in Snorres Kehle.

Ich wich zurück und riss dabei mein Messer durch seinen Hals. Snorre schwankte einen Augenblick, dann sank er auf die Knie. Während ich zusah, wich das Leben aus seinem guten Auge, und er sackte seitwärts auf den Boden.

Hastein, Torvald und Einar liefen über den sandigen Boden der Arena auf mich zu. Auf den Bänken standen die Krieger unserer Armee auf und skandierten, „Starkbogen, Starkbogen!"

„Es ist vorbei", sagte Hastein, als er mich erreichte und auf Snorres Leiche hinabblickte.

„Nein", sagte ich und schüttelte den Kopf. „Es hat gerade erst begonnen."

Karte

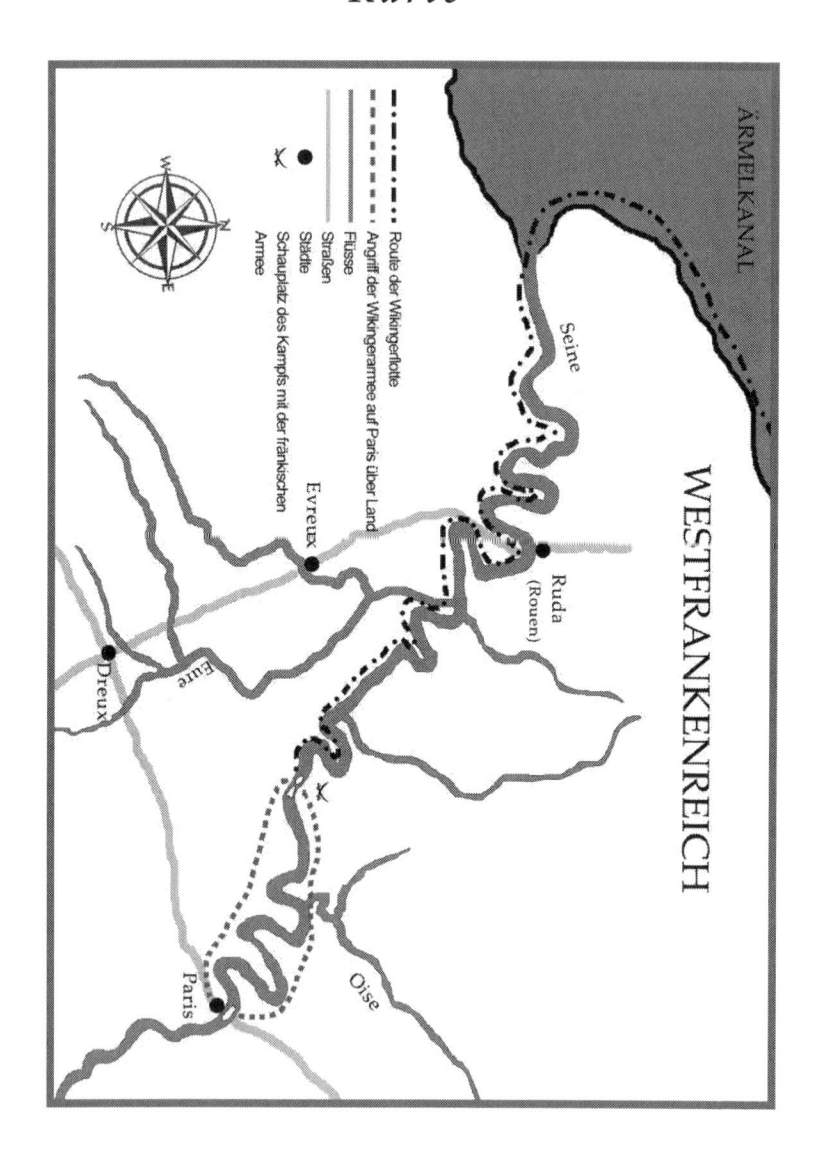

Glossar

Befiederung: Die drei Federn am hinteren Ende eines Pfeils, die den Flug des Pfeils stabilisieren.

Beinschienen: Rüstungsteile, die üblicherweise aus gebogenen Stahl- oder Bronzeplatten gefertigt wurden, und die an den Unterschenkeln vom Knie bis zum Knöchel getragen wurden.

Buckel: Eine Kalotte aus Eisen in der Mitte der Vorderseite eines Holzschildes, an die die Planken des Schildes genietet werden. Außerdem bietet der Buckel zusätzlichen Schutz für den Griff auf der Rückseite des Schilds.

Brünne: Ein Kettenhemd, das aus Tausenden kleiner Eisen- oder Stahlringe besteht, die miteinander verknüpft sind, sodass ein flexibles Kleidungsstück entsteht.

Dorestad: Eine fränkische Hafenstadt und Handelssiedlung an der Gabelung der Flüsse Rhein und Lek. Das Gebiet ist jetzt Teil der Niederlande. Dorestad war eine der größten Handelssiedlungen des frühen Mittelalters.

Frankenreich: Auch fränkisches Reich genannt. Das

Land der Franken umfasste ungefähr das Gebiet des heutigen Frankreichs, Belgiens, der Niederlande und des Westens von Deutschland. Bis 845 n. Chr., der Zeit des Romans, hatte sich das Frankenreich in drei Königreiche aufgespalten: das Westfrankenreich, das etwa dem modernen Frankreich entsprach, das Ostfrankenreich, das sich östlich des Rheins über das Gebiet des heutigen Deutschlands erstreckte und das Mittelreich, das nur von kurzer Dauer war, und das sich von Friesland im Norden bis zur französischen Mittelmeerküste und Teilen Norditaliens im Süden ausdehnte.

Fylgja: Ein Schutzgeist, der einen Menschen begleitet und diesem Glück bringt. Einige waren sichtbar und nahmen Tiergestalten an, die oft einen Aspekt des Charakters oder der Persönlichkeit des Menschen reflektierten, den sie begleiteten; ein Rabe symbolisierte beispielsweise Weisheit, ein Wolf Wildheit. Andere waren unsichtbar, aber sie wurden in der Regel als weibliche Schutzgeister betrachtet.

Gode: Ein heidnischer Priester der skandinavischen Gesellschaft zur Zeit der Wikinger. Die Position des Goden wurde in der Regel von einem Anführer bekleidet. Normalerweise zelebrierte der Gode nicht nur religiöse Feste und Opfergaben, sondern er nahm auch Eide ab, die oft über einem speziellen Ring aus Eisen oder manchmal auch Gold gesprochen wurden.

Haithabu: Die größte Stadt in Dänemark im 9. Jahrhundert und ein großes Handelszentrum der Wikingerzeit. Haithabu lag am südlichen Ende Jütlands, auf der östlichen Seite der Halbinsel an einem Fjord, der von der Küste ins Landesinnere ragt.

Hnefatafl: Ein Brettspiel der Wikinger von Angriff und Verteidigung. Der Name bedeutet soviel wie „Königstafel". Ein Spieler nahm die Spielfiguren in der Mitte des Bretts und versuchte, seinen König bis zum Außenrand des Bretts zu bewegen. Der andere Spieler startete mit Spielfiguren, die die Figuren des Gegners umzingelten, und versuchte, den König gefangen zu nehmen, bevor er entkommen konnte.

Huscarl: Ein Krieger im Dienst eines Stammesfürsten oder Adligen.

Jarl: Ein sehr hochrangige Anführer in der skandinavischen Gesellschaft der Wikingerzeit, der in der Regel im Namen des Königs über große

	Ländereien herrschte. Das Wort „Jarl" ist der Ursprung des englischen Worts „Earl" (Graf).
Jötunheim:	Das gebirgige Reich der Riesen zwischen Midgard, der irdischen Heimat der Menschen, und Asgard, dem Königreich der Götter in der Mythologie der Wikinger.
Julfest:	Das heidnische Fest der germanischen Wintersonnenwende.
Jütland:	Die Halbinsel, die das Festland des heutigen und des historischen Dänemarks bildet. Der Name stammt von den Jüten, einem alten dänischen Volksstamm.
Langschiff:	Ein langes, schmales Schiff, das von den Völkern der Wikingerzeit als Kriegsschiff benutzt wurde. Langschiffe hatten einen geringen Tiefgang und konnten dadurch an Land gezogen werden oder in Flüssen navigieren, und sie waren für die schnelle Fortbewegung mit Segeln und Rudern optimiert. Sie wurden auch als Drachenschiffe bezeichnet, weil sie am Vordersteven oft mit Drachenköpfen oder anderen Tierdarstellungen dekoriert waren.
Limfjord:	Ein großer Sund im nördlichen Teil Dänemarks, der in der Wikingerzeit als geschützter Durchlass von der

	Ostsee bis zur Nordsee genutzt wurde.
Niddingsvaark:	Ein Akt der Ehrlosigkeit; die schändlichen Taten eines Nithings.
Niflheim:	Eine gewaltige Wildnis aus Schnee und Eis, die laut der Mythologie der Wikinger in der großen Leere existierte, bevor die Erde erschaffen wurde. Niflheim war die Heimat der Eisriesen.
Nocke:	Die Einkerbung am Ende des Pfeilschafts zum Einnocken des Pfeils auf der Bogensehne, um ihn zu schießen. Auch der Name für die Kerben am Ende der Wurfarme, in denen die Bogensehne am Bogen befestigt wird.
Nornen:	Drei alte Schwestern, die in der nordischen Mythologie zu Füßen des Weltenbaums saßen und die Schicksale der Menschen und der Welt als Fäden spannen und dann auf ihren Webstühlen webten.
Odin:	Der Gott des Todes, des Kriegs, der Weisheit, der Rache und der Dichtung des heidnischen Skandinaviens; das Oberhaupt der Götter.
Ruda:	Der Name der Wikinger für Rouen, einer fränkischen Stadt in der Nähe der Mündung der Seine.

Runen:	Die Schriftzeichen der alten nordischen und germanischen Sprachen. Runische Buchstaben bestanden aus einfachen, geraden Strichen und waren leicht in Stein oder Holz zu ritzen.
Scara:	Eine größere Einheit der fränkischen Reiterei. Jede Scara bestand aus einigen kleineren Einheiten, den Cunei, die jeweils fünfzig bis hundert Mann umfassten.
Skald:	Ein Dichter und Geschichtenerzähler.
Thing:	Eine regelmäßig abgehaltene regionale Volksversammlung in den skandinavischen Ländern zur Zeit der Wikinger, bei der Bürger Fälle vorbringen konnten, über die nach dem Gesetz in einer Abstimmung entschieden wurde. Bei Things verhandelte Rechtsstreitigkeiten waren Vorläufer und Ursprung des Schwurgerichtsverfahrens, das Jahrhunderte später in England geltendes Recht wurde.
Thor:	Der heidnische Gott des Donners, der fruchtbaren Ernte, der Ehre, und des Eids; der mächtigste Krieger unter den skandinavischen Göttern.

Thorshammer: Ein beliebtes Schmuckstück der Wikingerzeit, das von Männern und Frauen als Glücksbringer getragen wurde und den magischen Hammer darstellte, der die Lieblingswaffe des Gottes Thor war.

Thrall: Ein Sklave in der skandinavischen Gesellschaft zur Zeit der Wikinger.

Walhalla: Die „Halle der Gefallenen"; der große Festsaal des Gottes Odin, der in der heidnischen skandinavischen Mythologie die Heimat der tapferen Krieger im Jenseits war.

Walküren: Kriegerinnen, die dem Gott Odin dienten und gefallene Krieger in seine Festhalle Walhalla brachten, wo sie ihre Tage im Jenseits mit Kämpfen und ihre Nächte mit Festmahlen verbrachten.

Weißer Christus: Abschätziger Name der Wikinger für den Gott der Christen. Er sollte die Feigheit eines Gottes ausdrücken, der sich ohne Gegenwehr festnehmen und töten ließ.

Wergeld: Die Entschädigung, die beim Töten eines Mannes als Wiedergutmachung bezahlt werden musste.

Anmerkungen zur Geschichte

Die Geschichte der Wikinger ist untrennbar mit jener der nordeuropäischen Völker verbunden, deren Länder die Hauptleidtragenden der Raubzüge und Invasionen der Wikinger waren: der Iren, der verschiedenen Völker und Königreiche Englands und Schottlands sowie der Franken. Da die Franken im zweiten und dritten Band der Starkbogen-Saga eine so große Rolle spielen, ist eine kurze Zusammenfassung ihrer Geschichte angebracht.

Zur Zeit der Römer wurde der Teil Europas, der das heutige Frankreich umfasst, Gallien genannt. Die verschiedenen Stämme, die Gallien vor der Ankunft der Römer bevölkerten, waren überwiegend keltischer Herkunft. Gegen Ende des 2. Jahrhunderts v. Chr. wurde Südgallien – das Gebiet von Norditalien im Osten entlang der Mittelmeerküste bis zu den Pyrenäen im Westen – als Provinz von Rom annektiert. Der Rest von Gallien wurde dagegen erst etwa um 50 v. Chr. Teil von Roms expandierendem Reich, als Julius Cäsar die widerspenstigen Stämme Nordgalliens unterwarf. Die gallischen Stämme profitierten stark von der Organi-sation, der Kultur und dem erzwungenen Frieden, die mit der römischen Herrschaft einhergingen. Im Laufe der Jahrhunderte wurde Gallien zu einer der reichsten und stabilsten Provinzen Roms.

Diese Situation änderte sich einige Jahrhunderte später. Ein Gebiet Europas, das Rom niemals erobern konnte, war das damalige Germanien östlich des Rheins und nördlich der Donau. Um 250 n. Chr. fingen germanische Stämme aus diesem Gebiet an, das Römische Reich anzugreifen. Die ersten germanischen Einfälle ins Gebiet der Römer waren den Raubzügen der Wikinger in anderen Teilen Europas in der frühen Wikingerzeit nicht unähnlich: Es waren größtenteils schnelle Vorstöße und Rückzüge, die darauf abzielten, die Reichtümer der besiedelten, zivilisierten Länder der römischen Provinzen zu erbeuten. Einer der mächtigeren germanischen Stämme, die zu dieser Zeit in die Region Gallien eindrangen, waren die Franken.

Die großen Geschehnisse der Geschichte sind oft das Ergebnis einer Reihe von Kettenreaktionen. Gegen Ende des 4. Jahrhunderts n. Chr. kam das Nomadenvolk der Hunnen, über dessen Herkunft wenig bekannt ist, aus dem Osten und begann, die von den germanischen Stämmen bewohnten Länder Osteuropas anzugreifen. Die Germanen, die sich vor den Hunnen zurückzogen, drangen ihrerseits ins römische Territorium vor und überrannten die Verteidigungsanlagen an der römischen Ostgrenze. Über einen Zeitraum von etwa hundert Jahren wurden die westlichen Provinzen des Römischen Reichs von aufeinanderfolgenden Wellen germanischer Invasionen und Eroberungen heimgesucht, bis 476 fast ganz Westeuropa unter der Kontrolle der Germanen stand und das Römische Reich im Westen zerschlagen worden war.

Das Gebiet Galliens wurde von drei Stämmen erobert und besiedelt: den Westgoten, den Burgundern und den Franken. Doch unter der Führung ihres Königs Chlodwig wandten sich die Franken gegen die beiden anderen Stämme. Nachdem sie den Westgoten im Jahre 507 n. Chr. eine entscheidende Niederlage beigebracht hatten, erstreckte sich ihre Herrschaft über fast ganz Gallien.

Vor der Eroberung Galliens durch die Römer war das Gebiet entlang der Seine, wo sich die heutige Stadt Paris befindet, von dem keltischen Stamm der Parisii bewohnt. Nachdem Gallien eine römische Provinz geworden war und die Parisii besiegt waren, gründeten die Römer am südlichen oder linken Ufer der Seine die Stadt Lutetia in beherrschender Lage auf und um die später Montagne Sainte-Geneviève genannte Erhebung. In den folgenden zwei Jahrhunderten entwickelte sich die Siedlung zu einer prosperierenden Stadt, einem der kulturellen und kommerziellen Zentren der römischen Provinz Gallien. Die große Insel in der Seine unterhalb des Montagne Sainte-Geneviève, die heute als Île de la Cité bekannt ist, scheint ursprünglich eine römische Regionalverwaltung und möglicherweise ein Militärhauptquartier beherbergt zu haben. Um 280 n. Chr. wurde die Insel als Reaktion auf die germanischen Überfälle auf Gallien, die etwa dreißig Jahre zuvor begonnen hatten, ringsum mit einer Mauer befestigt.

In der Zeit, als Roms riesiges Reich bröckelte, verlor die Stadt Lutetia an Einwohnern und Bedeutung. Doch als die Stadt 486 n. Chr. vom fränkischen König Chlodwig erobert wurde, wurde diese Entwicklung gestoppt. Ungefähr zu dieser Zeit erhielt die Stadt auch den Namen „Paris" nach den ursprünglichen keltischen Einwohnern des Gebiets. Chlodwig konvertierte zum Christentum und machte Paris zur Hauptstadt des

Königreichs der Franken. Als Chlodwig seine Eroberungen beendete, umfasste das Frankenreich fast ganz Gallien.

Chlodwig begründete die merowingische Dynastie fränkischer Könige, die das Frankenreich von ungefähr 486 bis 752 regierte. Es wird geschätzt, dass die Bevölkerung von Paris während der Merowingerzeit bis zu 20.000 Einwohner erreichte. Die fränkischen Könige der Karolinger, die 752 n. Chr. die Merowinger ablösten, nutzten Paris allerdings nicht mehr als Hauptstadt, und in den nächsten hundert Jahren nahm die Größe und Bedeutung der Stadt erneut ab.

Unter der Herrschaft der ehrgeizigen karolingischen Könige dehnte sich das ohnehin schon große fränkische Königreich zu einem Imperium aus. Die Franken drangen Richtung Osten nach Deutschland und Richtung Süden nach Italien vor, und sie kämpften gegen die Mauren in Spanien. Eines der Völker, das die Franken immer wieder zu unterwerfen versuchten, waren die Dänen, aber daran scheiterten sie.

Das fränkische Reich erreichte seinen Höhepunkt während der Herrschaft Karls des Großen, der im Jahr 800 n. Chr. zum neuen Kaiser der Römer gekrönt wurde. Um das Jahr 845, der Zeit der ersten drei Bände der Starkbogen-Saga, hatte das fränkische Reich seine Blütezeit jedoch bereits hinter sich und war in drei verschiedene Königreiche aufgeteilt.

Das Paris des Jahres 845 hatte immer noch starke Ähnlichkeit mit der Stadt aus der römischen Ära. Neben zahlreichen kleineren Gebäuden und Wohnhäusern aus der Römerzeit existierte noch immer das große Forum, das Zentrum jeder römischen Stadt, obwohl offenbar einige seiner oberen Etagen demontiert worden waren, um Steine für andere Bauvorhaben zu verwenden. Möglicherweise gehörte hierzu auch die Verteidigungsmauer um die Île de la Cité. Auch die Arena, eine der größten außerhalb Roms, war zu dieser Zeit noch vorhanden – und tatsächlich sind die unteren Steinreihen bis heute in Paris zu sehen. Wie beim Forum waren die Steine der oberen Etagen bis zum 9. Jahrhundert abgetragen worden, um damit neue Gebäude zu errichten, auch wenn die Arena um das Jahr 577 vom fränkischen König Chilperich I. teilweise restauriert wurde, um darin Pferderennen zu veranstalten. Ein großes Gebäude aus der Römerzeit, das heute als Thermes de Cluny bezeichnete römische Bad, war ein riesiges öffentliches Badehaus am unteren Nordhang des Montagne Sainte-Geneviève. Seine Überreste wurden möglicherweise in einen königlichen Palast der Merowinger integriert und sind heute in einem bemerkenswerten Erhaltungszustand im Cluny-Museum zu besichtigen.

Die Franken drückten Paris jedoch auch ihren eigenen Stempel auf, und es ist möglich, einige der fränkischen Gebäude aus jener Zeit zu identifizieren, auf die die Wikingerarmee gestoßen wäre. Nach seiner Konvertierung zum Christentum ließ König Chlodwig Anfang des 6. Jahrhunderts eine große Steinkirche auf dem Gipfel des Montagne Sainte-Geneviève errichten. Bis 845 wurde sie zum Zentrum eines Klosters, der Abtei St. Geneviève. Auch die Kirche von St. Germain de Pres, im Jahr 544 am Fuße des Montagne Sainte-Geneviève nahe dem Seineufer erbaut, wurde bis 845 zum Zentrum eines großen und wohlhabenden Klosters, der Abtei St. Germain. Die Abtei von St. Denis war ein weiteres bedeutendes Kloster in Paris um die Mitte des neunten Jahrhunderts. Darüber hinaus errichteten die Franken in der Stadt und der umliegenden Region eine Reihe weiterer Kirchen und kleinerer Klöster. Da Paris seit mehreren hundert Jahren keinen Krieg gesehen hatte und nicht geplündert worden war, war die Stadt zweifellos reiche Beute, als die Wikingerarmee sie im Jahre 845 eroberte.

Der dänische Feldzug gegen die Franken, bei dem Halfdan ein vollwertiger Krieger wird und sich einen Namen macht, basiert auf einem historisch verbürgten Angriff der Wikinger im Frühjahr 845 n. Chr., der in verschiedenen zeitgenössischen fränkischen Quellen beschrieben wurde, darunter den Annalen mehrerer fränkischer Klöster. Die einzelnen Quellen liefern etwas unterschiedliche Details über den Einfall, aber die meisten stimmen darin überein, dass die Flotte der Wikinger die Seine hinauf bis Paris vorstieß, und alle berichten, dass Karl der Kahle, der König des westlichen Frankenreichs, letztendlich eine große Summe bezahlte, die in einem Bericht als „Bestechung" und in einem anderen als „Tribut" beschrieben wurde, um die eingedrungene Wikingerarmee davon zu überzeugen, sein Königreich zu verlassen.

Durch einen sorgfältigen Vergleich der verschiedenen zeitgenössischen Quellen, die Berichte über die Invasion enthalten, können die folgenden zusätzlichen Details über die Ereignisse als wahrscheinlich ermittelt werden: Die Flotte der Wikinger bestand aus 120 Schiffen, der Frankenkönig Karl reagierte auf den Angriff der

Wikinger, indem er seine Armee aufteilte und auf beiden Seiten der Seine aufmarschieren ließ, und die Wikinger nahmen den Kampf mit einem Teil der gespaltenen fränkischen Armee auf und besiegten ihn entscheidend. Nach ihrem Sieg töteten die Wikinger 111 fränkische Gefangene durch Erhängen. Nachdem sie die fränkische Armee besiegt hatte, eroberte die Wikingerarmee am Ostermorgen überraschend die Stadt Paris. Die Summe, die König Karl den Wikingern zahlte, damit sie sein Königreich verließen, betrug 7.000 Pfund Silber – für die damalige Zeit ein unglaubliches Vermögen.

Ich habe diese bekannten Details als Rahmen benutzt, um den herum ich die Handlung der Bände 2 und 3 der Starkbogen-Saga aufgebaut habe. Die Führer meiner fiktiven Version der Wikingerarmee – Ragnar Lodbrok, seine Söhne Ivar der Knochenlose und Björn Eisenseite sowie Jarl Hastein – basieren alle auf historischen Wikingerfürsten der zweiten Hälfte des neunten Jahrhunderts. Eine fränkische Quelle, die Annalen von Xanten, nennt Ragnar als Anführer der Wikingerflotte, die im Jahr 845 einen Angriff entlang der Seine durchführte. Ich hielt es für plausibel, dass Ragnar bei einem so großen Feldzug von seinen berühmten Söhnen Ivar und Björn begleitet worden sein dürften. Es ist möglich, dass auch Hastein teilgenommen hat, denn von Björn und Hastein ist bekannt, dass sie bei anderen Raubzügen zusammen unterwegs waren.

Hastein – in englischen und fränkischen Quellen manchmal auch Hastings genannt – scheint eine besonders schillernde Figur gewesen zu sein. Es ist bekannt, dass er die Atlantikküste Westfrankreichs, insbesondere die Bretagne, über viele Jahre hinweg heimgesucht hat. Zusammen mit Björn Eisenseite und möglicherweise Ivar führte er einen großangelegten Raubzug durch das Mittelmeer, der von 859 bis 862 dauerte. Wie der fiktionalisierte Hastein, der in der Starkbogen-Saga zu einem Verbündeten von Halfdan wird, ist auch die historische Figur bekannt dafür, raffinierte Kriegslisten zu benutzen, um seine Feinde zu besiegen.

Genevieve, die junge fränkische Adlige, die von Halfdan gefangen genommen wird, ist eine fiktive Figur, ebenso wie Halfdan selbst. Ihr Vater, Graf Robert, basiert jedoch auf einem tatsächlichen fränkischen Anführer. Robert der Starke war ein mächtiger Edelmann im Westfrankenreich, der als Graf über eine Reihe von Städten herrschte, zu denen je nach Quelle Angers, Blois, Tours, Autun, Auxerre, Nevers und Paris gehörten. Graf Robert wurde im Jahr 866 getötet, als er gegen eine Truppe einfallender Wikinger kämpfte, die nach mindestens einer Quelle möglicherweise von Hastein geführt wurde. Aber einer von Roberts Söhnen, Odo, wurde später ein verehrter französischer Held, der als Graf von Paris die erfolgreiche Verteidigung der Stadt gegen eine einjährige Belagerung von 885 bis 886 durch eine Wikinger-Armee führte.

Meine Schilderung des Kampfs zwischen der Wikinger- und der Frankenarmee, der nach dem Vorrücken der Wikingerflotte flussaufwärts von Rouen stattfindet, ist rein fiktiv, da keine Einzelheiten über die Schlacht bekannt sind. Dennoch basiert meine Darstellung der Taktiken beider Seiten auf bekannten Details verschiedener Kämpfe und Gefechte der Zeit. Die Wikinger zum Beispiel sind dafür bekannt, Bogenschützen häufig und mit großem Erfolg einzusetzen. Die von Ragnar verwendete Kampfaufstellung basiert auf Beschreibungen der Formation des norwegischen Königs Harald Hardrada gegen eine englische Armee mit einer großen Kavallerieeinheit in der Schlacht an der Stamford Bridge im Jahr 1066. Auch meine Beschreibung der fränkischen Streitmacht, die ausschließlich aus berittenen Truppen besteht, beruht auf der historischen Tatsache, dass sich die Franken Mitte des 9. Jahrhunderts zunehmend auf ihre Kavallerie verließen, um auf dem Schlachtfeld beweglich zu sein.

Die Bretonen, die eine wichtige Rolle in meiner fiktiven Version der Schlacht spielen, waren ein Volk vorwiegend keltischer Herkunft, das in der Bretagne an der Atlantikküste lebte. Obwohl sie keine Franken waren, waren die Bretonen vor dem neunten Jahrhundert etwas widerwillig Untertanen des fränkischen Reichs geworden und mussten daher gelegentlich Truppen beisteuern, um für den König des Westfrankenreichs zu kämpfen. Die bretonischen Kämpfer waren bekannt dafür, erfahrene Reiterkrieger zu sein, die mit relativ schweren Rüstungen geschützt waren und mit Speeren und Schwertern kämpften.

Es ist bekannt, dass die Wikingerarmee nach der Schlacht 111 fränkische Gefangene erhängt hat, obwohl detaillierte Beschreibungen dieser Aktion und die Gründe dafür nicht überliefert sind. Ein moderner Historiker vertritt die These, dass dieses Vorgehen eine absichtliche Gräueltat darstellte, einen Versuch, die übrigen fränkischen Streitkräfte zu demoralisieren. Eine viel wahrscheinlichere Erklärung ist jedoch, dass die Massenhinrichtung ein religiöses Opfer war. In der nordischen Kultur wurden nach großen Siegen manchmal religiöse Feiern abgehalten, um den Göttern zu danken. Es ist bekannt, dass die Wikinger ihren Göttern Tieropfer und in seltenen Fällen auch menschliche Opfer darbrachten. Opfergaben wurden zudem manchmal an Bäumen aufgehängt. Eine Schilderung aus dem Jahr 1070 von religiösen Feierlichkeiten im großen heidnischen Zentrum in Uppsala in Schweden beispielsweise beschreibt riesige, wiederkehrende Opferzeremonien, bei denen sowohl Menschen als auch zahlreiche Tierarten an den Bäumen eines heiligen Hains um den Tempel aufgehängt wurden.

Wenn Sie mehr über die Starkbogen-Saga erfahren oder mich kontaktieren möchten, können Sie meine Webseite www.judsonroberts.com (in englischer Sprache) besuchen. Dort finden Sie aktuelle Neuigkeiten zur Serie, ein Leserforum und Artikel mit weiterführenden historischen Hintergründen zur realen Welt der Wikinger.

Danksagung

Viele Menschen haben mir bei der Arbeit an der Starkbogen-Saga sehr geholfen, und ich möchte mich hier besonders bei einigen bedanken, die mich bei diesem dritten Band auf verschiedene Weisen unterstützt haben: meine ehemalige Agentin Laura Rennert, deren Glaube an diese Reihe zu ihrer Entstehung beigetragen hat; meine Lektorinnen Susan Rich und Patricia Ocampo bei HarperCollins, dem ursprünglichen Verlag des Buches, deren wertvolle Einsichten und Vorschläge mir halfen, die Handlung zu straffen; meine Schriftstellerkollegen Luc Reid, Tom Pendergrass und Laura Beyers, die kritische Lektorate des Manuskripts lieferten und mir halfen, Schwächen in der Geschichte zu erkennen; und Professor Michael Livingston von The Citadel Military College für seine unschätzbare Hilfe beim Aufspüren von Übersetzungen ursprünglicher fränkischer Quellen.

Die Neuauflage des englischen Originals dieses Romans in der überarbeiteten Northman Books-Ausgabe wäre ohne das Mitwirken meines guten Freundes und Schriftstellerkollegen Luc Reid kaum möglich gewesen. Dank schulde ich auch Jeremy Rowland, der freundlicherweise gestattet hat, bei der Covergestaltung eine Fotografie der französischen Stadt Bonnieux als Hintergrund für das Paris des 9. Jahrhunderts zu verwenden. Ich danke auch meinen Partnern für die deutsche Übersetzung Ruth Nestvold und ihrem Ehemann Chris für ihre Arbeit, die Starkbogen-Saga ins Deutsche zu übertragen.

Schließlich geht mein größter Dank an meine Frau Jeanette für ihre unerschütterliche Unterstützung und ihren Glauben an mich.

Judson Roberts
2018

Printed in Poland
by Amazon Fulfillment
Poland Sp. z o.o., Wrocław